O garoto está de volta

Obras da autora publicadas pela Editora Record:

Avalon High
Avalon High – A coroação: a profecia de Merlin
Cabeça de vento
Sendo Nikki
Na passarela
Como ser popular
Ela foi até o fim
A garota americana
Quase pronta
O garoto da casa ao lado
Garoto encontra garota
A noiva é tamanho 42
Todo garoto tem
Ídolo teen

Pegando fogo!
A rainha da fofoca
A rainha da fofoca em Nova York
A rainha da fofoca: fisgada
Sorte ou azar?
Tamanho 42 não é gorda
Tamanho 44 também não é gorda
Tamanho não importa
Tamanho 42 e pronta para arrasar
Liberte meu coração
Insaciável
Mordida
Victoria e o patife
O garoto está de volta

Série *O Diário da Princesa*

O diário da princesa
Princesa sob os refletores
Princesa apaixonada
Princesa à espera
Princesa de rosa-shocking
Princesa em treinamento
Princesa na balada

Princesa no limite
Princesa Mia
Princesa para sempre
Casamento Real
Lições de princesa
O presente da princesa

Série *A Mediadora*

A terra das sombras
O arcano nove
Reunião
A hora mais sombria

Assombrado
Crepúsculo
Lembrança

Série *As leis de Allie Finkle para meninas*

Dia da mudança
A garota nova
Melhores amigas para sempre?

Medo de palco
Garotas, glitter e a grande fraude

Série *Desaparecidos*

Quando cai o raio
Codinome Cassandra

Esconderijo perfeito
Santuário

Série *Abandono*

Abandono
Inferno

Despertar

Série *Diário de uma princesa improvável*

Diário de uma princesa improvável

Meg Cabot

Tradução de
Alice Mello

1ª edição

— **Galera** —

RIO DE JANEIRO
2017

CIP-BRASIL. CATALOGAÇÃO NA PUBLICAÇÃO
SINDICATO NACIONAL DOS EDITORES DE LIVROS, RJ

C116g
Cabot, Meg
   O garoto está de volta / Meg Cabot; tradução de Alice Mello. – 1. ed. – Rio de Janeiro: Galera Record, 2017.

   Tradução de: The Boy is Back
   ISBN: 978-85-01-11008-4

   1. Ficção juvenil americana. I. Mello, Alice. II. Título.

17-41620
CDD: 028.5
CDU: 087.5

Título original:
The Boy is Back

Copyright © 2016 by Meg Cabot

Publicado mediante acordo com Harper Collins Publishers.

Todos os direitos reservados.
Proibida a reprodução, no todo ou em parte, através de quaisquer meios.
Os direitos morais do autor foram assegurados.

Texto revisado segundo o novo Acordo Ortográfico da Língua Portuguesa.

Direitos exclusivos de publicação em língua portuguesa somente para o Brasil adquiridos pela
EDITORA RECORD LTDA.
Rua Argentina, 171 – Rio de Janeiro, RJ – 20921-380 – Tel.: (21) 2585-2000, que se reserva a propriedade literária desta tradução.

Impresso no Brasil

ISBN 978-85-01-11008-4

Seja um leitor preferencial Record.
Cadastre-se e receba informações sobre nossos lançamentos e nossas promoções.
Atendimento e venda direta ao leitor:
mdireto@record.com.br ou (21) 2585-2002.

EPÍGRAFE

Um homem não se recupera depois de ter dedicado assim o coração a uma mulher! Nem deve se recuperar; isso é impossível.
— Jane Austen, *Persuasão*

MovingUp!
CONSULTORIA DE MUDANÇAS PARA A TERCEIRA IDADE, LTDA.

PRESIDENTE E CEO
BECKY FLOWERS

CFO
NICOLE FLOWERS

GERENTE ADMINISTRATIVO
BEVERLY FLOWERS

ÁRVORE GENEALÓGICA DA FAMÍLIA STEWART

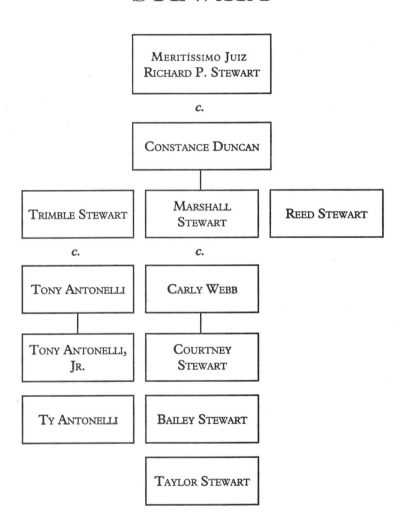

𝔄 𝔊𝔞𝔷𝔢𝔱𝔞 𝔡𝔢 𝔅𝔩𝔬𝔬𝔪𝔳𝔦𝔩𝔩𝔢

O único jornal diário do município
* Segunda-feira, 13 de março * Edição 139 *
Ainda por apenas 50 centavos!

DENÚNCIA DE CRIME

As informações na Denúncia de Crime são obtidas em ligações registradas pelo Departamento de Polícia de Bloomville.

Parque Shelby, Bloomville — A moradora **Beverly Flowers** denunciou que um homem acampava ilegalmente e aparentava estar embriagado. A policial Corrine Jeffries emitiu uma advertência e uma multa.

Rua 11 com rua Main, Bloomville — A moradora **Summer Hayes** denunciou o latido de um cachorro. O policial Henry De Santos seguiu até o local. O dono do cachorro recebeu uma advertência.

Shopping Old Towne, Bloomville — A garçonete **Tiffany Gosling** denunciou o **juiz Richard P. Stewart** e sua esposa, **Sra. Constance D. Stewart,** residentes na rua Country Clube, por tentarem pagar a refeição consumida no restaurante Trapaça Bar & Grill com um selo para correspondências. A policial Corrine Jeffries respondeu ao chamado. O casal foi preso e levado para a delegacia de Bloomville a fim de ser processado.

TELA DO TELEFONE DE BECKY FLOWERS

BECKY FLOWERS	10:45	96%
HOJE	TODAS	PERDIDAS

De: Nicole@MovingUp.com
Enviado em: 13 de março 10:24:11
Para: Becky@MovingUp.com
Assunto: Denúncia de crime

Beck. Entre neste link:

http://www.gazetadebloomville.com/denunciadecrime

De: Becky@MovingUp.com
Enviado em: 13 de março 10:26:15
Para: Nicole@MovingUp.com
Assunto: Re: Denúncia de crime

Não tenho tempo agora, Nicole. Estou dirigindo para a consultoria de 11 horas com a Sra. Blumenthal sobre a mãe, lembra?

BECKY FLOWERS, CMPTI
Moving Up! Consultoria Ltda., presidente

Enviado de meu celular, perdoe qualquer erro de digitação

> Nicole F — 10:28
> Se você estivesse dirigindo mesmo, não estaria olhando o telefone. Eu conheço você. Nunca infringe a lei. Você claramente pegou a avenida I-65 (embora eu tenha avisado para não fazer isso porque está em obras) e agora está presa no trânsito.
>
> Você PRECISA entrar naquele link imediatamente. É sobre Reed Stewart... 🔥 ♥

> Becky F — 10:30
> Por que eu ia querer ler algo sobre um cara com quem terminei há dez anos e nem lembro mais que existe?

> **Nicole F**   10:31
> Ah, é. Você não lembra mesmo que Reed Stewart existe.
>
> É por isso que ainda tem a foto do baile de formatura de vocês no quadro de cortiça em cima da esteira e grava todos os torneios dos quais Reed participa.

> **Becky F**   10:32
> É uma coincidência, porque estou com meu peso ideal naquela foto e a estou usando como inspiração.
>
> E eu gravo TODOS os torneios de golfe. Graham me convidou para fazer aulas no campo público durante o verão. Nós dois achamos que pode ser uma boa maneira de conseguir novos clientes.

> **Nicole F**   10:33
> O lenhador hipster joga GOLFE?
>
> Ah, peraí, claro que sim. Todo mundo sabe que um hipster com estilo de lenhador é só um metrossexual com uma barba muito bem cuidada. Por que ele não seria fã de um esporte que simboliza tudo que há de errado em nosso país, uma metáfora para a ganância, o desrespeito ao meio ambiente e a opressão histórica do patriarcado?

> **Becky F**   10:33
> Você pulou o café da manhã de novo?

> **Nicole F**   10:33
> Se faz questão de saber, comi um rolo de canela no café da Livraria Bloomville.

> **Becky F**   10:33
> Bem, você claramente precisa de mais proteína. Já pedi um milhão de vezes para não chamar Graham de lenhador hipster.

> **Nicole F**   10:33
> Você prefere que eu o chame de queijeiro?

> **Becky F**   10:34
> Você sabe que Graham não é um queijeiro. Ele é o bem-sucedido dono da única boutique de vinhos e queijos em um raio de 80km.

> **Nicole F**   10:34
> Sério? É assim que ele chama o lugar? De boutique? Ele precisa muito parar de se achar. É uma loja de vinhos, Beck. Uma loja de vinhos que serve queijo e tem um nome muito idiota.

> **Becky F**   10:34
> O que tem de errado no nome Autêntico?
>
> E, para quem está namorando um policial, você parece muito hostil com o patriarcado.

> **Nicole F**   10:34
> O que tem de errado com o nome Autêntico? Que tal tudo? Deixa subentendido que os outros lugares que vendem queijos e vinhos são inautênticos, o que é precisamente incorreto. Os queijos e vinhos que eu compro na Kroger são tão autênticos quanto os queijos e vinhos que Graham vende em sua loja.
>
> E, se você está se referindo a Henry, sim, acho que ele está do lado dos opressores. Mas ele fica FANTÁSTICO de uniforme... e sem também.

> **Becky F**   10:35
> Nic, falando sério, você precisa comer menos açúcar de manhã.
>
> E tinha razão sobre a I-65. Estou presa no que parece uma zona de guerra entre uma máquina de asfalto, uma escavadeira e uma britadeira tão barulhenta que mal consigo ouvir meus pensamentos.
>
> Você pode ligar para a Sra. Blumenthal, por favor, e avisar que vou chegar atrasada? Eu ligaria, mas ela não ouviria nada com o barulho da britadeira.

Nicole F   10:36
Tá bom, eu ligo para a Sra. Blumenthal, mas só se você clicar no link.

Sério, você PRECISA ver, Beck. Nem é sobre Reed. É sobre os pais dele.

A cidade inteira só vai falar disso hoje à noite na degustação do AUTÊNTICO.

Becky F   10:36
OK. Mas por favor não use letras maiúsculas desse jeito. Você tem 24 anos, não 12.

Nicole F   10:37
Me obedeça. Clique. Cliqueeeeeeeeeeeeeeeeee. 👉

Becky F   10:38
Já falei que vou entrar! ☹

Becky F   10:45
Cadê você? Pararam com a britadeira, e estou tentando falar com você. Por que não está atendendo?

Becky F   10:46
Sério, cadê você? Preciso falar com você antes que... Saco, tarde demais! Deixem a gente passar ou PAREM COM A BARULHEIRA!

Becky F   10:47
Enfim, Nic, isso só pode ser um engano. Os pais de Reed nunca fariam algo do tipo.

Você pode ligar para Henry e confirmar se o jornal entendeu a história direito? Ele deve conhecer alguém que estava na delegacia na noite que os Stewart foram levados para lá. Porque não tem a menor chance de que isso seja verdade.

Becky F   10:49
Ah, eles pararam com a britadeira de novo! Me ligue! ME LIGUE AGORA!

Becky F   10:51
Nicole, não que eu me importe, mas o juiz Stewart celebrou o casamento de metade das pessoas da cidade, incluindo o de nossos pais. O cartório leva seu nome.

Então é impossível que um homem dessa estatura tente enganar justo Tiffany Gosling numa conta de restaurante. É simplesmente impossível.

Aliás, cadê você? Espero que não tenha voltado à Livraria Bloomville para pegar mais rolinhos de canela. Você sabe que não podemos deixar nossos telefones por aí... ou pior, deixar que mamãe os atenda. Você lembra o que aconteceu da última vez!

Becky F   10:53
E mesmo que SEJA verdade, o juiz Stewart provavelmente não sabia que o selo valia 4 dólares! Ele jamais enganaria uma garçonete, ainda mais Tiffany. Se me lembro bem, a mãe morava num trailer naquele parque comprado por uma construtora e o juiz Stewart determinou que a construtora precisaria pagar o custo do trailer e do terreno que ele ocupava se quisesse despejá-la. E agora ela mora em um condomínio em Tucson.

Assim, sinceramente, por que ele se daria o trabalho de salvar a mãe e enganar a filha?

Cadê você?????

Nicole F   10:55
Desculpe. Estou na linha do escritório com a Sra. Blumenthal. Liguei, como prometi. Nossa, ela fala sem parar, hein? Não me lembro se a gente precisa encomendar um retira-entulho para a mãe dela. Sei que você ama um retira-entulho. 😊

Becky F   10:55
Não precisa de retira-entulho para a Sra. B. Ela coleciona itens da princesa Diana, lembra? Vai levar a maioria para o centro de repouso, e a filha pediu para a gente vender na internet o que sobrar.

Mas quem se importa com isso? E os Stewart? Já falou com Henry sobre isso? Eles estão realmente presos? O que está acontecendo???

> **Nicole F** 10:55
> Nossa! São muitas perguntas para alguém que não pensa em Reed Stewart há dez anos. 😊

> **Becky F** 10:56
> Pare! Posso muito bem não me importar com Reed Stewart e me preocupar com os pais dele. O que Henry disse???

> **Nicole F** 10:57
> 😊 Henry disse que um amigo estava de plantão na delegacia quando levaram os Stewart para lá.
>
> O amigo contou que o juiz Stewart não fazia ideia do que estava acontecendo. Estava sorrindo e acenando para todo mundo, entregou a quentinha do restaurante para o oficial de ocorrência e perguntou se ele podia guardar a embalagem na geladeira até quando pagassem a fiança, porque ele queria comer os palitinhos de muçarela.
>
> Disse que os dois estavam muito animados com a prisão, como se tudo fosse uma grande piada.

> **Becky F** 10:57
> Nicole! Nossa! Que terrível.

> **Nicole F** 10:58
> É, com certeza não é nada bom. Mas Henry comentou que é um golpe muito comum ultimamente.

> **Becky F** 11:00
> O que é comum? Do que você está falando?

> **Nicole F** 11:00
> Fingir demência para dar um golpe no restaurante.
>
> Henry disse que foi por isso que Tiffany chamou a polícia. Ela não queria, mas o gerente a obrigou. É a terceira vez no ano que isso acontece no Trapaça... embora normalmente os clientes encontrem "minhocas" na salada.

Becky F — 11:01
O quê? NÃO! Nicole, espero que você tenha dito a Henry que os Stewart não são esse tipo de gente. São as pessoas mais generosas e amáveis do mundo. Jamais tentariam dar um golpe num restaurante para comer de graça. Lembra quando eles me presentearam com aquele relógio Gucci no meu aniversário de 18 anos? Eu namorava Reed fazia apenas um mês, mas acho que ficaram com pena de mim porque papai tinha acabado de ser diagnosticado.

Além do mais, eles moram numa mansão! Faz parte do Registro Nacional de Lugares Históricos. São membros do country clube.

Pessoas desse tipo não dão, intencionalmente, um golpe no Trapaça.

Nicole F — 11:02
Hum, sem querer ofender, Beck, mas gente rica — até mesmo juízes — comete crimes.

Reed foi um deles, como acho que todos, principalmente você, se lembram.

Becky F — 11:02
Não tem graça.

Não consigo entender como alguém que trabalha com isso — que vê pessoas idosas sofrendo de demência todos os dias — não percebe que pode ser EXATAMENTE isso.

Nicole F — 11:02
E eu não consigo entender por que alguém que afirma ter superado o ex — ainda mais um ex que tratou você daquele jeito — está tão preocupada com os pais do sujeito.

Becky F — 11:03
Já falei: porque, independentemente do modo como Reed Stewart me tratou, seus pais sempre foram muito gentis. Eles não merecem perder as reputações com o que me parece ter sido um mal-entendido. Ou possivelmente demência senil.

Nicole F   11:03
Ai, é a Gazeta de Bloomville, Becky. Quase ninguém lê aquilo, muito menos perde reputações por causa do jornal. Mandei o link porque achei que seria engraçado. Não sabia que você ia ficar tão chateada.

E o fato de você ter ficado TÃO chateada me preocupa.

Becky F   11:03
Preocupada com o quê?

Nicole F   11:04
Preocupada com a sua reação se os pais dele REALMENTE estiverem senis ou sei lá o quê, e Reed voltar para a cidade depois de todos esses anos para lidar com a situação. Estou namorando um policial, não um advogado.

Becky F   11:05
Do que você está falando?

Nicole F   11:05
Bem, Henry não vai poder livrar sua cara pelo crime de assassinato por atropelamento quando você finalmente decidir se vingar de Reed pelo que ele fez com você na noite de formatura. 😊

Becky F   11:06
Ah, haha. Muito engraçado.

Você sabe que Reed tem dois irmãos que ainda moram aqui em Bloomville. Tenho certeza de que eles vão resolver o problema — se de fato houver um, o que duvido, porque, como eu disse, esse incidente não deve ser nada além de um mal-entendido.

Nicole F   11:07
Então está me dizendo que Reed aparecer na cidade não tem nenhuma importância?

Becky F   11:07
Isso. Estou num relacionamento sério, lembra?

> **Nicole F** — 11:08
> Lembro. Com o lenhador hipster.

> **Becky F** — 11:08
> Pare de dizer isso!
>
> E o que aconteceu com Reed faz séculos. Gostaria de ser lembrada dos caras com quem VOCÊ namorou no colégio?

> **Nicole F** — 11:08
> Eca, não.

> **Becky F** — 11:08
> Caso encerrado.
>
> OK, o trânsito está começando a andar. Tenho que ir. Compro umas saladas para o almoço no caminho de volta.

> **Nicole F** — 11:09
> NÃO COMPRE NO TRAPAÇA!

> **Becky F** — 11:09
> Pode deixar, não vou.
>
> Ou vou? 😊

FACEBOOK

SUMMER ENVIOU UMA MENSAGEM

Hoje

Summer Hayes 11:29

Oi, Carly! Quanto tempo, hein? Então, reparei que Bailey continua usando a fantasia de chefe da tribo Massasoit para todos os lugares, mesmo já tendo passado um tempão desde a peça de Ação de Graças. Coitadinha ;-)

Mudando um pouco de assunto, o juiz Stewart não é seu sogro? Eu sinto muito.

☺ Summer ☺

A Super Mãe da Britney!

De: Carly Stewart@StewartImoveis.com
Enviado em: 13 de março 12:06:26
Para: Summer Hayes <MelhorMãeDeTds89@mamaeyoga.com>
Assunto: Juiz Stewart

Oi, Summer. Sim, Bailey gosta muito da fantasia de chefe Massasoit. Não vejo qual é o problema. Se o chefe Massasoit não tivesse oferecido toda aquela caça no dia de Ação de Graças, nosso país provavelmente não existiria, porque nossos antepassados teriam morrido de fome.

Enfim, sim, o juiz Stewart é meu sogro. Por que está tão preocupada com isso?

Carly R. Stewart | contabilista | Stewart Imóveis | Av. South Moore, 801, Bloomville, IN 47401 | telefone (812) 555-8722 | entre em StewartImoveis.com para visitar os imóveis

---

De: Summer Hayes <MelhorMãeDeTds89@mamaeyoga.com>
Enviado em: 13 de março 12:15:03
Para: Carly Stewart@StewartImoveis.com
Assunto: Re: Juiz Stewart

Só para você saber, Carly, uma das mães reclamou no último jogo de futebol que era culturalmente insensível da parte de Bailey ficar usando aquela fantasia, ainda mais porque sua família, até onde se sabe, não é indígena.

E quando Bailey resolveu fazer aquela dança de guerra — ou sei lá o quê — no intervalo do jogo, muitos pais do time convidado ficaram preocupados. A mascote da Liga de Futebol Feminino de Bloomville é um esquilo, não um chefe de tribo Wampanoag que nunca morou no sul do estado de Indiana.

Sei que você deve estar muito ocupada, ainda mais sendo uma mãe que trabalha, e nem se deu conta ainda — assim como não se deu conta de que a coluna de Denúncia de Crime de hoje na Gazeta de Bloomville reporta uma história sobre seus sogros terem sido presos no Trapaça do shopping de Bloomville —, mas seria muito legal se você pudesse conversar com sua filha sobre insensibilidade cultural contra os povos indígenas.

Obrigada!

☺ Summer ☺
Mamãe da Britney

TELA DO TELEFONE DE CARLY STEWART

CARLY STEWART	12:45	92%
HOJE	TODAS	PERDIDAS

> **Carly Stewart** — 12:22
> VEM AQUI AGORA.

> **Marshall Stewart** — 12:25
> Não posso. Estou na reunião com os Patel.
>
> Acho que vão fazer uma oferta na casa dos Thomas. Eles nem perguntaram sobre o problema da água!

> **Carly Stewart** — 12:27
> SEUS PAIS FORAM PRESOS ONTEM À NOITE NO TRAPAÇA.

> **Marshall Stewart** — 12:30
> MERCAAAAADOOOO

> **Marshall Stewart** — 12:30
> Mercado. Não, mercado. Autocorretor idiota! Como isso aconteceu?

> **Carly Stewart** — 12:30
> Como assim isso aconteceu? Estou falando para você desde o Natal que algo do tipo ia acontecer. Mas você me escuta? Não.

> **Marshall Stewart** — 12:30
> Do que você está falando?

> **Carly Stewart**   12:30
> Qual parte você não entendeu? A parte em que minha inimiga mortal da época do colégio acabou de me informar que meus sogros foram presos ontem à noite, ou a parte em que você se recusa a admitir que seus pais precisam de ajuda profissional?

Marshall Stewart   12:31
Meu pai é um homem muito inteligente. Ele só é excêntrico.

> **Carly Stewart**   12:31
> Marshall, seu pai deixou de ser excêntrico e virou simplesmente maluco há seis meses. E agora todo mundo na cidade de Bloomville sabe, menos você.

Marshall Stewart   12:32
Está se divertindo, não é?

> **Carly Stewart**   12:32
> Se estou me divertindo porque minha sogra, que me deu facas no aniversário, está presa? Como pode achar isso?

Marshall Stewart   12:33
Eram facas muito caras. Custam, tipo, 80 dólares.

> **Carly Stewart**   12:33
> Não tem coisas mais importantes a fazer que se preocupar com quanto dinheiro sua mãe gastou no meu presente de aniversário? Por exemplo, onde estão seus pais, ou o que os Patel acham que você está fazendo enquanto troca mensagens comigo?

Marshall Stewart   12:33
Os Patel acham que estou pesquisando regras de zoneamento. Eles querem construir uma piscina.
Mas acho que é uma boa pergunta. Onde estão meus pais agora?

Carly Stewart — 12:34
Os Patel não podem construir uma piscina a não ser que subam um muro de contenção de 3 metros. A casa fica em uma área com histórico de inundação. Lembra que tivemos o mesmo problema quando os Greenwald fizeram uma oferta ano passado?

Marshall Stewart — 12:34
EU SEI DISSO, CARLY. ONDE ESTÃO MEUS PAIS???

Carly Stewart — 12:34
Ah, AGORA, você se preocupa. Estou dizendo desde o Natal que tem algo errado com seus pais, mas você não ouve.

"Eles são apenas excêntricos." "Eles gostam de colecionar coisas." "É totalmente normal aquela quantidade de gatos de cerâmica."

Por que sou eu que faço tudo nesse relacionamento? POR QUÊ? Você TEM outras pessoas na família, incluindo sua irmã, que é sócia na firma de seu pai.

Não que ela tenha atendido o telefone quando liguei para perguntar exatamente a mesma coisa — onde estão seus pais.

Marshall Stewart — 12:35
Não meta minha irmã no meio. E como assim você me avisou sobre isso no Natal? O que aconteceu no Natal?

Carly Stewart — 12:35
Não se lembra de quando seus pais nos convidaram para jantar e vimos um monte de carcaças de peru jogadas na grama do jardim desde a noite de Ação de Graças? Você não achou aquilo estranho?

Marshall Stewart — 12:36
Minha mãe disse que ela deixou aquilo para os gatos.

Carly Stewart — 12:37
Marshall. Seus pais não têm gatos.

Marshall Stewart — 12:37
Ah.

Bem, acho que agora devem ter.

Carly Stewart — 12:38
Sim. Todos os gatos da vizinhança.

A gente pode, por favor, admitir que seus pais estão com um problema e FAZER algo a respeito? Porque, pessoalmente, não sei lidar com a ideia de que Summer Hayes está fazendo fofoca sobre meus sogros no Facebook. Algo que, para sua informação, ela já está fazendo, entre uma reclamação e outra sobre Bailey e a fantasia de chefe Massasoit.

Marshall Stewart — 12:38
Qual é o problema com a fantasia de chefe Massasoit de Bailey? Tirando o fato de que está imunda porque ela se recusa a vestir outra coisa?

Carly Stewart — 12:38
Summer Hayes disse que outros pais estão reclamando de insensibilidade cultural.

Marshall Stewart — 12:38
Ótimo. Vou me matar.

Logo depois de matar os outros pais. E então meus próprios pais.

Você entende que os Patel podem ser nossos últimos clientes? Todas as outras pessoas da cidade sabem que o meritíssimo juiz Richard P. Stewart é meu pai.

O que significa que cada pessoa nessa cidade com uma placa da Stewart Imóveis vai jogar a placa no lixo hoje à noite, porque não vão querer se associar ao filho de um criminoso.

Carly Stewart — 12:38
Agora você está exagerando. A gente nem sabe a história completa ainda. Seus pais são inocentes até que se prove o contrário, certo? Pelo menos é o que seu pai sempre disse de todas aquelas pessoas que ele via no tribunal todos os dias.

> **Marshall Stewart** 12:39
> É, e veja o que aconteceu com a maioria.
> CULPADOS.

>> **Carly Stewart** 12:39
>> Pare com isso. Essa cidade, assim como seu pai, sempre foi muito generosa. Perdoaram seu irmão Reed, não perdoaram? Ele era o garoto mais odiado em Bloomville. Agora ele é o orgulho da cidade. Os sapatos que usou no US Open estão pendurados na Pizzaria Antonelli's!

> **Marshall Stewart** 12:40
> Carly, minha irmã é casada com o dono da Antonelli's.
>
> Lembra o que a terapeuta disse? Tem uma diferença entre apoio e condescendência.
>
> Você conseguiu falar com Trimble? Reed? Qualquer pessoa?

>> **Carly Stewart** 12:40
>> A recepcionista disse que sua irmã foi chamada para uma reunião na escola da filha e não pode ser interrompida — tem alguma coisa acontecendo com Ty.
>>
>> E o telefone de seu irmão cai direto na caixa postal. Acho que, por causa do fuso horário da Califórnia, ele ainda deve estar dormindo.
>>
>> PS: A terapeuta TAMBÉM disse que **você** tem um problema de raiva e que precisa de um hobby.

> **Marshall Stewart** 12:41
> Reed já acordou. Deve estar no campo, treinando. Sortudo. E se Ty for remotamente parecida com a mãe aos 14 anos, APOSTO que ela foi chamada para uma reunião na escola. Olhe, quantas pessoas devem assinar a Gazeta de Bloomville? 5.000? 2.000?

>> **Carly Stewart** 12:42
>> Não sei. Não muitas. A gente não houve toda hora alguém reclamando que ninguém mais lê jornais? Ouvi dizer que estão demitindo um monte de jornalistas.

> **Marshall Stewart**   12:42
> Isso mesmo! Contanto que ninguém poste a história em alguma rede social, vai ficar tudo bem. Essa história não deve ser nada demais. Um monte de balela.

> **Carly Stewart**   12:42
> Marshall, faz meses que você está dizendo isso sobre seus pais, e veja o que aconteceu. Acho que você está em negação. Eles precisam de ajuda. De verdade.

> **Marshall Stewart**   12:42
> Ah, vai. Está tudo bem. Meu pai é o cara mais inteligente que essa cidade já viu. E minha mãe está ótima! Aposto que até a hora do jantar tudo terá sido um mal-entendido e daremos risadas com meus pais. Pode apostar. ☺

DIARIODENOVAYORK.COM

O ponto de encontro para Notícias, Celebridades, Risadas e muito mais

| NOTÍCIAS | CELEBRIDADES | HAHA | MANDOU MAL | BIZARRO |

IDIOTA DA SEMANA

Dê graças a Deus que a única coisa vergonhosa que *seus* pais fazem envolve postar suas fotos de quando era um bebê no Facebook!

O meritíssimo juiz Richard P. Stewart e sua esposa, ambos de 75 anos e cidadãos de Bloomville, Indiana, curtiram tanto seu jantar romântico na franquia local do Trapaça Bar & Grill, que resolveram pagar a conta de um jeito muito especial.

Quando a garçonete Tiffany Gosling (também da agradável cidade de Bloomville) se dirigiu à mesa depois de o casal deixar o restaurante, ela encontrou um selo preso à conta (no lugar da forma mais comum de pagamento, dinheiro). Com o selo estava um bilhete que dizia:

> Obrigado pela ótima refeição. Por favor, aceite este raro selo comemorativo de dois centavos do primeiro presidente de nossa nação, George Washington, como pagamento pela refeição. Ele vale mais de 400 dólares.

Na hora, Tiffany ficou emocionada... e então confirmou o verdadeiro valor do selo.

Aparentemente, selos de dois centavos de George Washington impressos entre 1922 e 1938 não são nem um pouco raros. O casal deixou um selo no valor de 4 dólares para uma refeição de 59 dólares, o que não cobria nem o serviço.

O gerente chamou a polícia, que foi até o local e colhia os depoimentos quando os Stewart voltaram: o bom juiz havia esquecido sua quentinha.

O casal foi acusado de conluio, fraude, dedução não autorizada de propriedade alheia e de ser...

O IDIOTA DA SEMANA DO DIÁRIO DE NOVA YORK

Sua reação?

| **Haha** | **Mandou mal** | **Bizarro** |
| 128.357 | 712 | 12.455 |

TELA DO TELEFONE DE REED STEWART

REED STEWART	18:45	2%
HOJE	TODAS	PERDIDAS

Carly 9:22
Ligação perdida

Carly 9:45
Ligação perdida

Marshall 10:05
Ligação perdida

De: Dolly Vargas <D.Vargas@VAM.com>
Enviado em: 13 de março 10:22:10
Para: Reed Stewart@reedstewart.com
Assunto: Oferta Lyrexica

Querido, cadê você? Por que não está atendendo? Recebeu minhas mensagens de voz? Deixei quatro. Tenho ótimas notícias: você recebeu mais uma proposta comercial. Para um produto chamado Lyrexica. É usado para calvície masculina congênita.

E antes que comece, sim, eu sei. Eu *sei* que você não é calvo.

Mas ninguém *usa* os produtos que vende. É por isso que eles o querem: não existem muitos atletas com um cabelo tão grosso e brilhante quanto o seu.

Bem, talvez aquele idiota do Cobb Cutler, mas nós dois sabemos que Cutler não seria o garoto-propaganda de marca alguma. Viu aquela declaração que ele fez mais cedo sobre aquela noiva russa dele? Não sei por que a equipe permite que ele escreva os próprios posts (mas tenho que admitir que prefiro assim, porque são fonte inesgotável de entretenimento).

Aliás, você me deve 5 dólares. Eu avisei que aquele casamento não duraria.

Enfim, conheço sua opinião a respeito de produtos farmacêuticos, mas estão oferecendo *seis dígitos*, querido.

Não acredito que possa se dar o luxo de recusar depois do que aconteceu em Augusta ano passado.

Me ligue logo! Mal posso esperar para retornar a ligação daqueles executivos com uma contraproposta.

Beijinhos

Dolly
Dolly Vargas
Vargas Agência de Talentos
Los Angeles, CA

Marshall — 11:17
Ligação perdida

> Marshall 11:52
> Cara, cadê você? Atende.

> Marshall 12:39
> Sério, cara, isso não é legal. Me liga.

> Marshall 13:27
> Cara, cadê você? Mamãe e papai foram presos. NOSSOS PAIS ESTÃO NA CADEIA. Atenda a mercadoria do telefone. Não, mercadoria. Mercadoria. ODEIO ESSE TELEFONE.

> Marshall 14:14
> Legal. Está na internet. MAMÃE E PAPAI FORAM ESCOLHIDOS COMO OS IDIOTAS DA SEMANA. Nossos pais são idiotas.
>
> Não que a gente já não saiba disso (lembra todas as vezes que eles esqueceram de pagar a conta de telefone e passamos o Natal no escuro?), mas é um pouco perturbador ver isso sendo declarado na INTERNET. CADÊ VOCÊ?

> Enrique Alvarez 14:37
> Mano, você quer chili? Se não responder em um minuto, vou botar chili no seu cachorro-quente. É o que acontece quando manda seu caddie buscar seu almoço e esquece de pagar. DE NOVO.

> Marshall 15:05
> Ah, ótimo. Agora é a história principal do jornal da tarde. Jackie Monroe, do canal 4 WISH-TV, está falando sobre nossos pais. NOSSOS PAIS!!!!
>
> Agora até quem não tem internet vai saber. Se é que existe alguém sem internet, e deve ser você porque VOCÊ JAMAIS CARREGA O TELEFONE.

De: Dolly Vargas <D.Vargas@VAT.com>
Enviado em: 13 de março 16:10:10
Para: ReedStewart@reedstewart.com
Assunto: Oferta Lyrexica

Por que você não me respondeu sobre a oferta do Lyrexica? Está com medo de se meter em um processo coletivo como aconteceu com o Paryxica? Não é necessário. Esse negócio foi testado em humanos, aparentemente, sem nenhum estrago.

Bem, até agora.

E o que são esses boatos que estou ouvindo sobre aquelas pessoas numa cidadezinha caipira que tentaram dar um golpe num restaurante serem *seus pais*? Isso não é verdade, é?

Porque você sabe que, se for verdade, seria *incrível*. Posso botar você para fazer uma entrevista com Jen, no *SportsCenter*, e vocês dois podem fazer uma matéria muito emotiva sobre o assunto, o que deixaria todo mundo torcendo por você no Golden Palm. No momento, a empatia está do lado de Cutler, por causa da grana que aquela golpista russa levou dele.

Mas acho que isso pode ajudar a virar as coisas a seu favor, porque todo mundo ama um azarão.

Sabe, acho que o nome da cidade daquele casal me lembra de alguma coisa, mas não sei o quê. Tenho certeza de que lembrarei em breve.

Me ligue, se conseguir lembrar de carregar o telefone.

Beijinhos

Dolly
Dolly Vargas
Vargas Agência de Talentos
Los Angeles, CA

> **Marshall** — 16:45
> Cara vou matar você se não atender a porta do telefone não porta não porta vou me MATAR porque MINHA VIDA ACABOU não acredito que você me deixou sozinho para lidar com essa mercadoria sozinho não mercadoria não AAAAAAAAAAAHHHH
>
> CADÊ VOCÊ?????

> **Carly** — 18:05
> Oi, Reed, você deve ter passado o dia jogando golfe e esqueceu de carregar o telefone, ou está sem serviço, ou algo do tipo, mas, se puder, ligue para Marshall ou para mim assim que receber essa mensagem porque temos um pequeno problema com seus pais.
>
> Nada sério! Ninguém se machucou. Provavelmente só Marshall, mas emocionalmente.
>
> Ligue, por favor. Obrigada!

**Atenção para a estacas do local.
Não adentre as áreas ambientais.**

Buraco	Blue Rated 74.1/Slope 146	Gold Rated 72.0/Slope 137	White Rated 70.3/Slope 129	Handicap	Par	REED		COBB			Handicap	Reed Rated 72.3/Slope 129
1	500	495	461	9	5	4	-1	4	-1		5	434
2	307	300	265	13	4	3	-2	3	-2		13	224
3	407	340	334	5	4	4	-2	4	-2		11	305
4	190	176	160	15	3	2	-3	2	-2		15	127
5	451	411	385	1	4	5	-2	4	-2		3	342
6	400	290	345	11	4	4	-2	3	-3		9	306
7	418	412	382	3	4	4	-1	5	-2		1	341
8	158	152	146	17	3	2	-3	5	-3		17	127
9	394	367	357	7	4	4	-3	5	-2		7	326
Out	3225	3043	2835		35	32		32				2532
	JOGADOR										JOGADOR	
10	520	477	467	8	5	4	-4	4	-3		10	401
11	365	353	318	14	4	4	-4	3	-4		14	285
12	432	421	406	6	4	4	-4	4	-4		4	341
13	126	119	99	18	3	3	-4	2	-5		18	76
14	576	546	541	2	5	4	-5	5	-5		2	475
15	390	372	342	12	4	3	-6	5	-5		12	296
16	200	191	157	16	3	3	-6	2	-6		16	129
17	413	376	368	4	4	4	-6	3	-7		8	321
18	574	524	510	10	5	5	-6	6	-6		6	476
In	3596	3379	3208		37	34		35				2800
Tot	6821	6422	6043		72	66		67				5332
	Handicap											
	PONTUAÇÃO FINAL											
DATA		MARCADOR							ÁRBITRO			

**AVISO: ESTE CAMPO DE GOLFE É ORGULHOSAMENTE
IRRIGADO COM ÁGUA DE REÚSO.**

PELICAN BEACH GOLF RESORT
Treino de "aptidão"

Enviado em: 13 de março
Jogador: Reed Stewart
Marcador: Enrique Alvarez

Por favor — Reparar marcas de bolas ao final de cada jogada — Preencher torrões com areia — A USGA determina que todos têm direito a jogar — Obrigado por jogar no Pelican Beach Golf Resort!

TELA DO TELEFONE DE BECKY FLOWERS

BECKY FLOWERS	17:45	98%
HOJE	TODAS	PERDIDAS

Mãe — 17:45
Becky, Nicole acabou de contar o que aconteceu com os Stewart! Bloomville não aparecia nos jornais há anos. Desde o tornado que atingiu o shopping. E o Assassino dos Halteres, claro.

Becky — 17:45
Mãe, onde você está?

Mãe — 17:46
Estou no parque. Eu ia ligar, mas o sinal aqui é terrível. Mal consegui ouvir alguma coisa quando Nicole ligou para contar que Jackie Monroe, do canal 4, estava falando sobre o juiz. Dá para imaginar? Jackie estava falando sobre NOSSA cidade!

Becky — 17:46
Mãe, vai escurecer em breve. Por que está no parque?

Mãe — 17:46
O sol não se põe antes das 19h. E encontrei tantos gravetos maravilhosos outro dia por aqui quando estava ajudando as escoteiras a limpar o parque depois da tempestade.

Becky — 17:46
Você também encontrou um mendigo bêbado urinando perto de seu carro, lembra?

Mãe — 17h47
Ai, ele era inofensivo. Apenas chamei a polícia porque não queria que as meninas o vissem de calças arriadas. Embora eu tenha certeza de que algumas delas já viram coisas mais graves.

> **Becky**   17:47
> Mãe, eles vendem lenha na loja de departamentos.

Mãe   17:47
Não estou procurando lenha, querida. Gravetos. Não mostrei minha última obra? Pinto os gravetos de branco com um retalho e os penduro como um enfeite de letras que diz ABENÇOADO.

> **Becky**   17:47
> E por que exatamente está fazendo isso?

Mãe   17:47
Porque todo mundo escreve ABENÇOADO embaixo das fotos de férias que são postadas no Facebook. Ou embaixo das fotos dos netos.

> **Becky**   17:47
> Sei o significado da palavra, mãe, assim como seu uso. Ainda tenho meu Diário de Agradecimentos que a vovó me deu de Natal. Só não entendi os gravetos.

Mãe   17:48
Ah, fico tão feliz que você ainda tenha o diário! Jackie Monroe diz que manter um diário ajuda a reduzir o estresse.

Mas, com meu produto, a pessoa pode pendurar os gravetos sobre a cabeça e tirar a selfie. Sem precisar escrever a palavra ABENÇOADO sob a foto. Porque já está escrito acima. Economiza uma etapa.

> **Becky**   17:48
> Se chama hashtag, mãe.

Mãe   17:48
Dei o nome de Pau de Bênção. Sabe, tipo os paus de selfie? Já fiz alguns para minha barraca de artesanato na feira do domingo passado, e foram meu produto mais vendido! A esposa do Dr. McLintock comprou 12 por 50 dólares cada para dar de presente às enfermeiras no hospital. Nem acreditei!

> **Becky** — 17:48
> Nem eu.

> **Mãe** — 17:49
> Então vou precisar de um monte de gravetos para a exposição de artesanato em South Bend no final de semana que vem. Tenho um monte de tecido, então só preciso dos gravetos. Mas precisam ser BONITOS, não podem ser muito sujos, nem com folhas. E também sem insetos, claro.
> Eu só queria saber se você vai ligar para ele?

> **Becky** — 17:49
> Quem?

> **Mãe** — 17:49
> Para Reed, claro. Tenho certeza de que ele virá para casa agora que os coitados dos pais são criminosos. Vai ligar para ele?

> **Becky** — 17:49
> Por que eu ligaria para Reed, mãe?

> **Mãe** — 17:50
> Vocês dois eram tão próximos.

> **Becky** — 17:50
> Isso faz dez anos, mãe. Sou uma pessoa adulta agora e estou num relacionamento adulto. Lembra? Com meu namorado Graham.

> **Mãe** — 17:50
> Ai, eu sei. Mas Reed era muito especial. Mesmo na época do colégio ele se destacava dos outros rapazes, tão alto e educado, e se dava bem com seu pai. Lembra que ele levava seu pai para jogar golfe no country clube?

> **Becky** — 17:51
> Eu me lembro, mãe.

> **Mãe** — 17:51
> Nenhum de seus outros namorados fez isso.

> **Becky** — 17:52
> Porque papai morreu, mãe.

> **Mãe** — 17:52
> Estou apenas dizendo que Reed era um ótimo rapaz. E todo mundo erra, então você não devia guardar mágoa do que aconteceu na noite de formatura. Ele certamente mudou de comportamento. Só pode, senão não teria ganhado todos aqueles torneios e patrocínios! E quem sabe você pode ajudar aqueles coitados.

> **Becky** — 17:52
> Que coitados?

> **Mãe** — 17:52
> Os pais dele. Eles foram tão gentis conosco quando seu pai ficou doente.

> **Becky** — 17:52
> Mãe, não tenho tempo para debater isso agora. Estou indo para a degustação no Autêntico.

> **Mãe** — 17:53
> Tudo bem, mande um beijo para Graham. Diga que eu amei o Tora Azul.

> **Becky** — 17:53
> ?!

> **Mãe** — 17:53
> O tal queijo que ele sugeriu para meu grupo de retalhos. Era delicioso.

> **Becky** — 17:54
> Ah, pode deixar. Não fique muito tempo no parque, mãe.

> Mãe 17:54
> Não vou, não. Até porque me parece que todos os gravetos bons já se foram. Devo tentar o terreno baldio ao lado dos bombeiros. Divirta-se hoje à noite! ♥

De: TrimbleStewart-Antonelli@Stewart&Stewart.com
Enviado em: 13 de março 19:06:26
Para: CarlyStewart@StewartImoveis.com; MarshallStewart@StewartImoveis.com; ReedStewart@reedstewart.com
Cc: TonyAntonelli@AntonelliPizza.com
Assunto: Nossos pais

Caros Marshall, Reed e Carly (estou incluindo você, Carly, porque sei que Marshall conta tudo mesmo, e incluí, é claro, meu marido, Tony):

Paguei a fiança de nossos pais.

Não precisam agradecer nem devolver o dinheiro. Era minha obrigação como filha mais velha (e testamenteira).

No entanto, escrevo para informar que essa é a última vez que farei qualquer coisa por nossos pais. Seu comportamento recente não é somente constrangedor, mas também está prejudicando minha posição como oficial de justiça e a de Tony como conhecido empresário de nossa comunidade (para quem não sabe, ele vai abrir uma franquia do Antonelli's em Dearborn no mês que vem, que deve se chamar Antonelli's II).

Não tenho certeza se vocês conhecem a extensão da decadência de nossos pais. Eles me disseram hoje à tarde, quando pedi que me reembolsassem a fiança (1.600,00 dólares), que não têm dinheiro.

Não me informaram que não têm uma poupança para a aposentadoria. Me informaram que NÃO TÊM DINHEIRO ALGUM.

Não só estão pagando uma segunda hipoteca da casa, mas também andam sacando dinheiro no cartão de crédito para pagar (algumas) contas.

(Digo "algumas" contas porque, quando os deixei em casa, encontrei dezenas de avisos de cobrança na caixa de correio, que claramente não era aberta havia um tempo. Contas de lojas da cidade, como a Hayes Ferragens, onde papai aparentemente comprou um novo revestimento para a piscina.)

Por outro lado, mamãe gastou o valor de 5 mil dólares em raspadinhas nos últimos três meses. Ela pagou com cheque.

Quando confrontei nossos pais, eles riram e disseram para eu não me preocupar porque "tudo vai se acertar".

Gostariam de saber como?

Aparentemente, o plano de aposentadoria de nossos pais envolve ganhar "milhões", com a venda de mais selos como aqueles que usaram para tentar enganar o Trapaça ontem à noite, e ganhar a loteria das raspadinhas.

NOSSOS PAIS TIVERAM ACESSO A ENSINO SUPERIOR. COMO ISSO PODE ESTAR ACONTECENDO?

Tentei explicar aos dois que, mesmo se conseguirem o feito de ganhar uma fortuna com a coleção de selos do papai e as raspadinhas da mamãe, eles ainda teriam que pagar os impostos sobre as vendas e a loteria, e que, mesmo assim, talvez não sobrasse dinheiro suficiente para pagar:

1. A remoção de uma dezena de gatos selvagens que moram na casa deles e nas redondezas.

2. A(s) hipoteca(s).

3. As duas Mercedes (alguém pode me explicar por que nossos pais têm duas prestações de Mercedes zero quilômetro quando não podem nem pagar a prestação de uma só?

4. O governo norte-americano, para quem papai deve milhares de dólares em impostos (algo que ele não acredita ser verdade, porque me explicou que o contador morreu há cinco anos. Segundo papai, quando seu contador morre, você não precisa mais pagar impostos. Que lei desconhecida maravilhosa! Por que a gente não começa a matar nossos contadores? Então nunca mais teremos que pagar impostos).

Ainda bem que papai passou a firma para mim quando me formei em direito, ou em breve também perderíamos isso.

Quando disse a papai que ele estava se iludindo e que era hora de eles me darem uma procuração para eu cuidar das finanças e consertar a bagunça toda (como testamenteira, só posso negociar as dívidas após a morte de ambos), ele me disse para "catar coquinho".

E quando sugeri, de modo muito delicado, que ele e mamãe talvez devessem procurar outro médico que não seja o Dr. Jones para se consultarem sobre seu estado mental, uma vez que é muito claro — para mim, pelo menos — que os dois estão birutas, ele me disse muito firmemente para sair da casa deles.

Até mesmo meu conselho para que se mudassem para um centro de convivência para idosos, como o tio Lyle, e vendessem a casa (ou pelo menos fingissem vender a casa antes que o banco a confisque, não que alguém um dia queira morar naquela pocilga fedorenta), foi pessimamente recebido. Papai me informou que só deixará Bloomville em uma "caixa de madeira".

Então, escrevo para desejar boa sorte. Cumpri minha parte hoje, e não farei mais nada. Eu e meu marido temos negócios para administrar, assim como duas adolescentes para criar. Não tenho tempo nem vontade de brincar com aquele par de ioiôs que dizem ser nossos pais.

Caso vocês tenham a SORTE de botar algum juízo na cabeça daqueles dois, espero que lembrem que mamãe disse que eu poderia ficar com toda a prataria, as taças de cristal Waterford e, é claro, o lustre de vidro veneziano da sala de jantar. Vocês não têm uma sala de jantar, Carly, então o lustre não teria lugar, e seus filhos são novos demais para apreciar o valor das taças.

E nenhum desses itens se adaptaria a seu estilo de vida, Reed.

Como testamenteira — e pelo que passei hoje —, sinceramente, é o mínimo que mereço.

Atenciosamente,

Trimble Stewart-Antonelli
Advogada
Stewart & Stewart, Ltda.
Av. South Moore, 1911
Bloomville, IN 47401
(812) 555 -9721
www.stewart&stewart.com

TELA DO TELEFONE DE CARLY STEWART

CARLY STEWART	20:00	92%
HOJE	TODAS	PERDIDAS

Carly — 19:37
Eu odeio sua irmã.

Marshall — 19:37
Calma. Lembre-se do que a terapeuta falou.

Carly — 19:37
Estou lembrando. Por isso estou mandando mensagem dizendo que odeio sua irmã em vez de gritar na frente das crianças.

Marshall — 19:38
Não, não é isso. O que ela falou sobre Trimble não conseguir ser de outro jeito. Ela tem problemas de autoestima.

Carly — 19:38
Bem, talvez seus pais devessem ter pensado nisso quando a batizaram de Trimble.

Quem sabe assim ela não teria sentido necessidade de casar com o primeiro cara que se interessou e que acabou sendo tão detestável que nunca conseguiu um emprego, então seus pais tiveram que comprar uma pizzaria para ele ter alguma ocupação.

Marshall — 19:39
Você acha que o nome DELA é ruim? Meu nome é uma homenagem a Thurgood Marshall.
E quem já ouviu falar do juiz da Suprema Corte chamado Stanley Forman REED?

> **Carly** 19:40
> O juiz da Suprema Corte que deu nome a sua irmã morreu depois de apenas dois anos no posto.
>
> E, mais, as pessoas a chamavam de TRIM no colégio.

> **Marshall** 19:40
> Eis o motivo para a baixa autoestima.

> **Carly** 19:40
> Não é da minha conta. Continuo a odiando. Quase tanto quanto eu odeio Summer Hayes.

> **Marshall** 19:41
> Espero que esteja se sentindo melhor agora que desabafou.

> **Carly** 19:41
> Um pouco. Obrigada.
>
> Mas a gente ainda precisa decidir o que fazer em relação a seus pais.

> **Marshall** 19:41
> Matar minha irmã?

> **Carly** 19:41
> ☺

FACEBOOK

Linha do tempo | Sobre | Fotos | Comentários | Outros

Autêntico — Boutique de queijos e vinhos

criou um evento
12 horas

Degustação de queijos e vinhos hoje à noite entre 18 e 22 horas.

Experimente queijos e vinhos do mundo todo!

Tony Antonelli, Summer Hayes, Becky Flowers e 54 pessoas curtiram isso.

Comentários principais

Becky Flowers — Estou ansiosa!
Hoje às 13:10

Graham Tucker — ☺ ♥

Henry De Santos — Guarde um pouco daquele cabernet que a gente tomou outra noite!
Hoje às 13:16

Nicole Flowers — E um daqueles vinhos de gelo!
Hoje às 14:45

Graham Tucker — Reservado na prateleira de vocês, pessoal!
Hoje às 15:32

Tony Antonelli — A gente se vê lá, irmão!
Hoje às 15:45

Graham Tucker — Ótimo!
Hoje às 15:52

Trimble Stewart-Antonelli — Nós adoraríamos ir, mas precisamos botar os pequenos na cama depois de cozinharmos uma deliciosa refeição caseira orgânica para toda a família, como fazemos todas as noites, porque a FAMÍLIA vem em primeiro lugar. E, outra, eu tenho enxaqueca quando bebo vinho.
Hoje às 17:30

Graham Tucker — Da próxima vez, tente vir e comprar uma garrafa de pinot noir para tomar em casa enquanto cozinha o jantar da família, Trimble. O pinot noir tem um teor naturalmente baixo de tanino, assim como vinhos brancos tipo pinot gris. A causa número um das dores de cabeça relacionadas ao vinho é a desidratação, então tome bastante água quando estiver curtindo meus vinhos!
Hoje às 17:32

Graham Tucker — Eu só queria agradecer o apoio de vocês aos empreendimentos locais, principalmente para o Autêntico, e avisar que no dia de St. Patrick daremos descontos de 10% para os membros das forças armadas que vierem à nossa degustação de cheddar irlandês!
Hoje às 18:00

Henry De Santos — U-hú!
Hoje às 18:02

Confirmados (128)
Convites recentes (+20)
Talvez (47)
Convidados (527)

Skype — Contatos — Chamada — Visualizar — Ferramentas — Ajuda

---

Marshall Stewart entrou na conversa 22:02

Carly Stewart entrou na conversa 22:02

Marshall Stewart   Espere, o que a gente está fazendo aqui mesmo?

Carly Stewart   Fazendo um chat com Reed sobre seus pais.

Marshall Stewart   E por que a gente não faz isso no Facetime?

Carly Stewart   Já disse. Reed passou o carrinho de golfe em cima do telefone e quebrou a câmera.

Marshall Stewart   De novo?

Carly Stewart   Fique feliz que eu finalmente consegui falar com ele.

Marshall Stewart   Por que minha família não pode ser normal de vez em quando?

Carly Stewart   Ai, querido, se acha que você ou sua família vão ser normais um dia, está terrivelmente enganado.

Marshall Stewart   Mas o quê...?

Reed Stewart entrou na conversa 22:04

Reed Stewart   Oi, oi, oi! Como vão meus reprodutores favoritos?

Marshall Stewart   Cale a boca. Nossos pais são criminosos.

Reed Stewart   Bom dia para você também, irmãozão!

Carly Stewart   Boa noite. Já é noite aqui, Reed.

Marshall Stewart   E o que exatamente aconteceu de bom nas últimas 24 horas?

Carly Stewart   Marshall não está lidando muito bem com o que aconteceu com os pais de vocês, Reed.

Reed Stewart   Estou vendo. Mas eles já estão em casa, certo?

Marshall Stewart   Certamente. Não recebeu o e-mail de Trimble?

Reed Stewart   Recebi, sim, mas não li. Trimble nunca me manda nada além de xingamentos desde que descobriu meu acesso a um avião particular e, então, decidiu

	ser adequado eu mandar Tony, ela e as crianças para Aspen como um presente de Natal. Achei que um cartão de $25 do iTunes seria o suficiente para cada criança. Trimble disse que eu era um péssimo tio. Chegamos a um impasse.
Carly Stewart	VOCÊ TEM UM AVIÃO PARTICULAR?
Reed Stewart	Não. Trimble ACHA que tenho porque ela viu em algum programa de TV que os golfistas profissionais voam de avião particular para os torneios. Às vezes é verdade, porque não queremos correr o risco de perder os tacos em uma companhia aérea comercial. Mas isso não significa que eu seja burro o suficiente a ponto de comprar um avião. O cara que cuida de minhas finanças me mataria. Ele disse que as duas piores coisas que um homem pode comprar são iates e jatinhos. Os dois são um buraco negro de dinheiro, porque estão sempre quebrados.
Marshall Stewart	Nossa, Reed, fascinante ficar aqui lendo as peripécias financeiras de um atleta profissional multimilionário. Por favor, conte mais.
Carly Stewart	Marshall, pare. Sabe muito bem que não foi essa a intenção. E eu que perguntei sobre o avião.
Reed Stewart	Para sua informação, Marshall, tenho um consultor financeiro para que eu possa guardar dinheiro suficiente e um dia abrir uma franquia de escolas de golfe para crianças.
Marshall Stewart	Escola de golfe para crianças? De onde você tirou *isso*?
Reed Stewart	Ah, vai, Marshall. Você sabe como foi crescer naquela casa, ainda mais para mim e para o juiz. O golfe foi a única coisa que me permitiu continuar são, bem, uma das coisas. No final, foi o que me salvou, literalmente. Acho que outras crianças deveriam ter acesso ao esporte, e isso só vai acontecer quando ele for mais acessível e menos caro. Quero começar um programa de atividade complementar nas escolas exatamente por isso. Além do mais, estou ficando cansado de ficar viajando toda hora, fazendo mala e dormindo em um travesseiro diferente toda noite.
Carly Stewart	Ai, Reed. Muito fofo.
Marshall Stewart	Fofo? Está de sacanagem? Não acredito que você está caindo nessa baboseira, Car.

Carly Stewart	Do que você está falando?
Marshall Stewart	Reed, com que frequência essa frase sobre estar "cansado de viajar e fazer mala" convence as mulheres a transarem com você?
Reed Stewart	Incrivelmente, com muita frequência.
Marshall Stewart	Caso encerrado. Meu irmão é um monstro.
Reed Stewart	Mas um monstro adorável.
Carly Stewart	Vocês podem parar? A gente não está aqui para debater a vida sexual de Reed. Estamos aqui para falar sobre seus pais. Você realmente não leu o e-mail de Trimble, Reed?
Reed Stewart	Dei uma lida rápida.
Marshall Stewart	Deu uma lida???? Aparentemente nossos pais estão falidos e possivelmente sofrendo de senilidade, e você deu uma lida rápida.
Reed Stewart	É, não consigo entender essa parte. Como podem estar falidos? Trimble tirou onda na newsletter de Natal, dizendo que estava orgulhosa de ganhar mais de seis dígitos em um ano na sociedade com o juiz.
Carly Stewart	Eca! Esqueci que ela fez isso. E mostrou fotos suas e de Tony com aquelas crianças preciosas na viagem para esquiar em Aspen. Parece que ela conseguiu chegar lá, apesar da cruel recusa de Reed em emprestar o avião inexistente.
Marshall Stewart	Bem, infelizmente, ninguém pensou em conferir o que mamãe e papai faziam com sua parte do dinheiro.
Reed Stewart	Pelo visto compravam algumas Mercedes novas e pagavam muito dinheiro por selos comemorativos de George Washington.
Carly Stewart	Não esqueça das raspadinhas. É minha parte favorita.
Reed Stewart	Me parece que isso já vem acontecendo há um tempo. Como a gente só descobriu agora?
Carly Stewart	A gente não descobriu agora. *Alguns* de nós sabem disso há um tempo. Mas outros de nós estavam em completa negação e se recusaram a admitir que

	qualquer coisa estivesse errada porque ele quer evitar conflito a todo custo, especialmente com o pai.
Marshall Stewart	Isso não é justo. Como a gente saberia que isso estava acontecendo? Mamãe e papai não deixam a gente entrar na casa desde que Carly teve a ousadia de mencionar que o lugar não parecia tão limpo desde que eles demitiram Rhonda.
Reed Stewart	ELES DEMITIRAM RHONDA?
Carly Stewart	Eu disse para a gente esperar e contar pessoalmente, Marshall.
Marshall Stewart	Como faríamos isso se ele NUNCA VEM AQUI? Só nos vemos no máximo uma vez por ano, quando vamos a Los Angeles para vê-lo ou quando ele tem um jogo aqui perto.
Reed Stewart	Como podem ter demitido Rhonda? Ela trabalha para eles desde que a gente era criança! Onde vou comer um frango assado exatamente do jeito que gosto agora que demitiram Rhonda?
Marshall Stewart	Sim, Reed, como sempre, estamos falando de você. E de seu apetite.
Carly Stewart	Entendo o que está querendo dizer, Reed. Até onde sei, seus pais demitiram Rhonda depois de 25 anos de um trabalho impecável porque seu pai comprou 800 malhetes de antiquário de outro colecionador de itens judiciários que ele conheceu em Terre Haute.
Reed Stewart	Oi?
Marshall Stewart	Ah, sim, não sabia? Papai diz que fez um ótimo negócio porque o vendedor "não tinha ideia do que estava fazendo".
Reed Stewart	E o que ele vai fazer com *800* malhetes?
Marshall Stewart	Papai disse que vai vendê-los por três vezes o valor de compra. Disse que, com essa venda e a coleção de selos que, você sabe, ele junta há anos, vai ficar MILIONÁRIO.
Reed Stewart	E isso não soou ligeiramente estranho?
Carly Stewart	OBRIGADA!!! Está vendo, Reed? Está vendo com o que preciso lidar todos os dias?

Marshall Stewart	Papai sempre foi um pouco excêntrico! Lembra que ele e mamãe deixavam a gente pedalar até a sorveteria quando eu tinha 11 e você 7 anos?
Reed Stewart	Sim. O que isso tem de excêntrico?
Marshall Stewart	Reed, a sorveteria mais próxima ficava a 20km.
Reed Stewart	Então está dizendo que eles sempre foram assim e que a demissão de Rhonda por causa de um monte de malhetes faz todo o sentido para você?
Carly Stewart	Seus pais explicaram que tiveram que demitir Rhonda porque não precisam mais de uma cozinheira, uma vez que tinham se livrado do fogão para dar espaço à máquina de lavar roupa, que eles tiraram do porão para abrir espaço para os malhetes.
Reed Stewart	Era para eu ter achado que isso faz sentido?
Marshall Stewart	Faz sentido se você parar para pensar.
Reed Stewart	Não. Não, Marshall, não faz. Onde está o fogão agora?
Carly Stewart	ESTAVA no jardim da frente com as carcaças de peru até Rhonda aparecer com os filhos e botar o fogão num caminhão, como doação para a igreja. Rhonda disse que, se o juiz quisesse se comportar como maluco, era problema dele, mas que ela sabia existirem algumas pessoas não malucas que ainda sabiam apreciar uma boa comida.
Reed Stewart	Espere. Que carcaça de peru?
Marshall Stewart	Carly, você sabe o que a terapeuta disse. "Maluco" é um termo desumanizador. Mamãe e papai, assim como Bailey, fazem as coisas de um jeito um pouco diferente do resto, e algumas pessoas, como nossa querida irmã e talvez a polícia de Bloomville, os julgam de forma um pouco severa demais por isso.
Reed Stewart	Que terapeuta? Vocês estão fazendo terapia???
Carly Stewart	Sim, porque seu irmão mais velho está em negação completa, Reed. Seus pais precisam de ajuda, mas se recusam a acreditar nisso porque não veem qual é o problema. E alguns membros da família só notam o problema quando ele é público, tipo agora. Mas, mesmo assim, eles só querem varrer para debaixo do tapete, e não, de fato, resolver.

Marshall Stewart	Exatamente! Porque agora *o mundo inteiro* sabe, graças ao que nossos pais fizeram ontem à noite no Trapaça e à matéria do *Diário de NY*. É por isso que Trimble está tão chateada.
Carly Stewart	Eu não estava falando de Trimble, Marshall, mas não importa. Embora eu ainda esteja me perguntando quem mandou a matéria da *Gazeta de Bloomville* para o *Diário de NY*.
Marshall Stewart	Não estamos aqui para debater o apetite de Reed, muito menos sua inimizade com Summer.
Reed Stewart	Ei, a gente pode dar um tempo? Nem acredito que Summer Walters ainda exista.
Carly Stewart	Claro que existe. Toda cidade precisa de uma vaca metida, e a nossa é Summer. Só que é Summer Hayes agora. Ela se casou com Bob Hayes. Ele herdou a Hayes Ferragens do pai. Foi lá que seu pai comprou o revestimento para a piscina; bem, não é verdade, porque ainda não foi pago.
Marshall Stewart	Será que a gente pode se CONCENTRAR? Fiz uma lista de coisas que nós três precisamos fazer, uma vez que Trimble disse que não vai ajudar e que seria inútil de qualquer jeito.

1) Fazer uma reunião com um advogado — que não seja Trimble, obviamente — para ver como podemos resolver a questão dos impostos de papai e mamãe.

2) Ligar para as empresas de cartão de crédito e tentar negociar alguma forma de pagamento.

3) Fazer a mesma coisa com os possíveis comerciantes locais a quem eles devem dinheiro — tipo, a loja de ferragens.

4) Pesquisar retiros onde mamãe e papai possam morar, e onde serão bem cuidados. Porque certamente não vão morar com nenhum de nós depois de tudo, nem queremos isso — a não ser que esteja escondendo alguma coisa, Reed.

5) Arrumar a bagunça dos dois — se é que vão nos deixar entrar na casa — e avaliar se existe algo realmente valioso que possamos vender para pagar as dívidas.

	6) Botar a casa à venda. Para a primeira oferta, se necessário. Precisamos tirá-los de lá antes que repórteres do mundo inteiro venham até Bloomville entrevistar o casal que tentou passar a perna no Trapaça. E também porque papai escorregou duas vezes na neve no inverno passado, tentando chegar à garagem, e mamãe travou as costas três vezes caindo na banheira.
Carly Stewart	Que tal a sugestão de Trimble, para que eles consultem um médico que não seja o Dr. Jones? Ele é mais velho que seus pais e um de seus melhores amigos. Duvido muito que ele dê o diagnóstico de demência para os pais de vocês.
Marshall Stewart	Porque meus pais não têm demência! A não ser que sempre tenham tido. Eles são apenas esquisitos. Sempre foram esquisitos.
Carly Stewart	Está vendo, Reed? Está vendo o que tenho que aguentar?
Marshall Stewart	O que foi? Por que as pessoas deduzem automaticamente que qualquer pessoa com mais de 60 anos que faça algo fora do comum tem demência? Sabe qual é o nome disso? Preconceito.
Carly Stewart	Deixei sua mãe dirigir no último almoço das meninas no Antonelli's, e ela passou três sinais vermelhos. Quando eu a informei do fato, ela disse que o sinal vermelho é para os outros, não para ela, que é boa motorista.
Reed Stewart	Sendo justo, ela sempre foi assim. Mas, enfim, eles não vão morar comigo. Fico com a tarefa número quatro.
Marshall Stewart	Encontrar um retiro? É a mais fácil!
Reed Stewart	Não, é a mais difícil. Trimble disse que o juiz não quer ir.
Marshall Stewart	Encontrar o lugar é bem fácil. Convencê-los a se mudar é a parte difícil. E você só vai ligar para o tio Lyle e tentar achar uma vaga para eles no condomínio de Palm Springs.
Reed Stewart	Para sua informação, Marshall, eles não aceitariam mamãe e o juiz no retiro do tio Lyle em Palm Springs porque é um resort para a comunidade LGBT. Acha que Richard e Connie Stewart se encaixariam lá?

Marshall Stewart	Ah. OK, talvez não. Mas você continua fazendo o possível para não ter que vir para cá. Não finja que não. E eu sei por quê. Para não ter que ver a TAL.
Reed Stewart	Não faço ideia do que você está falando.
Marshall Stewart	Bem, certamente não estou falando de Rhonda.
Carly Stewart	Marshall, acho que você está sendo um pouco injusto. Reed tem um bom motivo para não visitar Bloomville há tanto tempo.
Marshall Stewart	Ah, faça-me o favor! Faz uma década! Ele precisa deixar isso para trás. E todos nós temos algo bem mais vergonhoso com que lidar agora, não é mesmo?
Carly Stewart	Sim, mas foi seu pai que mandou ele não voltar nunca mais.
Marshall Stewart	De novo, isso foi há uma década. E papai certamente não estava falando sério.
Reed Stewart	Marshall, quando fui morar com o tio Lyle — o único membro da família que me acolheu depois que o juiz me expulsou de casa —, papai mandou uma carta registrada homologando minha condição de *persona non grata* em Bloomville. Disse que, se eu ousasse botar os pés no estado de Indiana, ele me prenderia por invasão de propriedade, roubo, agressão, condução de veículo motorizado sob a influência de álcool e pelo consumo de álcool sendo menor de idade. E, como ele era o procurador-geral do estado de Indiana na época, acho que falava bem sério.
Marshall Stewart	OK. Talvez ele tenha exagerado. Mas a gente viu que você acabaria com o tio Lyle de qualquer jeito. E papai claramente se arrepende das coisas que disse. Ele fala de você toda hora, e vê todos os torneios dos quais participa. Acho que ele sente muito pelo que aconteceu. Só que você nunca teve a coragem de voltar à cidade e permitir que ele peça desculpas... E tudo isso por causa de uma GAROTA.
Carly Stewart	Marshall, acho que você está pegando um pouco pesado.
Reed Stewart	Se você está se referindo a Becky, eu estava tentando fazer a coisa certa.

Carly Stewart	Acho melhor a gente mudar de assunto. Vamos falar sobre o quanto a gente odeia Trimble. Ou Summer Hayes.
Marshall Stewart	A coisa certa seria você ter voltado há muito tempo e encarado seus fantasmas. E então eu não seria a única pessoa sã da família lidando com eles por você.
Carly Stewart	Marshall, PARE! Reed, eu entendo. Seu pai era muito assustador. Mas ele ficou bem mais tranquilo com a idade. Acho até que ele esqueceu o que aconteceu entre vocês dois naquela noite.
Marshall Stewart	Reed não está com medo de enfrentar PAPAI, Carly. Não é, Reed?
Carly Stewart	Mandei você PARAR, Marshall.
Reed Stewart	Se papai já esqueceu, então por que ele não me pediu desculpas no casamento de vocês?
Carly Stewart	Bem, talvez porque você e Marshall se comportaram feito idiotas, lembram? Fizeram o marido da irmã de vocês chegar à festa duas horas atrasado.
Marshall Stewart	Nossa. Eu tinha me esquecido disso.
Reed Stewart	Como Tony não conseguiu descobrir como se abria a porta da limusine por dentro?
Marshall Stewart	Tony Coitado.
Reed Stewart	Tony Coitado.
Carly Stewart	Vocês são dois idiotas. Olhe, Becky está ótima, Reed. Não precisa se preocupar com ela. Ela tem um negócio próprio. Herdou a empresa de mudanças do pai.
Reed Stewart	Ah, é. Vi no Facebook.
Marshall Stewart	Você fica entrando no perfil de sua ex no Facebook? Tarado.
Carly Stewart	Marshall, deixe seu irmão em paz.
Reed Stewart	Não vou me desculpar por ter alguma curiosidade quanto ao que aconteceu às pessoas com quem crescemos.
Marshall Stewart	É. UMA pessoa.

Reed Stewart	Acho interessante que as pessoas escolham carreiras que combinam com sua personalidade na infância. Tipo Bob Hayes com a loja de ferragens, e Becky com a empresa de mudanças.
Marshall Stewart	Os pais dos dois morreram de câncer e deixaram o negócio para os filhos.
Reed Stewart	É, mas Becky sempre gostou de organizar coisas e dar ordens.
Carly Stewart	E Bob sempre foi um prego.
Marshall Stewart	É uma pena que não tenha dado ouvidos à Becky, Reed. Talvez você tivesse até conseguido entrar para a faculdade.
Reed Stewart	Em vez do contrato de seis dígitos que assinei com os tacos de golfe Callaway? É, choro toda a noite pensando nisso, Marshall.
Carly Stewart	É, não acho que seu irmão esteja mal, Marshall. Então, se você entrou na página de Becky no Facebook, Reed, deve ter visto que ela está namorando. Ele é dono de uma loja muito legal de queijos e vinhos na praça do fórum. Ele parece ótimo.
Reed Stewart	Não. Acho que perdi essa informação.
Marshall Stewart	HAHAHA! O tarado deu mole.
Carly Stewart	Marshall, dá para crescer?
Reed Stewart	Eu também estou namorando uma mulher incrível. Ela é dona do próprio negócio.
Marshall Stewart	Claro que sim.
Carly Stewart	Que ótimo, Reed.
Reed Stewart	É revendedora de vinhos. Estou dando aulas de golfe a ela.
Marshall Stewart	Claro que está.
Carly Stewart	Pare com isso, Marshall. Que bom que você e sua namorada têm os mesmos interesses, Reed.
Reed Stewart	Ela se chama Valery.
Carly Stewart	Com y. Que diferente.

Marshall Stewart   Então, ótimo! Já que vocês são tão próximos, por que não traz Valeryyyy aqui amanhã e nos ajuda a resolver essa bagunça com mamãe e papai?

Reed Stewart   Amanhã? Na verdade, não posso amanhã porque tenho o torneio de Golden Palm em Orlando, na semana que vem. Eu e Valery chegaremos um pouco antes para dar uma olhada em possíveis investimentos e treinar por alguns dias antes do Golden Palm. O cara que aplica meu dinheiro disse que, se eu morar na Flórida durante seis meses do ano, posso economizar uma fortuna em impostos.

Marshall Stewart   Ah, é, amigão? Te proponho algo diferente. Um convite para participar do torneio que eu e Carly jogamos todos os dias enquanto você procura investimentos sob o sol da Flórida com sua nova amiga.

Carly Stewart   Marshall.

Marshall Stewart   Só que para esse jogo não há treino. A vida joga bolas em sua cara constantemente, em forma de coisas como a prisão de seus pais, ou a decisão de sua filha de 7 anos de se vestir como um chefe de tribo indígena e fazer a dança da guerra no intervalo do jogo de futebol da irmã mais velha, o que leva os outros pais a dizerem que ela está sendo culturalmente insensível. E não tem folga, nem escolha. É a mesma coisa todo dia, até você querer se matar com as facas que ganhou de sua mãe no Natal, porque ela acha que facas são um presente digno, e agora precisa que alguém tire os cartões de crédito estourados de perto dela. Só que para fazer ISSO, você precisa de ajuda do irmão que NUNCA APARECE EM CASA por causa de uma coisa que aconteceu entre ele e a namorada quando estavam no COLÉGIO.

Carly Stewart   Marshall!

Reed Stewart   Tudo bem. Tudo bem, desculpe. Eu entendo. Vou comprar uma passagem no primeiro voo decente disponível para Indiana.

Carly Stewart   Ótimo! Viu? Esse é nosso Reed.

Reed Stewart   Vai dar tudo certo, Marshall.

Marshall Stewart	Vai? Vai mesmo??? PORQUE NÃO ACHO QUE VAI. ACHO QUE MEUS PAIS VÃO MORAR COMIGO, E VOU FICAR CERCADO DE ESCULTURAS DE GATOS E VOU FICAR LOUCO.
Reed Stewart	Não. Não, Marshall. Não vou deixar isso acontecer. Que estátuas de gato?
Carly Stewart	Desculpe, Reed. Vi isso na última vez que seus pais me deixaram entrar na casa.
Reed Stewart	Não quero saber do que você está falando, quero?
Carly Stewart	Não. Marshall também não queria saber. Mas contei mesmo assim. Sua mãe tem mais de 2.000 estátuas de cerâmica de gatos em miniatura. Muitos vestidos em roupas de época adoráveis, ou cuidando de ninhadas de filhotes igualmente fofos. Ela tem até uma conta de compradora na Amazon sob o nome de Não-tão-louca-dos-gatos.
Reed Stewart	Sabia que era melhor não saber.
Carly Stewart	Sinto muito.
Reed Stewart	Alguma chance de recontratarmos Rhonda?
Marshall Stewart	Sério, cara? Você só pensa na barriga o tempo todo?
Reed Stewart	Porque Richard e Connie conhecem e CONFIAM nela, e talvez a deixem ajudar na limpeza. Não porque seu frango assado é a melhor coisa do mundo. Embora seja verdade.
Carly Stewart	Reed, você não está entendendo. É um trabalho grande demais para Rhonda. Não é só a limpeza, mas também precisamos convencer seus pais a abrirem mão das coleções e, em algum momento, a saírem dali. Eles precisam aceitar morar num lugar melhor. É uma das coisas com a qual o Dr. Jones concordaria porque levei seu pai ao médico quando ele escorregou na neve, e depois sua mãe teve bronquite. A gente precisa achar um lugar menor, de preferência com um clima mais ameno. Quero dizer, isso tudo se eles não forem presos por causa do negócio no Trapaça.
Reed Stewart	Entendi. Bem, vou falar com meu cara das finanças. Tenho um monte de dinheiro guardado. Estava economizando para a escola de golfe, mas isso é obviamente mais importante. Posso arranjar o que vocês precisarem.

Carly Stewart	Ai, Reed, obrigada. É muita gentileza sua. Não é mesmo, Marshall?
Marshall Stewart	Acho que sim.
Carly Stewart	Marshall, qual é seu problema?
Marshall Stewart	Dinheiro não vai resolver nossos problemas.
Carly Stewart	Dinheiro é EXATAMENTE O QUE VAI RESOLVER NOSSOS PROBLEMAS, Marshall.
Marshall Stewart	Não adianta gritar comigo em letras maiúsculas, Carly, nem do andar de cima da casa. Vai acordar as meninas.
Reed Stewart	Então, está dizendo que NÃO quer meu dinheiro, Marshall? Porque é melhor para mim.
Marshall Stewart	NÃO ESTOU DIZENDO NADA DISSO. Mas precisamos de seu corpo fisicamente aqui para nos ajudar uma vez na vida. Eu e Carly não temos mais forças. Eu literalmente não consigo mais jantar na avenida Country Clube, número 65, e ficar ouvindo papai me contar a procedência de cada um dos malhetes, ignorando que ele deve dezenas de milhares de dólares em impostos e dívidas de cartão de crédito.
Carly Stewart	Sim, mas a gente TAMBÉM precisa do dinheiro, Reed. NÃO É, MARSHALL? O mercado imobiliário não anda bem aqui, então não temos dinheiro para emprestar a seus pais para que saiam do buraco. Não sei de onde a irmã de vocês está tirando o dinheiro para abrir o novo restaurante em Dearborn. Eu achava que o Antonelli's não estivesse tão bem assim. Mas parece que os pais de Tony são cheios da grana.
Marshall Stewart	Tá bom. OK, Reed. A gente precisa de seu dinheiro. Mas também queremos seu corpo. Mas não como aquelas mulheres que caem no seu papo sobre estar cansado de dormir com a cabeça em um travesseiro diferente toda noite.
Carly Stewart	Acho que ele sabe disso, Marshall.
Reed Stewart	Sim, Marshall, eu sei. Já disse que vou. Ajudarei Richard e Connie a se recuperarem.
Marshall Stewart	PARA DE CHAMAR NOSSOS PAIS ASSIM. Você sabe que a gente precisa levar isso a sério, não

	sabe? Porque acho que, se não fizermos isso, talvez a próxima coisa que apareça no jornal sobre nossos pais seja o obituário. Você entendeu isso, não entendeu?
Reed Stewart	OK, Marshall. Sim, entendi. Me desculpe por não os visitar há tanto tempo. Prometo que farei o possível para compensar a ausência. Com Connie e Richard também.
Marshall Stewart	REED!!!!
Reed Stewart	Estou brincando! Mando mensagem com a informação do voo em breve.
Marshall Stewart	OK. Obrigado.
Reed Stewart	Não se preocupe. Estou do seu lado.

Reed Stewart saiu da conversa 23:05

Marshall Stewart	Você ainda está aqui, Car?
Carly Stewart	Chegou algum aviso sobre minha saída?
Marshall Stewart	Não. Você acredita nele? Acha mesmo que ele vai aparecer?
Carly Stewart	Claro. Ele disse que viria. Nunca nos decepcionou com coisas importantes. Ele mandou aquele cheque quando precisamos de um empréstimo para comprar a casa, lembra?
Marshall Stewart	Mas era dinheiro. Estamos falando de sentimento... e conflito. Reed não é bom com sentimentos NEM conflitos. Ele foge dos dois, caso tenha reparado em sua reação depois da noite da formatura.
Carly Stewart	Era diferente.
Marshall Stewart	Ele podia ter matado a menina.
Carly Stewart	Marshall, não seja dramático. Era um carrinho de golfe.
Marshall Stewart	Era um veículo em movimento, e ele estava bêbado.
Carly Stewart	Ele tinha bebido algumas cervejas e jamais criou nenhum problema desde então.
Marshall Stewart	Ele nunca voltou para *cá* desde então.

Carly Stewart	Ele nunca esquece os aniversários de suas filhas.
Marshall Stewart	Como se fosse muito difícil. Ele pede ao assistente que compre um cartão e bota uma nota de 10 dólares dentro. De novo, estamos falando de dinheiro. Admito que ele sabe lidar com dinheiro. Mas estou perguntando se você acha que ele consegue lidar com ISSO.
Carly Stewart	Acho que Reed se importa com as pessoas que ele deixou para trás em Bloomville, mesmo se esforçando para fingir que não.
Marshall Stewart	Só acredito vendo.
Carly Stewart	Você teve um dia muito ruim. Posso fazer algo para que se sinta melhor?
Marshall Stewart	Tem estricnina?
Carly Stewart	Não. Mas estou vestindo aquela camisola vermelha que você me deu de Natal.
Marshall Stewart	Aquela que você disse que ia trocar por um pijama?
Carly Stewart	Sim.
Marshall Stewart	O dia acabou de mudar do pior para o melhor de minha vida.
Carly Stewart	☺

Carly Stewart saiu da conversa 23:10

Marshall Stewart saiu da conversa 23:10

Diário de agradecimentos
de
BECKY FLOWERS

Hoje quero agradecer porque:

<u>Minha empresa vai bem.</u>
<u>Tenho saúde.</u>
<u>Tenho uma mãe, uma irmã e um namorado incríveis.</u>

Não. Sabe de uma coisa?
Tudo que escrevi acima é mentira.
Não que eu não esteja agradecida por essas coisas. Estou. Sei a sorte que tenho. Tenho uma vida maravilhosa e muitas coisas a agradecer.

Mas não vou fingir que as coisas estão cem por cento, quando não é verdade. Sim, as coisas estão cem por cento melhores para mim que para outras pessoas — juiz Stewart e a esposa, por exemplo —, mas foi muito difícil me lembrar disso hoje à noite quando aquela monstra da Summer Hayes veio falar comigo na degustação de queijos e vinhos e me perguntou, bem na frente de Graham, "Então, Becky, ficou sabendo de Reed Stewart? Ele está voltando para a cidade, sabia?"

Faz dez anos. Dez anos! Tive tantos relacionamentos depois do namoro com Reed (bem, tudo bem — três, contando com Graham).

Mas fiquei com muita gente, ainda mais se eu contar todas as pegações gratuitas do primeiro ano de faculdade, quando ainda pensava que teria notícias dele.

Certamente deixei essa história para trás.

Então, por que todo mundo nessa cidade ainda liga meu nome ao dele?

E por que, quando mencionam seu nome, sinto meu coração saltar no peito, e fico sem ar — de tal modo que, hoje à noite, me engasguei com um pedaço de camembert?

Foi muito difícil parecer indiferente na frente de Summer e de suas amigas vacas (desculpe, sim, sei que é antifeminista chamar outra mulher de vaca. Mas ainda me lembro de como elas eram maldosas no ensino médio. Especialmente porque eram veteranas, quando eu era caloura. Elas tinham que apoiar as meninas mais novas. Mas, em vez disso, estavam sempre zombando da gente. Pouca coisa mudou desde então).

"Duvido muito", falei para ela, depois que parei de me engasgar.

Acho — apesar da tosse — que consegui passar uma certa indiferença. A taça de pinot noir que Nicole enfiou em minha mão no segundo final me ajudou porque dei um longo gole. E isso fez com que o resto do queijo desentalasse da garganta.

"Acho difícil que ele volte depois de todos esses anos por causa de algo que é claramente um mal-entendido sem importância", continuei, ainda indiferente. "Tipo, ele tem irmãos que moram na cidade. Tenho certeza de que eles vão lidar com a situação."

OK, devo acrescentar que eu estava bastante bêbada. Graham sempre diz que em uma degustação a gente deve bochechar o vinho e cuspi-lo de volta. Mas eu nunca faço isso porque cuspir é nojento e vinho é delicioso. Quem (além de Graham e os amigos amantes de vinho) cospe algo tão maravilhoso? Eu, não.

Portanto, talvez eu estivesse ligeiramente embriagada àquela altura.

Mas não tão bêbada quanto Nicole, que virava os vinhos de gelo oferecidos por Graham como se fossem shots de tequila. Nicole parece desconhecer o fato de que vir servida em um copo pequeno NÃO obriga ninguém a virar a bebida de uma só vez.

"Sei que Reed tem irmãos na cidade, Becky", disse Summer, lançando um olhar sarcástico para as amigas. "Carly Stewart, que é casada com o irmão mais velho de Reed, acabou de postar algo sobre isso no Facebook. Foi ela quem confirmou a vinda de Reed. Ele tem uma passagem para amanhã. Acho que você vai ter uma semana... *interessante*."

E então ela e as amigas começaram a rir, escondendo o rosto em suas túnicas ombro a ombro que, tenho certeza, compraram na Ross Mais por Menos, onde no mês passado vi a mesma blusa em promoção por $29,99 e achei caro para uma peça de roupa que sequer leva tecido em volta dos ombros.

Antes que eu pudesse dizer qualquer coisa, Nicole — que estava para lá de Marrakesh porque já tinha bebido quatro taças de pinot noir e três copos de vinho de gelo, virados de uma vez só, não degustados, e também não tinha jantado, a não ser pelas fatias de camembert e Wabash Cannonball com umas torradas sem glúten — desceu do banco do bar e gritou, "Ei! Ei, suas vacas! Deixem minha irmã em paz! Vão todas para o..."

Felizmente, nessa hora Henry interferiu e a segurou pela cintura antes que ela caísse no chão, e disse, "Com licença, moças. Vou levar a Srta. Flowers para tomar um pouco de ar fresco."

"Não preciso de ar algum", resmungou Nicole com a fala enrolada. "Preciso enfiar a porrada naquelas vacas!"

E então Nicole realmente tentou chutar Summer, mas felizmente acabou chutando apenas o ar, porque Henry a jogou sobre os ombros, como um bombeiro, e a carregou para fora do bar, para a alegria dos clientes, que em grande maioria eram seus colegas na polícia de Bloomville e incentivaram Henry pelo feito.

"Bem", disse Summer, virando para mim com um sorriso muito malicioso. "Vejo que você continua se associando a pessoas muito agradáveis, não é mesmo, Rebecca?"

Eu estava tão furiosa. Queria jogar minha taça de vinho naquela cara pontuda.

Mas, como sou proprietária de uma empresa na cidade, e Nicole é coproprietária do negócio, apenas disse, "Peço desculpas por minha irmã. Ela tomou um descongestionante mais cedo por causa de suas alergias, e parece que o efeito foi mais forte que o esperado."

E então me afastei com o máximo de dignidade possível.

Eu queria muito que a história tivesse morrido depois disso, mas não morreu. Porque Graham tinha visto toda a cena (claro, porque ele estava atrás do bar) e ficou perguntando, "Você está bem?", pelo resto da noite, o que foi completamente humilhante (e ligeiramente irritante), ainda mais humilhante que o modo como Summer Hayes e suas amigas ficaram olhando para mim, rindo e digitando coisas no telefone.

Não deveria ter me irritado, porque era fofo da parte dele, e perfeitamente normal.

Mas ainda assim era irritante.

E é claro que no caminho para casa — Graham teve que me levar, o que TAMBÉM foi humilhante, porque depois do incidente com Summer, eu talvez tenha bebido mais uma ou três taças de vinho, então não podia dirigir, e claro que Henry tinha ido embora com Nicole, e não existe Uber em Bloomville, muito menos uma empresa de táxi — Graham perguntou, "Quem é esse tal Reed de quem todo mundo está falando?"

E então tive que contar para ele.

Eu não queria, mas senti que devia. Ele ia descobrir de qualquer jeito.

Tentei pegar leve, contando apenas as informações essenciais: como Reed e eu tínhamos namorado no último ano do colégio. Como ele me convidara para o baile de formatura. Como ele não havia aparecido para me buscar na noite da festa com uma limusine, como os namorados das outras garotas, nem com a BMW conversível vermelha que ele dirigia, e sim com um carrinho de golfe — do pai, o mesmo que a gente costumava usar para passear pelo campo do country clube onde seus pais moravam e onde Reed, naquela época, jogava meio campo todos os dias antes da escola, e a outra metade depois das aulas, porque Reed Stewart só se interessava — vivia e morria, naquela época — pelo golfe.

E por mim.

Pelo menos era o que ele dizia.

E como ele tinha decorado o carrinho com fitas roxas e brancas e cravos — as cores da escola —, e como eu rira muito quando vi aquilo, e nossos amigos tinham rido muito quando a gente chegou ao Matsumori's Tiki Palace no carrinho, e como a gente tinha se divertido depois da festa, dançando e consumindo bebidas de adulto que alguém roubara do bar dos pais, a primeira vez que eu fazia algo do tipo, e como a gente tinha dirigido de volta para casa no carrinho, nos divertindo como nunca...

Até o carrinho de golfe ir parar na piscina do country clube, com nós dois dentro, enfurecendo o segurança idoso do clube, que chamou a polícia, que por sua vez ligou para o pai de Reed, que deserdou o filho na mesma hora, não tanto por causa dos danos causados ao clube, a mim (desloquei o ombro), e pela vergonha que ele havia causado à família Stewart (saiu no jornal), mas porque Reed escolheu aquele momento — enquanto eu era colocada na ambulância — para deixar escapar que não tinha intenção alguma de seguir a carreira do pai e se tornar um advogado. Ele sequer iria para a faculdade (como seus pais esperavam: ele tinha recebido uma bolsa integral na Universidade de Indiana). Em vez disso, ia se mudar para a Califórnia e morar com o tio, que era professor de psicologia, e se tornar um golfista profissional.

"Só isso?, perguntou Graham, enquanto virava a curva em direção à casa onde morei a vida toda. "Nossa, do jeito que aquelas garotas estavam falando, imaginei algo muito pior."

Como eu poderia dizer para Graham que era... muito, muito pior?

Não podia, não sem explicar todo o restante... como eu odiava Reed Stewart, não depois do que ele fez comigo, mas antes mesmo de a gente namorar, odiava ver aquele bronzeado corpo magricela no refeitório, com aquelas camisas polo e calças cáqui idiotas, com aqueles óculos Ray-Ban de riquinho ainda mais idiotas enfiados atrás daquele cabelo cacheado castanho-escuro. Eu odiava muito, muito, *muito* Reed e aquela BMW que ele dirigia para o colégio, em vez de pegar o ônibus como eu e Nicole, porque nosso pai não tinha dinheiro e não era juiz. Ele só tinha uma empresa de mudanças e carregava caixas o dia inteiro, em vez de tomar decisões que mudavam a vida das pessoas.

Até o dia que a Srta. Leland obrigou a turma a formar duplas a fim de preparar uma apresentação sobre a era McCarthy na aula de política, e minha dupla era *Reed Stewart*.

Achei que eu fosse morrer de tanto desprezo, e então Reed olhou para o livro que eu estava lendo escondido (porque política era um saco) e disse, "Poucas são as pessoas a quem realmente amo, e menos ainda as que tenho em boa conta."

Eu o encarei, chocada. "*Você* já leu *Orgulho e preconceito*?"

"Sim, Flowers." Ele abriu um sorrisinho. "Eu sei ler, sabe."

Era como se ele tivesse lido minha mente. Não, minha *alma*.

"Mas...", eu estava espantada porque todas as minhas impressões de que ele era um riquinho metido e ignorante se desmanchavam na minha frente. "*Orgulho e preconceito*?" Como? Como isso era possível?

Ele deu de ombros. "A leitura é importante para meu pai. Ele não deixa a gente comer antes de citar algo literário. Sabe como algumas famílias rezam antes de comer? Em nossa casa, precisamos provar que passamos dez minutos do dia de forma racional... pelo menos é o que ele diz. Eu amo o frango assado de nossa empregada mais que tudo na vida, então decorei Jane Austen bem depressa. Consigo ver por que você gosta desse livro." Ele apontou com a cabeça para o exemplar de *Orgulho e preconceito*. "Mas prefiro o outro — *Emma*. Tem um pouco mais de ação. Mas, enfim." Ele pegou nosso livro de aula. "Joe McCarthy. Que babaca, não é mesmo?"

Me apaixonar por ele foi o maior erro que já cometi em toda minha vida. Às vezes ainda me odeio por isso.

Mesmo durante o processo, sabia que era uma péssima ideia e tentei me agarrar aos meus amigos para tentar me salvar, implorando que eles me lembrassem de todos os motivos pelo qual eu o odiava. Eram muitos.

"Ele gosta muito de sair", disse minha melhor amiga Leeanne, que é nipo-americana e não consegue metabolizar álcool (o que é especialmente doloroso porque a família é dona do Matsumori's Tiki Palace, o único restaurante em um raio de 100km com um bar ao ar livre).

"Ele gosta de *golfe*", comentou Nicole. "Ele usa cintos com bordado de *crocodilo*. Ele nem tem tatuagem porque diz que é mais diferente *não* ter nenhuma. Ele é muito *estranho*."

"Sinto muito, querida", lamentou minha mãe. "Eu queria falar mal dele, mas o acho maravilhoso."

"Eca!", gritou Nicole. "Mamãe gosta dele! Isso é a morte em qualquer relacionamento."

Quando o Natal chegou, nós já tínhamos transado.

Eu disse a mim mesma — e para Leeanne e Nicole — que era apenas sexo. Não iria me envolver. Eu lia a revista *Cosmopolitan*. Sabia como usar contraceptivos de forma eficiente e o que a oxitocina fazia com o cérebro de uma mulher. Portanto, eu provavelmente nem estava apaixonada de verdade. Eram apenas endorfinas sendo produzidas por meu cérebro sempre que a gente fazia amor.

Eu não tinha nada para comparar, claro, nunca tendo transado antes. Mas me parecia que ele era muito bom de cama. Então era perfeito. Um atleta acéfalo — bem, quase totalmente acéfalo — que gostava tanto de sexo quanto eu. O que podia ser melhor que isso? Ele era o melhor cara para aprender as habilidades necessárias antes da faculdade.

A gente transava em todos os lugares. No quarto dele. No meu quarto. Em seu carro. Na jacuzzi de seus pais. Na marina do country clube. Todos os lugares. Era tão divertido.

Até que tudo veio por água abaixo — literalmente — no country clube. Quando a polícia apareceu — assim como os paramédicos — e nos separou, eu tinha certeza de que tudo ficaria bem. Mesmo quando o pai dele apareceu, mais irritado que qualquer outra pessoa na face da terra, eu estava certa de que tudo se resolveria. Claro, estava agonizando de dor, meu vestido e cabelo estavam ensopados, o corsage que Reed fizera para mim — com páginas de uma velha edição de *Orgulho e preconceito* que ele dispusera em formato de flor ligeiramente reconhecível — estava esmagado e destruído.

Mas ali, de cabeça baixa diante do pai, com o terno pingando, as luzes das viaturas refletidas no cabelo grosso e escuro que eu tanto adorava, ele parecia exatamente o que sempre fora — o garoto por quem eu não devia ter me apaixonado.

Não me ocorreu nem por um segundo, enquanto eu era carregada para a ambulância, que aquela seria a última vez que o veria.

Mas foi.

Assim que meu ombro foi colocado de volta no lugar, recebi alta do hospital (e meus pais tinham acabado o sermão — eles não estavam irritados, apenas "decepcionados") e liguei, surpresa pela falta de mensagens de Reed.

A ligação caiu direto na caixa postal.

Assim como a próxima ligação.

E a próxima.

Demorei uma semana para descobrir que ele havia deixado a cidade, e a informação não veio de Reed, porque ele nunca mais falou comigo. Nunca retornou uma única ligação, mensagem ou recado. Sequer quis saber se eu tinha ficado bem depois do acidente (não que numa cidade do tamanho de Bloomville aquilo não tivesse se tornado notícia pública).

Mas ainda assim. Para o Reed que eu conhecia, aquilo teria sido o mínimo de consideração.

"Falei que ele era estranho", lembrou Nicole. "Mauricinho bizarro."

"Sinto muito mesmo", repetiu minha amiga Leeanne um milhão de vezes.

"Estou surpresa", comentou minha mãe. "Um garoto daqueles. Eu realmente esperava mais dele."

Eu também... e a culpa era toda minha. Não sei por que fui tão ingênua. Nenhum de nós fizera promessa alguma — exceto a que fiz a mim mesma de não me apaixonar.

Mas eu não apenas quebrara aquela promessa, como havia quebrado outra coisa no processo — meu coração.

Foi uma boa lição. Deve ter sido tudo fingimento, porque jamais encontrei outro garoto — ou homem — como ele. Continuei lendo Jane Austen — e a *Cosmopolitan* —, e sabia que parte do problema era que eu continuava comparando todos os caras ao meu primeiro, o que não era justo com eles... nem comigo.

E era isso: ele havia partido meu coração, e eu o odiava novamente.

Por isso, foi fácil rir da história ao lado de Graham quando terminei de relatar o incidente com o carrinho de golfe na piscina.

"Eu sei. É ridículo, né? Mas sabe como é. Coisa de cidade pequena. Foi um escândalo e tanto. O juiz Stewart ficou tão furioso que não só prometeu jamais falar com Reed de novo, como disse para ele nunca mais pisar na cidade. E ele obedeceu."

"Jura?", Graham estava chocado.

"Juro. Os dois irmãos se casaram fora de Bloomville, acho."

Eu não achava, eu *sabia*. Havia vasculhado a internet na época do casamento de Marshall, irmão mais velho de Reed. A irmã se casara secretamente no Havaí — aparentemente a família de Trimble não tem nenhum apreço pelo marido, Tony — antes de meu namoro com Reed. Mas Marshall se casou com a namorada da época de colégio, Carly Webb, em um hotel luxuoso de Chicago no dia de São Valentim, no ano seguinte ao meu término com Reed. O tema do casamento era corações.

Havia perdido horas olhando para aquelas fotos de Carly e de Marshall transbordando de felicidade sob um arco de corações de papel, e me odiei por isso.

"Mas você está tranquila em relação a esse cara, certo?", perguntou Graham do banco do motorista de sua SUV. (Ele gosta de acampar nos finais de semana. Sempre faço questão de dizer que estou ocupada. Não entendo o conceito de acampamento. É uma inconveniência organizada.) "Se ele está de volta à cidade, não tem nenhum assunto mal resolvido entre vocês dois, não é?"

"Ah, nossa, claro que não", garanti, com um enorme sorriso. "Não tem nada."

"Tudo bem", disse ele. "Foi o que pensei. Porque não me parece algo que você faria. Você é tão gentil."

Essa sou eu. "Tão gentil."

"Eu não tenho nada mal resolvido com nenhuma de minhas ex-namoradas", comentou Graham. "Sou amigo de todas elas."

"Total", falei. "Eu também. Ainda sou amiga de todos os meus ex. Especialmente de Reed."

"Certo", disse ele. "Porque às vezes, quando existe algum assunto mal resolvido entre ex-namorados, quer dizer que ainda existem... você sabe. Sentimentos de outro tipo."

"Bem", respondi. "Não existe absolutamente nenhum sentimento entre Reed e eu além de amizade."

Não acredito que Graham caiu nessa, mas caiu, porque em seguida ele disse, "Ótimo", e olhou ansioso para as janelas do porão da casa.

E foi quando falei que tinha um compromisso cedo no dia seguinte, e também que não queria acordar minha mãe.

Ele pareceu surpreso — e ligeiramente apavorado.

"Mas achei que seu apartamento fosse totalmente separado do resto da casa. Você nunca disse antes que isso era um problema. Sua mãe consegue nos *ouvir*?"

"Ah, não", falei, me sentindo tão apavorada quanto sua expressão transparecia. "Não é isso. É só que... estou com dor de cabeça. Acho que foi todo aquele vinho. E o queijo."

"Ah." Ele parecia decepcionado. "Geralmente você fica bem com pinot noir. E não servi nenhum queijo forte hoje. Não era para estar com dor de cabeça."

"Eu sei." Qual é meu problema? "Devo ter esquecido de beber água."

Na verdade, eu sabia qual era o problema. Era Reed Stewart, que estava de volta (pelo menos em espírito) para estragar minha vida. DE NOVO.

"E também passei muito tempo no trânsito hoje", continuei. "Acho que inalei um monte daqueles gases. Será que a gente pode deixar para amanhã?

"Claro." Ele botou gentilmente uma mecha de cabelo atrás de minha orelha. Odeio quando homens fazem isso. Bem, todos menos Reed. ARGH, não, por que escrevi isso? "Vejo você amanhã, amor."

Sério. Estou com um homem maravilhoso, que me adora, e continuo obcecada por um cara que não vejo desde o colégio.

Preciso me CONTROLAR.

Estou bem. De verdade. Sou uma pessoa completamente diferente daquela colegial idiota, presa fácil para Reed Stewart, que citava Jane Austen, dirigia uma BMW, vestia aquelas roupas de golfista e usava Ray-Ban. Tenho meu próprio negócio agora. Tenho um namorado incrível. Tenho um apartamento. (Tudo bem que ele fica no porão da casa de minha mãe, mas enfim. O preço dos imóveis é absurdo por aqui, e não tem por que eu gastar uma bolada para comprar uma casa quando posso investir no negócio.) Eu bebo pinot noir.

Já esqueci Reed Stewart. Já esqueci Reed Stewart.

SOU GRATA POR TER ESQUECIDO REED STEWART.

Não tem importância se Leeanne está em Tóquio há seis meses tentando aprender as receitas da avó para deixar a cozinha do Matsumori's Tiki Palace mais "autêntica" — a palavra mais odiada por Nicole, embora em época de cadeias de restaurantes, quando todo mundo sente falta de autenticidade, talvez também faça do lugar um restaurante mais rentável.

Mas isso também significa que Leeanne está 14 horas à frente no fuso horário, o que dificulta muito nossas conversas no Chat App, porque quase nunca estamos acordadas na mesma hora.

Consigo lidar com tudo isso sem os conselhos de minha melhor amiga desde o jardim de infância. Eu consigo.

Porque é muito provável que eu nem veja Reed quando ele estiver na cidade. *Se* é que ele vem mesmo. Por que eu o veria? Nada disso tem a ver comigo. Até onde sei, Reed Stewart continuará vivendo a própria vida, eu continuarei vivendo a minha, e nós dois continuaremos sendo os adultos felizes e comportados que nos tornamos.

OK, bem, é melhor eu terminar esse pinot noir que Graham me deu, porque não tem motivo para deixar apenas um resto na garrafa. Vai estragar.

Mas talvez seja melhor eu dormir, porque amanhã é um grande dia. Terei que lidar com os Blumenthal. E prometi que ajudaria mamãe a recolher mais gravetos.

Viu? Sou tão grata por ser uma mulher adulta — que já superou Reed Stewart — que me esquecerei completamente dele assim que parar de escrever neste diário e dormirei.

Isso. Logo depois que eu terminar o vinho.

E talvez tomar um Tylenol PM.

E assistir a mais um episódio de *Reforma de emergência no quarto de hóspedes.*

TELA DO TELEFONE DE REED

REED STEWART	12:45	72%
HOJE	TODAS	PERDIDAS

De: ReedStewart@reedstewart.com
Enviado em: 13 de março, 21:07:21
Para: LyleStewart@FountainHill.org
Assunto: Richard e Connie

Oi, tio Lyle, apenas uma mensagem rápida para avisar que não vou conseguir almoçar com você essa semana, como a gente havia combinado.

Acredito que você já tenha ficado sabendo do episódio do juiz com "os cana" (como você gosta de chamá-los).

Então vou pegar um avião para Bloomville hoje.

Pode tirar o sorriso da cara. Sei que eu disse que só voltaria se meu pai implorasse, e era verdade.

Mas considero a prisão do juiz por fraudar um restaurante familiar como forma de mendicância.

E mais, quando Carly pede ajuda, sei que a coisa é séria. Ela tem apenas 1,50 m e não deve pesar mais que 40 kgs, mas jamais conheci alguém mais forte. Na última vez que ela esteve em Los Angeles, vi Carly jogar as duas filhas sobre os ombros — enquanto carregava o terceiro bebê em um canguru — e correr mais de cem metros em dez segundos porque Marshall tinha acidentalmente derrubado uma casa de marimbondos com a escumadeira da piscina.

Então, se Carly diz que a situação está ruim, deve ser verdade. Ou pelo menos ela está sem forças e precisa de ajuda.

E, sim, sei exatamente o que você vai dizer agora:

O motivo verdadeiro para minha visita é Becky, porque descobri que ela finalmente está em um relacionamento sério.

Se é o que está pensando, não me conhece mesmo.

Mesmo se eu quisesse ver com os próprios olhos — e não quero —, mesmo que existisse uma pequena chance de ficarmos juntos depois de tudo que fiz, alguma forma de consertar nossa relação antes que seja tarde demais e ela se case com o sujeito, não é quem eu sou.

Desejo tudo de melhor a ela. Quero que seja feliz. Ela merece ser feliz.

E por que ela ficaria comigo depois de tudo que eu fiz?

E também não tem nada a ver com o que você falou da última vez que a gente se encontrou, sobre eu precisar dar um encerramento ao assunto. Não preciso de um final. Nem acredito nisso.

O motivo pelo qual perdi o torneio em Augusta no ano passado — e em Pebble Beach e Doral — não tem nada a ver com o que aconteceu comigo e o juiz há dez anos. E *especialmente* não tem nada a ver com algo que preciso resolver com Becky. Sei que você foi professor de psicologia, mas, como já disse, por favor não tente me analisar.

Meu problema em Augusta (e Pebble Beach e Doral) não tem nada a ver com o passado, e sim com o futuro.

Simplesmente estou pronto para encarar o futuro e, segundo meu terapeuta de verdade — arrá! Você não sabia que eu tinha um, não é mesmo? É, tenho; Cutler me deu o número do dele —, o que vejo não são mais troféus.

Ele também disse que, se quiser comer um elefante, precisa começar pelo rabo.

Ele não explicou muito o que isso significa, mas acho que quer dizer que, se deseja mudar algo em sua vida, precisa começar pelas coisas pequenas.

Então a primeira mudança será voltar a Bloomville para ajudar Marshall e Carly. Tenho certeza de que a situação não pode ser tão ruim quanto eles dizem.

E, então, quem sabe as outras coisas se encaixarão. Quem sabe?

Muito bem, preciso fazer as malas. Espero que não esteja frio em Indiana. Onde será que botei meu casaco? Faz séculos que não visito um lugar frio!

Enfim, tenho certeza de que mamãe e papai estão bem, e logo mais voltaremos aos nossos almoços de sempre.

Mal posso esperar para saber tudo sobre a Expo Orquídea. Tenho certeza de que sua flor vai ganhar o primeiro lugar, como sempre.

Beijos,

Seu sobrinho favorito,
Reed

Não-tão-louca-dos-gatos

Ranking de avaliação #2.350
Responde 92% das perguntas
Votos recebidos nas avaliações

Avaliação
Estatueta Hora da Brincadeira dos Gatinhos
$59,00 + envio

Igual à imagem
13 de março

Uma estatueta de cerâmica com belíssimos adornos pintada à mão, de três gatinhos brincando. Comprei porque sou colecionadora (e revendedora licenciada), mas também porque os gatinhos me lembram de meus três "gatinhos" quando eram mais novos — Marshall, Reed e minha doce e bela, Trimble —, que aprontavam muito sempre que ficavam sozinhos em casa, assim como esses gatinhos levados!

Este item chegou hoje em perfeitas condições, e logo quando eu estava precisando de algo para me animar, porque as crianças estão um pouco chateadas comigo. Acho que é porque eu e o pai delas também fomos um pouco levados ontem à noite! Minha nossa, estranho como as coisas mudam com os anos! Uma hora eles estão de fraldas, na seguinte, somos nós! Perdão se alguém ficar ofendido com isso — um pouco de humor da terceira idade!

Nossa, acho que me desviei da avaliação. Muito bem, recomendo fortemente essas belezinhas de gatinhos brincando. Eles vão animar sua casa e seu coração... e espero que também o coração de qualquer pessoa que possa estar chateada com você, mesmo que, é claro, não tenha sido sua intenção!

10 de 10 pessoas acharam essa avaliação útil

𝔄 𝔊𝔞𝔷𝔢𝔱𝔞 𝔡𝔢 𝔅𝔩𝔬𝔬𝔪𝔳𝔦𝔩𝔩𝔢

O único jornal diário do município
★ Terça-feira, 14 de março ★ Edição 140 ★
Ainda por apenas 50 centavos!

JUIZ STEWART PRESO
Por CHRISTINA MARTINEZ,
repórter da *Gazeta*

Bloomville, Ind. — Um juiz aposentado admitiu que tentou fraudar uma franquia de restaurante local.

O meritíssimo Richard P. Stewart, 75, foi preso na segunda-feira com sua esposa de mais de cinquenta anos, Constance Stewart, pela pretensa tentativa de pagar uma conta de $59,00 dólares no Trapaça Bar & Grill com um selo de George Washington de dois centavos, que alegava valer mais de 400 dólares.

"Na hora fiquei animada", revelou a garçonete Tiffany Gosling, 24, quando descobriu o selo preso à conta do casal. "Achei que havia ganhado uma gorjeta enorme."

Mas a animação logo se transformou em decepção quando Gosling procurou na internet o real valor do selo e descobriu valor aproximadamente 4 dólares.

"Não era o suficiente nem para pagar os palitinhos de muçarela", disse Gosling. "Muito menos a batata frita."

Gosling não foi a favor de chamar a polícia. A decisão foi tomada pelo gerente da noite, Randy Grubb.

"Sim, chamei a polícia", disse Grubb, 35, à *Gazeta*. "É um problema recorrente com a terceira idade da região. Eles pensam que podem comer sem pagar por causa de algo errado na comida ou coisas do tipo. Isso precisa acabar. Na hora de fechar o caixa, sou o responsável por qualquer falta de dinheiro e preciso me reportar à matriz."

As tentativas de explicação não foram suficientes para Grubb, que insistiu que o casal fosse levado à delegacia.

"Conheço os Stewart", disse a policial de Bloomville, Corrine Jeffries. "Realmente acredito que eles acharam que o selo valia muito mais. Não acho que tenham feito de propósito. Mas, independentemente disso, o ocorrido constitui fraude."

Grubb insiste em afirmar ter apenas seguido ordens da empresa quando notificou a polícia e insistiu na prisão do casal de idosos.

"Aqui no Trapaça Bar & Grill, não permitimos trapaças de verdade."

Ao ser procurado em sua residência após a prisão de segunda à noite, Stewart disse aos repórteres que desconhecia o baixo valor real do selo.

"Claro que eu não sabia. Claramente, fui enganado pelo vendedor. Paguei mais de 100 dólares naquele selo."

Stewart — dois mandatos como procurador-geral do estado de Indiana e trinta anos como juiz federal de Bloomville — é aposentado, mas ainda representa alguns clientes em sua firma particular com a filha, Trimble Stewart-Antonelli, 36.

O filho mais velho do juiz, Marshall Stewart, 32, é dono da Stewart Imóveis. O outro filho, Reed Stewart, 28, é um famoso jogador de golfe e um dos mais jovens vencedores do US Open na história da competição.

O juiz Stewart presidiu inúmeros casos importantes durante seu mandato, incluindo o do muito conhecido "Assassino dos Halteres".

Além das penalidades estaduais, o juiz Stewart e sua esposa podem enfrentar acusações federais, afinal existe uma lei federal que proíbe o uso, ou tentativa de uso, de selos de postagem na prática de crimes.

De: TrimbleStewart-Antonelli@Stewart&Stewart.com
Enviado em: 14 de março 09:07:28
Para: CarlyStewart@StewartImoveis.com; MarshallStewart@ StewartImoveis.com; TonyAntonelli@AntonelliPizza.com; ReedStewart@reedstewart.com
Assunto: Jornal de hoje

Vocês já viram o jornal de hoje? O que está acontecendo? Achei que tinham dito que resolveriam a situação.

Mas, como sempre, não fizeram NADA!

Bem, não esperem minha ajuda. Como já disse, estou fora dessa.

Trimble Stewart-Antonelli
Advogada
Stewart & Stewart, Ltda.
Av. South Moore, 1911
Bloomville, IN 47401
(812) 555 -9721
www.stewart&stewart.com

De: MarshallStewart@StewartImoveis.com
Enviado em: 14 de março 09:10:08
Para: TrimbleStewart-Antonelli@Stewart&Stewart.com; CarlyStewart@StewartImoveis.com; TonyAntonelli@AntonelliPizza. com
Assunto: RES: Jornal de hoje

Trimble, se acalme. A gente ESTÁ resolvendo. Reed chega hoje. Está tudo sob controle.

De: TrimbleStewart-Antonelli@Stewart&Stewart.com
Enviado em: 14 de março 09:13:28
Para: CarlyStewart@StewartImoveis.com; MarshallStewart@ StewartImoveis.com; TonyAntonelli@AntonelliPizza.com
Assunto: RES: Jornal de hoje

Ah, Reed chega hoje? É essa a solução? REED está vindo?

O que de bom pode resultar DISSO? Papai não fala com Reed faz dez anos! Ele certamente não vai começar a ouvir o que Reed, um jogador profissional de GOLFE, tem a dizer.

Achei que vocês de fato FARIAM algo para resolver o problema. Eu devia ter imaginado que não podia contar com você, Marshall. Você foi uma criança inútil, e agora é um homem adulto inútil.

Trimble Stewart-Antonelli
Advogada

Stewart & Stewart, Ltda.
Av. South Moore, 1911
Bloomville, IN 47401
(812) 555 -9721
www.stewart&stewart.com

De: TonyAntonelli@AntonelliPizza.com
Enviado em: 14 de março 09:17:28
Para: CarlyStewart@StewartImoveis.com; MarshallStewart@StewartImoveis.com; TrimbleStewart-Antonelli@Stewart&Stewart.com
Assunto: RES: Jornal de hoje

Hum, se permitem uma opinião, acho que talvez eu tenha encontrado a solução para o problema de vocês.

Vi um programa na TV ontem à noite em que alguém vai a sua casa, tira todas as coisas e reforma tudo para ficar mais bonito, depois fazem uma festa para atrair compradores.

E, então, vendem a casa pelo dobro do valor, e os vendedores usam o dinheiro para comprar uma casa nova e melhor.

Acho que vocês deveriam fazer isso com os pais de vocês. É só inscrevê-los nesse programa!

Saudações,

Anthony Antonelli III
Antonelli's Pizza
Av. South Moore, 1371
Bloomville, IN 47401
(812) 555-PZZA
www.Antonellis.com

De: MarshallStewart@StewartImoveis.com
Enviado em: 14 de março 09:20:08
Para: TrimbleStewart-Antonelli@Stewart&Stewart.com; CarlyStewart@StewartImoveis.com; TonyAntonelli@AntonelliPizza.com;
Assunto: RES: Jornal de hoje

Obrigado, Tony, pelo conselho tão esclarecedor. Como corretores imobiliários, eu e Carly nunca pensamos nisso. Como somos felizes por sua presença em nossas vidas. Somos realmente abençoados.

No entanto, infelizmente seu plano não funcionaria, porque nossos pais não pagam a hipoteca da casa há tanto tempo que estão PRESTES A PERDÊ-LA PARA O BANCO.

Precisamos vender a casa AGORA, imediatamente, para que mamãe e papai possam morar em um lugar menor e mais barato (de preferência que não seja uma cela de prisão), a fim de que possamos pagar suas dívidas e impedir que sejam levados a uma prisão FEDERAL.

A gente não pode esperar uma produtora de televisão de Hollywood ou Toronto ou sei lá de onde aparecer e decidir se nossos pais são interessantes o suficiente para participarem do programa.

(Uma dica: eles não são. Você gostaria de ver um programa em que um dos proprietários da casa começa a dar lições sobre a importância de sua coleção de selos para o espectador? Acho que não.)

Mas valeu pela ajuda, Tony. Eu, Carly e Reed estamos resolvendo a situação.

De: TrimbleStewart-Antonelli@Stewart&Stewart.com
Enviado em: 14 de março 09:25:48
Para: CarlyStewart@StewartImoveis.com; MarshallStewart@ StewartImoveis.com
Assunto: RES: Jornal de hoje

PARE de fazer piada com a cara de Tony. Você sabe que ele está apenas tentando ajudar. Ele não é como nós e veio de um lar cheio de amor onde não obrigaram as crianças a citar clássicos da literatura nas refeições, nem fizeram uso de sarcasmo.

Agora você o magoou e ele não quer passar a Páscoa com você. Quer que a gente vá para a casa dos pais, em Muncie.

Se você se recusar a obedecer minha ordem de parar de atormentar meu marido, arrisca enfrentar consequências legais.

Então fique esperto!

Trimble Stewart-Antonelli
Advogada
Stewart & Stewart, Ltda.
Av. South Moore, 1911
Bloomville, IN 47401
(812) 555-9721
www.stewart&stewart.com

De: MarshallStewart@StewartImoveis.com
Enviado em: 14 de março 09:26:02
Para: CarlyStewart@StewartImoveis.com
Assunto: RES: Jornal de hoje

Ai, Tony! Tony Coitado.

De: CarlyStewart@StewartImoveis.com
Enviado em: 14 de março 09:28:03
Para: MarshallStewart@StewartImoveis.com
Assunto: RES: Jornal de hoje

Somos realmente pessoas terríveis.

Mas sua irmã é ainda mais irritante que Summer Hayes, e eu nem sabia que isso era possível.

Carly R. Stewart | contabilista | Stewart Imóveis | Av. South Moore, 801, Bloomville, IN 47401 | telefone (812) 555-8722 | entre em StewartImoveis.com para visitar os imóveis

---

TELA DO TELEFONE DE MARSHALL STEWART

MARSHALL STEWART	9:55	95%
HOJE	TODAS	PERDIDAS

> **Marshall** — 9:32
> Então, o que estamos fazendo para resolver a situação?

> **Carly** — 9:32
> Marquei uma reunião hoje à tarde com Jimmy Abrams.

> **Marshall** — 9:32
> Jimmy Abrams não é um advogado de verdade! A gente estudou com ele no colégio.

> **Carly** — 9:33
> Ele é, de fato, um advogado de verdade e trabalha para uma das melhores firmas especializadas em falência no estado.

> **Marshall** — 9:33
> Meus pais não precisam de um advogado de falência. Se o Trapaça não retirar a queixa, eles vão precisar de um criminalista.

> **Carly** — 9:33
> Querido, seus pais precisam do máximo de ajuda legal possível, mas um advogado especializado em falência pode ser um bom ponto de partida, porque eles devem muito em impostos. E Jimmy Abrams me deve um favor.

> **Marshall** — 9:34
> Que tipo de favor?

Carly — 9:34
Vou apenas dizer que fiz um favorzão para ele no 9º ano. Então, quando estiver na casa de seus pais agora de manhã, diga a eles que têm uma reunião com Jimmy às 14h15.

Marshall — 9:34
Por que vou na casa de meus pais agora de manhã?

Carly — 9:34
Ah, não disse? Sua mãe ligou mais cedo, e ela precisa que você leve as latas de lixo para dentro da casa.

Marshall — 9:35
Está de brincadeira?

Carly — 9:35
Não, não estou brincando. Seu pai está reclamando que deu um mau jeito nas costas quando foi preso.

Marshall — 9:35
Juro por Deus, se ele prestar queixa de violência policial, vou até lá lhe dar algo de que possa reclamar de verdade.

Carly — 9:35
Legal. Mas alguém de fato precisa ir até lá botar as latas de lixo para dentro, senão seus pais vão levar outra multa do country clube. Sua mãe disse que não consegue. Está atacada do ciático.

Marshall — 9:35
Por que Tony não faz isso? Eles moram no final da rua!

Carly — 9:36
Sua irmã e executora do testamento de seus pais não fala mais com seus pais, lembra?

Marshall — 9:36
Ai, pelo amor de dedos. Dados. Esquece. Eu faço. Devo levar meu pai a uma consulta com o Dr. Jones?

> **Carly** 9:36
> Pode tentar. Mas você sabe que seu pai não confia em hospitais, médicos, nem mesmo no Dr. Jones. Ele só aceita, de bom grado, se consultar com o Dr. Jones ao sentir um osso literalmente lhe furando a pele, como no inverno quando ele escorregou na neve na frente da garagem.

> **Marshall** 9:37
> Por que você me lembra dessas coisas?

> **Carly** 9:37
> Desculpe. Enfim, fiz uma pesquisa. Sabia que existe gente que faz esse tipo de coisa profissionalmente?

> **Marshall** 9:37
> Que tipo de coisa? Carregar as latas de lixo de meus pais?

> **Carly** 9:38
> Bem, isso também, mas quis dizer quem ajude idosos a mudar para novas moradias. São treinados exatamente para isso — para convencer pessoas mais velhas, tipo seus pais, a mudar para um lugar menor, ou até mesmo a ficar na casa que ocupam, porém em um ambiente mais seguro, que está na hora de tomar essa atitude.

> **Marshall** 9:38
> E como fazem isso, Carly? Mágica? Hipnose? Atiram dardos tranquilizantes? Porque será necessário, no caso de meus pais.

> **Carly** 9:39
> Já disse, Marshall. Eles são profissionais. Parte assistentes sociais, parte psicólogos e parte consultores em organização, também sabem programar mudanças de curta ou longa distância, jogar coisas fora e arrumar a casa, coordenar vendas de imóveis e intermediar o contato dos familiares com assistentes sociais aptos a avaliar o bem-estar do membro da família de terceira idade.

> **Marshall** — 9:40
> Você acabou de copiar e colar isso de um site?

> **Carly** — 9:40
> Sim.
>
> Às vezes, a existência de alguém de *fora* da família que possa demonstrar como a vida pode ser bem melhor é tudo de que se precisa para convencer uma pessoa idosa a querer tal vida.

> **Marshall** — 9:40
> Você fica sexy quando tem um monte de informação.

> **Carly** — 9:41
> Obrigada.
> Então, a gente pode contratar alguém de fora da família para ajudar seus pais a se abrirem sobre suas necessidades, já que não nos ouvem e você está em negação quanto ao assunto todo?

> **Marshall** — 9:41
> Pela última vez, não estou em negação.

> **Carly** — 9:41
> OK, você não está em negação. Podemos?

> **Marshall** — 9:42
> Não me importa o que você faça, contanto que Reed pague.

> **Carly** — 9:42
> Ótimo. Era o que esperava. Só temos um probleminha.

> **Marshall** — 9:42
> O quê? Meus pais vão para a cadeia e isso tudo será desnecessário?

> **Carly**   9:42
> Não. A única consultora de mudança para a terceira idade em um raio de 150 km é Becky Flowers.

> **Marshall**   9:43
> NÃO.

> **Carly**   9:43
> Marshall. A gente precisa disso.

> **Marshall**   9:43
> Não, Carly, a gente não PRECISA. Só está fazendo isso para bancar o cupido. Conheço você.

> **Carly**   9:43
> Não! Claro que não. Ela é realmente a única.

> **Marshall**   9:44
> Carly, deixe quieto.

> **Carly**   9:45
> Marshall, de verdade, não sei do que você está falando. Ela é muito bem recomendada. Tem tipo um milhão de avaliações de cinco estrelas.

> **Marshall**   9:45
> Estou dizendo para você não entrar em contato com ela. A gente consegue lidar com isso sem ajuda.

> **Carly**   9:46
> Marshall, a gente não consegue, senão seus pais não seriam a maior piada da internet no momento.
>
> E seu irmão disse aquele negócio sobre estar cansado de dormir em um travesseiro diferente a cada noite. Acho que ele finalmente está pronto para um relacionamento.

> **Marshall** 9:46
> Mas por que ELA? Meu irmão praticamente acabou com a vida da garota.

> **Carly** 9:46
> Sim, mas antes disso nunca o vi tão feliz. Ele realmente **a** amava.

> **Marshall** 9:46
> Ele tinha 18 anos. Não sabia o que era amor.

> **Carly** 9:47
> Você estava apaixonado por mim aos 18.

> **Marshall** 9:47
> Deixe Becky em paz. Não acha que minha família já infernizou um monte de gente nos últimos tempos?

> **Carly** 9:47
> VOCÊ não acha que pode ser o destino, Marshall? Seus pais precisarem de ajuda e Becky Flowers ser a única pessoa na região que oferece o tipo de ajuda necessária?

> **Marshall** 9:48
> Não, não acho. NÃO entre em contato com ela. Já é vergonhoso o suficiente o mundo inteiro achar que meus pais tentaram dar um calote no Trapaça. Você não precisa contar o restante dos segredos vergonhosos da família para a única garota que meu irmão amou.

> **Carly** 9:48
> Então você concorda! Ele REALMENTE a amava!

> **Marshall** 9:48
> Talvez sim, Carly. Mas, se ele ainda fosse apaixonado por ela, não acha que ele teria tentado contato em algum momento na última década?

> **Carly**   9:49
> Não, porque ele é um bebê gigante, assim como o irmão mais velho. Se eu não tivesse ficado atrás de você durante todo o ensino médio, e então tivesse DITO na faculdade que você estava apaixonado por mim e que a gente ia se casar, acha que isso teria acontecido? Não, porque você é um idiota inseguro que não consegue decidir nada nem tomar a frente de situação alguma.

> **Marshall**   9:49
> Não sei nem dizer como isso não está te ajudando.

> **Carly**   9:49
> Jackie Monroe disse que é o dever de toda pessoa em um relacionamento amoroso feliz tentar ajudar pelo menos uma pessoa a encontrar a felicidade. E eu ainda não ajudei ninguém!

> **Marshall**   9:50
> Bem, meu irmão caçula não será o primeiro. Jure pela vida de Blinky que vai deixar isso para lá.

> **Carly**   9:50
> Não vou jurar pela vida do cachorro, Marshall.

> **Marshall**   9:50
> JURE.

> **Carly**   9:51
> Tá bom. Juro pela vida de Blinky.

> **Marshall**   9:51
> Que bom. Estou indo até a casa de meus pais carregar a porqueira das latas de lixo.
>
> Eu não escrevi isso. Eu não digo porqueira!

> **Carly**   9:51
> Bem, boa sorte.

> Marshall 9:52
> Obrigado. Mas acho que sorte não será suficiente.

> Carly 9:52
> É por isso que devíamos contratar Becky!

> Marshall 9:52
> PARE. ✋

TELA DO TELEFONE DE REED STEWART

REED STEWART	13:45	35%
HOJE	TODAS	PERDIDAS

De: LyleStewart@FountainHill.org
Enviado em: 14 de março 00:08:22
Para: ReedStewart@reedstewart.com
Assunto: RES: Richard e Connie

Querido Reed,

É uma pena que eu não o verei esta semana (e sinto ainda mais que você não verá como minha *Phalaenopsis amabilis* está linda e florida. É realmente um lindo espécime, se me permite dizer).

Mas fico extremamente feliz pelo motivo.

Faz um tempo que estou preocupado com seus pais, embora não goste de ocupá-lo com meus receios, sabendo, como sei, da dificuldade de seu relacionamento com eles.

Eu e seu pai não concordamos em muitas coisas — embora eu deva dizer que, de todos da família (pelo menos da geração mais antiga), ele sempre foi o defensor mais ferrenho dos direitos gays.

Mas a única coisa com a qual jamais conseguimos concordar era o tratamento que ele dispensava a você.

Não acho que a raiva do juiz tenha sido causada pela bobeira daquela noite com a senhorita Flowers, mas sim por sua recusa em ir à universidade e seguir o caminho traçado por ele, como fizeram seus irmãos.

Não estava nos planos do meritíssimo juiz Stewart ter um atleta profissional — ainda mais um golfista — na família, e, quando você estragou o plano, acredito que tenha sido a gota d'água.

Porque logo depois comecei a reparar que o hábito de "colecionar" de seu pai — que anteriormente era apenas um hobby — começava a se tornar uma obsessão.

Quando uma atividade que era prazerosa torna-se uma compulsão, um ato que não mais proporciona prazer ao indivíduo, mas apenas reduz ansiedade, nós profissionais da saúde mental chamamos isso de transtorno.

Claro que o incentivo de Connie não ajudou. Seus pais sempre foram muito próximos. Jamais conheci casal tão apaixonado.

Mas agora, com a questão do acúmulo de pertences, alguém menos generoso talvez chame o incentivo de Connie de "permissivo". A necessidade constante de consumo dos dois tornou-se algo prejudicial, e eles são codependentes, então cada um encontra uma desculpa para o comportamento do outro.

Não que eu o culpe por nada do que aconteceu. Somos todos responsáveis apenas por nosso próprio comportamento.

E, embora eu concorde com Richard que educação seja algo importante, e que nunca devemos parar de aprender, a vida acadêmica não é para todos. Sua decisão de ingressar no golfe, em vez de frequentar uma universidade por quatro anos, foi a decisão certa para você — na época.

No entanto, nunca é tarde demais para regressar — voltar para casa, voltar nas decisões tomadas na juventude e reexaminá-las. Em outras palavras, nunca é tarde demais para mudar de ideia... assim como nunca é tarde demais para alterar um comportamento, embora quanto mais antigo, mais difícil seja.

Talvez a única coisa para a qual seja tarde demais seria para ganhar o coração de quem se ama... especialmente quando outra pessoa já o fez.

Então — e *somente* então, meu garoto — talvez seja tarde demais. Aja logo, Reed, se decidir fazê-lo.

De qualquer forma, diga-me como andam meu irmão e Connie, e se posso ajudar com algo. Claro que as profundezas de Indiana nunca foram meu lugar favorito, ainda mais no início da primavera, quando ainda estão cobertas de neve.

Mas, se precisar que eu viaje para ajudar, acredito que seria possível — claro que sentiriam minha falta na exposição, e não sei como minhas orquídeas sobreviveriam sem minha supervisão e meu cuidado.

Mas família é mais importante que flores. Então, ligue se precisar de mim.

Com muito carinho,

Tio Lyle

_____ **AMERICAN AIRLINES** _____
CARTÃO DE EMBARQUE

Nome: Stewart, Reed

DE:	**CIA AÉREA:**	**VOO:**	**CLASSE:**	**DATA:**
Los Angeles LAX	AA	1556	1ª	14MAR

PARA:	**PORTÃO:**	**EMBARQUE:**	**ASSENTO:**
Indianápolis IN	57G	6:55AM	2D

_____ **EMBARQUE PRIORITÁRIO** _____

> **Reed Stewart**   6:37
> Oi, Val, desculpe, me esqueci de ligar antes. A gente pode remarcar Orlando? Vai valer a pena.

> **Val King**   6:38
> Reed. Você me acordou.

> **Reed Stewart**   6:39
> Oops, foi mal. Mas vou pegar o voo das 7 horas. Preciso visitar meus pais por uns dias.

> **Val King**   6:40
> Nossa, é verdade então? Você é realmente o filho daquelas pessoas do selo — os Idiotas da Semana? HAHA brincadeira ♥♥♥

> **Reed Stewart**   6:41
> Quem disse isso?

> **Val King**   6:42
> Literalmente todo mundo HAHAHA
>
> Por quê? Pode ter certeza, estão falando coisas bem piores de você — especialmente sobre suas chances de um dia ganhar outro torneio.
>
> Brincadeira! Você sabe que eu te amo. ♥

> **Reed Stewart**   6:45
> Se você quer saber, eles são meus pais.

> **Val King**   6:50
> HAHAHA! Ai, Reed! Eu não tinha ideia. Sinto muito, amor! ♥

> **Reed Stewart**   6:55
> Tudo bem. É por isso que tenho que ir para casa. Preciso ver o que posso fazer para ajudar. Enfim, estou embarcando.

> **Val King** — 6:55
> Claro, amor. Se cuida! Mande um beijo para seus pais! ♥

> **Reed Stewart** — 6:59
> Claro. Quem sabe a gente se vê de novo um dia.

> **Val King** — 7:00
> ???? Quem sabe a gente se vê de novo um dia? Que merda você quer dizer com isso????

> **Reed Stewart** — 7:05
> Alvarez, sei que está em cima da hora, mas só vou poder ir a Orlando na semana que vem. Preciso cuidar de umas coisas de família. Vejo você lá na segunda.

> **Enrique Alvarez** — 7:07
> Não acha que segunda fica um pouco em cima da hora, cara? Cutler já está lá.
>
> Ele e o caddy fizeram reconhecimento de campo ontem. E hoje ele reservou nove buracos. Amanhã vai fazer o campo inteiro — e aposto que, com o divórcio, ele tem mais coisas de família com as quais lidar que você.

> **Reed Stewart** — 7:07
> Cutler é um idiota.

> **Enrique Alvarez** — 7:07
> Um idiota que acabou de se tornar o número 1 do mundo. MacKenzie está fora do torneio. Disse que está com um problema nas costas.
>
> Cutler é animal.

> **Reed Stewart** — 7:08
> É, bom, eu também sou animal.

> **Enrique Alvarez**   7:08
> Animais não visitam a mamãe uma semana antes do torneio.

> **Reed Stewart**   7:09
> Está bem. Vá você agora, confira o campo e, enquanto estiver lá, encontre com corretores locais e escolha uma casa para eu comprar.

> **Enrique Alvarez**   7:09
> Escolher uma casa para você comprar? Sou seu caddy, não sua namorada.
>
> O que aconteceu com Valerie?

> **Reed Stewart**   7:10
> É Valery. E a gente terminou.

> **Enrique Alvarez**   7:10
> Que surpresa. Você nunca fica com nenhuma mulher por mais de três meses. Sabe que Chan disse que você tem alergia a três meses. Tentei dizer que não é verdade, mas você dificulta minha vida.

> **Reed Stewart**   7:11
> Ache uma casa. Nada muito grande. Dois quartos e dois banheiros já está ótimo. Com piscina, ou pelo menos acesso a uma piscina. Num condomínio seria melhor. Sem jardim para cuidar.

> **Enrique Alvarez**   7:11
> Como assim? Cadê a jacuzzi, o sistema de home theater e sala de videogames? Essa casa não tem nada a ver com você, cara.

> **Reed Stewart**   7:12
> Não é para mim. É para meus pais.

> **Enrique Alvarez** 7:12
> Agora tenho certeza de que você pirou.
>
> Desde que te conheço, você nunca falou com seus pais.
>
> Eles jamais foram a nenhum jogo seu, nem mesmo ao torneio Crooked Stick, que ficava a menos de 100 km da casa deles.
>
> E agora você não só vai vê-los, como vai comprar uma casa para eles?
>
> O que está acontecendo com você, cara?

> **Reed Stewart** 7:12
> É uma história complicada.

> **Enrique Alvarez** 7:13
> Mal posso esperar para ouvir.
>
> Tudo bem, vou procurar uma casa para seus pais.
> Mas acho que você deveria saber que nenhum outro jogador pede para o caddy procurar casa para os pais.

> **Reed Stewart** 7:13
> Nenhum outro jogador paga o que eu pago a você.

> **Enrique Alvarez** 7:14
> Ultimamente não tem sido verdade, cara. 10% de nada é nada.

> **Reed Stewart** 7:14
> Pago $1.700 por semana + 10% de meus prêmios, mas valeu pelo lembrete amoroso.

> **Enrique Alvarez** 7:14
> Como eu disse, não sou sua namorada.

> **Reed Stewart** 7:14
> E eu agradeço a Deus todos os dias de manhã quando vejo sua cara feia.

Enrique Alvarez 7:15
Você também não é nada especial.

Reed Stewart 7:15
Boa viagem, cara.

Enrique Alvarez 7:15
Você também, cara.

TELA DO TELEFONE DE BECKY FLOWERS

BECKY FLOWERS	14:43	98%
HOJE	TODAS	PERDIDAS

De: CarlyStewart@StewartImoveis.com
Para: Becky@MovingUp.com
Enviado em: 14 de março 10:46:09
Assunto: Consultoria de mudança para a terceira idade

Prezada Srta. Flowers,

Achei seu contato no site da Associação Americana de Realocação para a Terceira Idade. Espero que possa me ajudar.

Estou em busca de um indivíduo experiente e cuidadoso que possa ajudar meus sogros, o meritíssimo juiz Richard Stewart e sua esposa, na transição para um lar que ainda será determinado.

Eles têm uma espaçosa residência aqui em Bloomville e estão relutantes em deixá-la, mas acredito que será melhor se levarmos em consideração os últimos acontecimentos. Talvez você tenha lido sobre eles no jornal.

Será que poderia ajudar? Seríamos eternamente gratos.

Por favor, me ligue assim que possível. Meu celular é: 812-555-8722.

Carly Stewart

P.S.: Acho que talvez conheça meu cunhado, Reed Stewart? Estamos falando dos pais dele. Espero que não seja um problema. Nós ficaríamos muito, muito gratos pela ajuda.

Carly R. Stewart | contabilista | Stewart Imóveis | Av. South Moore, 801, Bloomville, IN | 47401 | telefone (812) 555-8722 | entre em StewartImoveis.com para visitar os imóveis

De: Beverly@MovingUp.com
Enviado em: 14 de março 11:09:09
Para: Becky@MovingUp.com
Assunto: RES: Consultoria de mudança para a terceira idade

Becky, querida, você viu isso? Acabou de chegar para você. O que quer que eu faça?

P.S.: Acho de verdade que você devia aceitar. Viu a matéria no jornal de hoje? Achei simplesmente pavorosa. Sei que eles precisam reportar os acontecimentos, mas não têm motivo para botar esse tipo de história na capa.

E aquele tal de Randy Grubb sempre foi encrenqueiro.

Acho que os Stewart deveriam processar o Trapaça. É abuso com a terceira idade. Vou escrever uma carta para o editor dizendo isso.

De: Becky@MovingUp.com
Enviado em: 14 de março 11:13:02
Para: Beverly@MovingUp.com
Assunto: RES: Consultoria de mudança para a terceira idade

Mãe. Pare de ler meus e-mails.

BECKY FLOWERS, CMPTI

Moving Up! Consultoria Ltda., presidente

> Nicole F — 11:14
> MEUDEUS, não acredito que ele teve a coragem de pedir ajuda para os pais.

> Becky F — 11:14
> Ele não pediu. A cunhada pediu.

> Nicole F — 11:14
> Sim, mas é basicamente a mesma coisa. Ele deve saber que ela fez isso. Aposto que ainda é apaixonado por você.

> Becky F — 11:15
> Você ainda está bêbada de ontem à noite?

> **Nicole F**   11:15
> Não. Cale a boca. Total estou bebendo água vitaminada.
>
> Então, o que você vai responder? Vai mandar a mulher para o inferno? Você sequer a conhece? Acho que me lembro dela. Carly Webb, né? Ela era do time de vôlei com aquela metida da Summer Walters.

> **Becky F**   11:16
> É Summer Hayes agora. Lembra? Deveria, porque tentou chutá-la ontem à noite.

> **Nicole F**   11:16
> NÃÃÃÃÃÃÃÃÃÃÃÃÃÃÃÃO!!!! Eu tentei chutar Summer Walters?

> **Becky F**   11:16
> Hayes. Quantas vezes já não falei? Vinho de gelo é um aperitivo, Nicole, não foi feito para ser saboreado em doses cavalares.

> **Nicole F**   11:17
> MEUDEUS. Henry tem razão, eu não deveria poder chegar perto de nenhum lugar chique, como uma boutique de vinhos, só de bares de motoqueiros.
>
> Então, como você vai recusar a oferta? Quer que eu responda? Sou expert em rejeitar pessoas.

> **Becky F**   11:17
> Ainda não decidi se vou aceitar ou não.

> **Nicole F**   11:17
> ESTÁ DE SACANAGEM???? Está de fato pensando em ACEITAR???

> **Becky F**   11:18
> A gente precisa da grana, Nicole.

> **Nicole F** — 11:18
> Não precisamos, não. Quero dizer, precisamos, mas não tanto assim. Não consigo nem acreditar que você esteja cogitando isso. A gente NÃO precisa do dinheiro de Reed Stewart. Ele a magoou, Becky! Fui eu que enxuguei todas aquelas lágrimas que você chorou depois que ele foi embora e nunca mais ligou! Jamais vou deixá-la aceitar um centavo do dinheiro nojento de golfe daquele engomadinho.

> **Nicole F** — 11:19
> Nicole, não seja dramática.

> **Nicole F** — 11:19
> Não estou sendo dramática! Não vou te deixar aceitar essa oferta!

> **Becky F** — 11:19
> Você já entrou na casa dos Stewart? É imensa.

> **Nicole F** — 11:20
> Hum, não. Nunca entrei na mansão dos Stewart porque sou apenas uma serviçal sem importância, não uma bela princesa como você, que foi cortejada pelo príncipe mais bonito do reino e depois sumariamente rejeitada quando ele partiu para ganhar uns milhões em torneios, enquanto você se matava na faculdade, depois na empresa de seu falecido pai, construindo um império para que o príncipe chegue agora e tire vantagem disso. Não vou permitir.

> **Becky F** — 11:22
> Para de ser louca.
>
> A casa dos Stewart é imensa. Tem três andares, isso sem falar no sótão, porão e a garagem. É histórica. E os pais de Reed colecionavam antiguidades.

> **Nicole F** — 11:22
> Então agora os pais de Reed Stewart são acumuladores. É isso que está dizendo? Quer aceitar acumuladores, além do ex que estragou sua vida? Você que é a louca. Achei que, depois dos Mayhews, a gente havia concordado em não aceitar mais acumuladores.

> **Becky F** — 11:23
> Ele não estragou minha vida. Estou com Graham.

> **Nicole F** — 11:23
> O lenhador hipster que tem como assuntos preferidos queijo de cabra e como evitar adstringentes?

> **Becky F** — 11:24
> E os Stewart não são acumuladores. São pessoas adoráveis e sofisticadas. Acho que me lembro de ter visto uma armadura e um lustre de vidro veneziano por lá. Não estamos falando de nada parecido com pratos comemorativos da princesa Diana.

> **Nicole F** — 11:25
> Nunca vi um lustre de vidro veneziano antes. Só no canal educativo.

> **Becky** — 11:26
> Nicole, esse pode ser o maior cliente de nossas vidas.

> **Nicole F** — 11:28
> Mas não tem a ver com dinheiro, Becky. Você sempre disse que nosso trabalho não tem nada a ver com dinheiro. Tem a ver com ajudar as pessoas no momento mais difícil de suas vidas.

> **Becky F** — 11:30
> E nós *vamos* ajudar um membro da comunidade que foi extremamente generoso e gentil comigo quando *eu* precisei de ajuda, e quando muitos outros membros da comunidade precisaram.
>
> Se lembra do Assassino dos Halteres?

> **Nicole F** — 11:34
> Pelo amor de Deus, Becky, aquilo não teve nada a ver com você. Nem comigo. Com nenhum de nós, a não ser com aquela senhorinha maluca.

> **Becky F**   11:34
> Ela não era maluca.

> **Nicole F**   11:35
> Ela atingiu a cabeça do marido com um haltere ajustável 57 vezes enquanto ele dormia.
>
> Mas, sim, você tem razão. Isso é coisa de gente sã.

> **Becky F**   11:36
> Ela fez isso quando ele estava apagado de tanto beber, e foram apenas 12 vezes, e porque ele tinha acabado de espancar tanto ela quanto os três filhos quase até a morte.
>
> Por isso o juiz Stewart instruiu o júri a considerar um veredito de legítima defesa.
>
> O juiz já a tinha visto — e às três crianças — muitas vezes no tribunal, pagando a fiança do marido, sempre com o olho roxo e o braço enfaixado.
>
> Acho que o júri fez a coisa certa ao determinar a sentença como homicídio em defesa própria.

> **Nicole F**   11:37
> Tá, então você quer aceitar a oferta porque o pai de Reed Stewart foi um justiceiro social no auge da vida?

> **Becky F**   11:38
> É um pouco mais complicado que isso, mas sim, acho que porque ele serviu bem à comunidade, devemos a ele, à esposa e à família, ajudarmos no momento de necessidade.

> **Nicole F**   11:38
> Você é uma frouxa. Consigo entender perfeitamente por que está namorando um cara que parece ter saído diretamente da Guerra Civil e que sabe descrever cheddar de 15 maneiras diferentes.
>
> Tenho apenas uma pergunta:
>
> Você só está fazendo isso porque precisa de um ponto final na história com Reed?

> **Becky F** 11:38
> Claro que não.

> **Nicole F** 11:38
> Você jura pela urna de nosso pai?

> **Becky F** 11:40
> Nicole!

> **Nicole F** 11:40
> Jura?

> **Becky F** 11:41
> OK, se você insiste. Juro. Aliás, a gente precisa de um lugar para enterrar aquilo. Ou para espalhar as cinzas. Quem sabe no lago Bloomville. Papai gostava de pescar, lembra?

> **Nicole F** 11:41
> Mamãe gosta de conversar com a urna de noite. Nunca ouviu?

> **Becky F** 11:41
> Achei que ela estava ao telefone. É meio fofo, acho. Estamos entendidas agora?

> **Nicole F** 11:42
> Só se você prometer que a gente vai usar retira-entulho. Sei que você ama um retira-entulho.

> **Becky F** 11:42
> Acho que a gente vai precisar de retira-entulhos E alguns contêineres de depósito móveis, no mínimo, porque os Stewart ainda não sabem para onde vão.

> **Nicole F** 11:43
> Acho que estou começando a lembrar. Você não disse também que eles moravam no campo de golfe?

> **Becky F** — 11:43
> Perto do country clube. Isso.

Nicole F — 11:43
Agora entendi. Então isso é MESMO sobre um assunto mal-acabado.

Não existe vingança melhor que botar um monte de contêineres e uma caçamba de entulho na frente da mansão dos pais de Reed Stewart. BEM NA FRENTE de todos aqueles amigos ricos do country clube onde você foi humilhada no último ano do colégio.

E depois vasculhar a casa dos pais do cara e jogar todas aquelas coisas luxuosas no lixo.

Por exemplo, o lustre.

> **Becky F** — 11:44
> Não, Nicole. Não é nada disso. Ninguém vai jogar um lustre de vidro veneziano na caçamba de lixo.

Nicole F — 11:45
Claro. Claro.

Mas está ficando interessante.

Ainda mais porque temos um crédito de seis semanas com a Hoosier Entulhos.

> **Becky F** — 11:48
> Sério. Não peça a caçamba ainda. Espere eu falar com Carly Stewart para descobrir melhor o que está acontecendo. Talvez ela nem nos contrate.

Nicole F — 11:48
Ah, tá. Quem ela vai contratar?

> **Becky F** — 11:48
> Nunca se sabe. Talvez ela fale com Reed e ele diga que é um conflito de interesses. Talvez seja meio estranho, né, contratar a ex para limpar a casa de infância.

> **Nicole F**   11:49
> A casa que ele não visita há uma década? Como se ele tivesse direito de opinar.

> **Becky F**   11:50
> Nicole, sei que é difícil, mas vamos tentar ser profissionais com Reed caso a gente acabe tendo que trabalhar com ele.

> **Nicole F**   11:52
> Tá. Vou tentar. Mas não pode me obrigar a gostar dele.

> **Becky F**   11:53
> Pode acreditar, eu jamais sonharia em pedir isso.

De: Becky@MovingUp.com
Para: CarlyStewart@StewartImoveis.com
Enviado em: 14 de março 12:16:07
Assunto: RES: Consultoria de mudança para a terceira idade

Prezada Carly,

Eu me lembro de Reed e, é claro, dos pais dele. O juiz e a Sra. Stewart foram muito generosos quando meu pai foi diagnosticado com câncer. Claro que farei o melhor para ajudá-los nesse momento difícil.

Normalmente, em casos assim, o primeiro passo seria uma reunião na casa do cliente para que eu faça uma avaliação. Acredito que você gostaria de uma estimativa de custo para a arrumação das caixas e para o envio dos pertences de seus sogros (embora, como ainda não sabemos para onde eles vão se mudar, não será possível fazer um orçamento do envio).

Por favor me informe sobre a melhor data para marcarmos uma reunião com você e seus sogros na casa deles o mais rapidamente possível, para que eu possa começar a avaliação, pois, no momento, nossa agenda para a primavera já está bem cheia.

Fico no aguardo para trabalharmos juntas, e também com os Stewart, é claro, por quem sempre tive imensa admiração.

Abraços,

BECKY FLOWERS, CMPTI
Moving Up! Consultoria Ltda., presidente

De: CarlyStewart@StewartImoveis.com
Para: Becky@MovingUp.com
Enviado em: 14 de março 13:01:17
Assunto: RES: Consultoria de mudança para a terceira idade

Prezada Becky,

Muito obrigada por aceitar trabalhar conosco!

Seria possível nos encontrarmos na casa de meus sogros amanhã ao meio-dia? Como meu sogro ainda não aceitou totalmente a ideia da mudança, acho que seria legal se fizéssemos o encontro durante o almoço, levado por mim para "suborná-lo". Ele e minha sogra, Connie, não cozinham mais, como você verá.

Se o horário for conveniente, pode, por favor, me dizer que prato encomendar para você no Trapaça? Por minha conta!

Caso não se lembre, a residência dos Stewart fica na avenida Country Clube, 65. Não tem como errar, é visivelmente a casa mais antiga da área.

Muito obrigada por ter aceitado! Não faz ideia de como fico agradecida.

Carly R. Stewart | contabilista | Stewart Imóveis | Av. South Moore, 801, Bloomville, IN 47401 | telefone (812) 555-8722 | entre em StewartImoveis.com para visitar os imóveis

---

De: Becky@MovingUp.com
Para: CarlyStewart@StewartImoveis.com
Enviado em: 14 de março 14:06:17
Assunto: RES: Consultoria de mudança para a terceira idade

Amanhã ao meio-dia é perfeito. Eu me lembro da localização da casa. E ficarei feliz com a salada Trapaça Fiesta de frango desfiado.

Abraços,

BECKY FLOWERS, CMPTI
Moving Up! Consultoria Ltda., presidente

TELA DO TELEFONE DE MARSHALL STEWART

MARSHALL STEWART	16:45	45%
HOJE	TODAS	PERDIDAS

> **Carly**   10:45
> Não, eu não estava de dedos cruzados quando jurei pela vida de Blinky que não entraria em contato com Becky Flowers. Isso seria totalmente infantil.
>
> Como estão as coisas na casa de seus pais? Estou deduzindo, pelas mensagens de voz enviadas do telefone fixo no lugar de mandar mensagens de texto do celular, que você esqueceu de carregar o telefone ou está no porão onde ele não pega.
>
> Espero que esteja se divertindo vendo todos os malhetes do juiz e os gatos de cerâmica de sua mãe.

> **Carly**   11:05
> Bem, não sei o que dizer, mas talvez seja um bom sinal o fato de seu pai estar contando histórias tão detalhadas sobre cada malhete. Quem sabe ele não está pronto para se livrar deles?

> **Carly**   11:37
> Não, Marshall, não vou pesquisar o valor de uma caixa de absorventes Stayfree de 1982. Não acho que tenham valor algum. Estou trabalhando no momento.
>
> Você se lembra do trabalho, não? Aquele lugar que nós dois frequentávamos.

> **Carly**   11:42
> Você não vai acreditar, mas finalmente consegui um cliente.
>
> Aquela antiga escola primária de Bloomville, na zona oeste. E, sim, está tomada por asbesto, e é por isso que ninguém quer comprar.
>
> Mas é um cliente e é nosso agora. Então você estava errado: NÃO somos a corretora menos popular de Bloomville.

> **Carly** — 12:45
> Como assim seus pais não concordaram em fazer uma reunião com Jimmy? Isso é ridículo. Me ligue. E não do telefone fixo!

> **Carly** — 13:23
> Diga a seus pais que eles COM CERTEZA precisam de um advogado, e, não, não vai ajudar em nada escrever uma carta para o presidente dos Estados Unidos.

> **Carly** — 13:45
> Porque o presidente dos Estados Unidos não tem jurisdição nesse assunto.
>
> E também tenho certeza de que o presidente dos Estados Unidos tem coisas mais importantes a fazer.

> **Reed Stewart** — 15:30
> Oi. Estou no aeroporto. Alguém planejava me buscar? Tenho certeza de que mandei meu voo para vocês.
>
> Bem, tudo bem. Sei que ver o tio Reed não é tão empolgante nas circunstâncias atuais.

> **Reed Stewart** — 16:07
> Sério, não tem problema. É melhor eu alugar um carro.
>
> Vocês sabiam que tem uma convenção da Kiwani na cidade? Nem eu.
>
> Mas tudo bem. Eu gosto do buffet do café da manhã do Hampton Inn. Acho muito satisfatório.
>
> Então, estarei lá, se alguém se importa.

> **Carly** — 16:45
> MEUDEUS, Marshall, você se lembrou de buscar seu irmão no aeroporto???

Ty Fofinha

Ranking de avaliação #1.162,358
Responde 12% das perguntas
Votos recebidos nas avaliações

Avaliação
Relógio feminino em prata e diamante
$475

Imagem do produto
14 de março

Este é um relógio perfeito para uso diário porque combina com tudo, graças ao tom prateado. É uma excelente opção para o preço, algo que não muitos podem pagar, mas às vezes uma garota precisa agradar a si mesma.

Recebi muitos elogios ao usar este relógio na escola ontem. A corrente é ajustável e cabe em qualquer pulso, até mesmo um tão fino como o meu (visto tamanho 34, então é quase impossível encontrar roupas de meu tamanho).

Talvez o único problema do relógio seja o fato de ser brilhante DEMAIS. Porque até minha professora o notou!

E aquela mongol quatro olhos nunca repara em nada.

Ela falou, "Onde você arranjou esse relógio, Ty?", e eu falei, tipo, "Não é da sua conta", porque eu não queria que ela soubesse que peguei emprestado o cartão na bolsa de minha mãe para comprar o relógio na internet.

Mas é claro que ela total suspeitou que tinha algo estranho, porque contou para o diretor, que ligou para minha mãe (todo mundo na escola, pela qual meus pais pagam 20 mil dólares por ano para mim e meu irmão *cada*, é um dedo-duro).

Então, minha mãe foi até a escola — meu pai não pôde ir porque tem um restaurante e é muito ocupado; minha mãe é só uma advogada — e perguntou onde eu tinha arranjado o relógio.

Como eu não podia dizer a verdade, ela deduziu que eu o roubei.

HAHAHA dá para acreditar? Minha própria mãe acha que sou uma ladra profissional.

Se ela ao menos soubesse as bostas que meu irmão Tony Jr. faz todos os dias. Ela surtaria totalmente. O único objetivo de Tony Jr. é ser um GC — gângster completo.

Eu já disse a Tony Jr. que isso não é um objetivo muito prático. No mínimo ele deveria aprender algo que lhe permitisse arranjar um emprego capaz de sustentá-lo em um lugar de clima ensolarado trezentos dias no ano. Transtorno Afetivo Sazonal e deficiência de vitamina D por causa dos invernos rigorosos atingem quase todo mundo nessas partes do meio-oeste.

Mas Tony Jr. não me ouve, o que é triste porque estou em turmas avançadas de todas as matérias e tirei dez no vestibular que fiz só por diversão.

Enfim, agora estou de castigo e minha mãe tirou meu telefone.

Ainda bem que ela não lembrou de tirar meu tablet, porque senão seria impossível escrever isto aqui, ou seguir o Instagram de meu amorzinho, Harry Styles.

Mas mamãe tem problemas piores que eu. E também não estou falando de meu irmão Tony Jr.

Não, parece que vovó e vovô foram presos por darem um calote na conta do restaurante. HAHAHA!

Então agora o tio Reed está na cidade por causa do "incidente", o que é uma bosta porque ele jamais nos visitou antes e estou de castigo, e ele é um jogador de golfe muito famoso.

Ninguém famoso nunca visita nossa cidade, a não ser um roqueiro megavelho chamado John Cougar Mellencamp, que ninguém nunca nem ouviu falar sobre, nem nunca pisou no palco com meu amorzinho, Harry Styles. O pneu de seu carro furou aqui na cidade uma vez, e ele comprou uma garrafa de água no posto de gasolina.

Jamais conheci ninguém famoso, nem meu tio Reed, porque minha mãe não me deixou ser a daminha do casamento do tio Marshall e da tia Carly.

E agora não vou conhecê-lo porque não só estou sendo punida por ter supostamente roubado um bracelete, mas porque minha mãe não me deixa ir à casa de meu tio Marshall, onde o tio Reed está hospedado, porque ela diz que meus primos são estranhos, só porque uma delas se veste como chefe indígena o tempo todo, o que eu acho meio fofo, mas minha mãe diz que é sinal de que eles são péssimos pais.

Minha mãe também acha que a gente pode pegar piolho porque elas estudam em escola pública, o que não é justo porque o irmão de minha amiga Sundae pegou piolho, e ele estuda em nossa escola, que é particular. Ele pegou piolho no shopping, tirando uma selfie com uma garota que tinha piolho.

Mas, quando contei isso a minha mãe, ela disse que a garota do shopping provavelmente estudava em escola pública.

Essa história é toda muito injusta porque uma vez vi num site de fofoca que o tio Reed esteve numa festa com Ava Kuznetsov, a famosa modelo.

Bem, talvez ele não estivesse COM ela, mas ela estava lá com o marido, o outro golfista.

E uma vez Ava Kuznetsov esteve em *outra* festa onde meu amorzinho, Harry Styles, foi fotografado saindo pela porta dos fundos.

Então isso quer dizer que, de certa forma, meu tio Reed CONHECE Harry Styles.

Mas, quando tentei dizer a mamãe que eu PRECISAVA ir à casa do tio Marshall hoje à noite, ela disse que não se importava, e que o tio Reed é uma "má influência".

O que é meio hilário, porque olhe só para mim! Sou uma delinquente juvenil completa.

E é bem claro de quem herdei minhas tendências criminosas:

Vovó, vovô e tio Reed!

E isso significa que basicamente nada é minha culpa. Está nos meus genes.

Enfim. Vou fugir mais tarde, mas, se me pegarem, mamãe diz que vai arrancar a porta de meu quarto. É sua nova tática. Viu isso no programa do Dr. Phil. Quando os pais tiram tudo dos filhos, tipo os eletrônicos, a liberdade etc., e eles continuam fazendo coisas erradas, os pais devem tirar a porta do quarto, para que percam também a privacidade.

HAHAHA! Boa, Dr. Phil. Tenho certeza de que isso vai funcionar. Que tal os pais tentarem não ser babacas que passam o dia no Facebook, pensam apenas neles mesmos e em quantas curtidas recebem, e nunca passam nenhum minuto produtivo com os filhos? Já pensou nisso?

Ah, acho que não.

Enfim, espero que gostem dessa avaliação tanto quanto eu gosto do relógio, p*tos!

2 de 10 pessoas acharam essa avaliação útil

> # CHAT APP!
> MENSAGENS PESSOAIS EM TEMPO REAL

CONVERSAS (1)	BECKY FLOWERS	14 DE MARÇO

online

Leeanne Matsumori criou a conversa "Reed Stewart"

> **Leeanne Matsumori** 19:17
> Becky, por que eu recebi uma mensagem de texto de minha mãe dizendo que viu REED STEWART no Antonelli's Pizza, pegando duas pizzas grandes com o irmão, Marshall?
> Reed Stewart voltou? Se sim, por que descobri isso agora e por intermédio de minha MÃE?

> **Becky Flowers** 19:17
> OK, meio assustador que alguém no Japão saiba mais sobre essa história que eu. Eu não sabia que Reed estava de volta. Ouvi dizer que ele TALVEZ voltasse, mas eu não sabia que já estava aqui na cidade. Valeu pelo aviso. Certamente não vou ao Antonelli's hoje.

> **Leeanne Matsumori** 19:17
> Bem, na verdade hoje é o único dia seguro para você no Antonelli's, porque ele já esteve lá e já foi embora.

> **Becky Flowers** 19:18
> Verdade. Eu deveria ir até lá agora comprar dez pizzas para deixar no congelador e não correr o risco de encontrar com ele pelo restante da semana.

> **Leeanne Matsumori** 19:18
> Me parece 100% normal. Certamente algo que toda mulher saudável de 28 anos faz:
> Ficar escondida no porão da mãe enquanto o ex visita a família na cidade natal dos dois para evitar um encontro.

> **Becky Flowers**   19:19
> É, tudo bem, você tem razão. Só não saio nunca mais sem maquiagem ou vestindo minha melhor roupa.
> Haha, brincadeira.
> Não, sério, está tudo bem.

> **Leeanne Matsumori**   19:19
> Claro. Você me parece bem. Quando fui embora você estava animada com Graham. Por que se importaria com o que Reed Stewart pensa?

> **Becky Flowers**   19:20
> Não me importo. Aliás, vou sair com Graham hoje à noite. Bem, ia. Na verdade, tive que ligar para ele, cancelando. Tenho um cliente novo. Preciso organizar muitas coisas e me preparar.

> **Leeanne Matsumori**   19:21
> Nossa, você não mudou nada. Continua uma nerd! Você fazia a mesma coisa no colégio, lembra? Um cara gato te chamava para sair, mas você preferia ficar em casa, criando tabelas para o dever de casa. Ou era um fichário?

> **Becky Flowers**   19:21
> Ambos. E qual o problema? A organização é o segredo para uma vida feliz.

> **Leeanne Matsumori**   19:21
> Saco. Achei que fosse o amor. Enquanto isso, aposto que você ainda acha que Reed Stewart foi a melhor coisa que te aconteceu na vida, embora ele tenha guiado, bêbado, um carrinho de golfe, com você dentro, diretamente para a piscina, deslocado seu ombro e nunca mais falado com você.

> **Becky Flowers**   19:21
> Na verdade, fui eu que fiz isso.

> **Leeanne Matsumori**   19:22
> O quê?

> **Becky Flowers** — 19:22
> Eu estava dirigindo o carrinho de golfe bêbada. Eu desloquei meu próprio ombro.

> **Leeanne Matsumori** — 19:22
> Como assim??

> **Becky Flowers** — 19:22
> Era eu que estava dirigindo. Nossa, que alívio por finalmente contar a alguém!
> Mas não conte para ninguém. E por favor, delete essa conversa assim que desligar.

> **Leeanne Matsumori** — 19:23
> Estou em Tóquio com um monte de velhos que não conhecem você e só falam japonês. Para quem vou contar?
> Mas será que a gente pode voltar a falar sobre O QUÊ? Há QUANTO tempo nós somos amigas e você só decide me contar isso AGORA?

> **Becky Flowers** — 19:23
> Ai, eu sei. Não me mate. Talvez seja PORQUE você está muito longe que eu me sinta confortável para contar isso a você.
> Mas você se lembra daquele jantar no restaurante de seus pais, quando seu irmão nos fez aqueles mai tais?

> **Leeanne Matsumori** — 19:23
> Está falando da formatura. Mal tinha álcool naquilo, Becky. Você sabe como Raymond é.

> **Becky Flowers** — 19:23
> Bem, foi o suficiente para me deixar altinha.
> E no final implorei para Reed me deixar dirigir o carrinho de golfe porque parecia muito divertido. Eu não devia ter feito aquilo porque tinha tomado um mai tai. Bem, dois.
> Mas, enfim, era o carrinho do pai dele e eu não tinha ideia do que fazia. Foi assim que a gente acabou caindo na piscina.

> **Leeanne Matsumori** — 19:23
> Você jogou o carrinho de golfe do pai de Reed na piscina. Depois de ter tomado dois mai tais. Na noite da formatura. E deixou Reed levar a culpa.

> **Becky Flowers** — 19:24
> Reed não me deixou assumir a culpa! Ele se responsabilizou por tudo. Até pelo ombro.

> **Leeanne Matsumori** — 19:24
> Que. Demais.

> **Becky Flowers** — 19:24
> Na hora fiquei aliviada, porque o pai dele estava muito irritado quando apareceu. Jamais vira alguém tão irritado! E também havia os policiais. Se algo do tipo tivesse ido parar em meu histórico, eu teria perdido a bolsa da faculdade. Reed não tinha nada a perder. Bem, quero dizer, ele podia ter perdido a própria bolsa, mas acabou que ele nem queria ir para a faculdade. Ele mentiu para todo mundo sobre o futuro. Até mesmo para mim.
> E depois, ele mentiu para todos POR mim.

> **Leeanne Matsumori** — 19:25
> Isso é basicamente a coisa mais sexy que eu já ouvi na vida. Conte mais.

> **Becky Flowers** — 19:25
> Leeanne, estou falando sério.

> **Leeanne Matsumori** — 19:26
> Eu também. Sabe há quanto tempo não saio com alguém? Sou metade Hoosier, metade japonesa. Os únicos caras que me chamam para sair são fetichistas. E não do tipo interessante.

> **Becky Flowers** — 19:26
> Bem, você sempre pode voltar. Sinto sua falta.

Leeanne Matsumori — 19:26
Não. Vou ficar aqui até Obaasan Matsumori me contar o segredo de seu tofu agedashi. Mas, enfim, fale mais sobre a mentira sexy.

Becky Flowers — 19:27
Não tenho mais nada a dizer, a não ser que eu não devia ter deixado Reed mentir. Me arrependo todos os dias. Ele foi expulso pelo pai, se mudou para a Califórnia, e nunca mais falei com ele. Enviei um milhão de mensagens, e-mails, até mesmo cartas, pedindo desculpas. Ele jamais me respondeu.

Leeanne Matsumori — 19:27
Bem, ISSO eu sei. Mas o resto... fiquei chocada. Becky Flowers, a mocinha certinha, uma criminosa!

Becky Flowers — 19:27
Não tem graça.

Leeanne Matsumori — 19:27
Meio que tem.

Becky Flowers — 19:28
Não, não tem. Faz sentido que Reed não fale mais comigo: ele deve me odiar.
E com razão.

Leeanne Matsumori — 19:28
Por que ele tem razão em te odiar? Você não pediu para ele fazer o que fez. Foi escolha dele.
E deu tudo certo para Reed. É um atleta famoso com contratos multimilionários. Assim, por que acha que ele sequer se lembra de você?

Becky Flowers — 19:28
Valeu.

> **Leeanne Matsumori**   19:29
> Foi mal! Não queria ofender, mas deve ter modelos caindo aos pés dele. Não que você não seja gata, mas não é modelo.

> **Becky Flowers**   19:29
> Não, sério, valeu.

> **Leeanne Matsumori**   19:29
> Mas entendo por que não deixou de gostar do cara. É muito incrível ele ter assumido a culpa.
> E ele gostava dos mesmos livros que você.
> E ainda tinha aquele negócio do sexo. Me conte de novo como era demais. O que era mesmo aquela manobra com o osso pélvico? Talvez seja uma coisa que só golfistas consigam fazer.

> **Becky Flowers**   19:30
> Não. Eu não gosto mais de Reed. Tanto é verdade que meu próximo trabalho é na casa dos pais dele. Vou ajudar na mudança.

> **Leeanne Matsumori**   19:30
> OI?

> **Becky Flowers**   19:30
> A cunhada me contratou.

> **Leeanne Matsumori**   19:31
> VOCÊ ENLOUQUECEU?

> **Becky Flowers**   19:31
> Não. Olhe, vai dar tudo certo.

> **Leeanne Matsumori**   19:31
> Você não estava noiva do cara do queijo???

> **Becky Flowers**   19:32
> A gente já conversou sobre casamento, mas nada oficial. Bem, a não ser que esteja falando da cerimônia ao ar livre na praça do fórum que a gente pretende fazer um dia, que é claro terá um buffet do Autêntico. E por favor pare de chamá-lo de cara do queijo, ele tem nome.

Leeanne Matsumori   19:32
Não acredito que você vai usar o Autêntico como fornecedor de seu casamento de mentira e não o Matsumori's Tiki Palace. A gente podia fazer barcos de sushi, bandeja de aperitivos chineses e até mesmo daiquiris para os convidados.

> **Becky Flowers**   19:32
> Não acho que seja uma boa ideia servir peixe cru numa cerimônia ao ar livre. E imagine só aquela maionese picante que seu pai bota no rolls de Atum Atômico.

Leeanne Matsumori   19:32
E o juiz Stewart vai realizar a cerimônia de seu casamento de mentira?

> **Becky Flowers**   19:32
> Olhe, apenas se lembre de não contar a ninguém o que eu falei sobre Reed, tá? Ninguém sabe — nem Nicole. Nunca nem escrevi sobre isso no meu diário de agradecimentos.

Leeanne Matsumori   19:33
Claro que você tem um diário de agradecimentos. Você quem manda, Senhora Fora da Lei.

> **Becky Flowers**   19:33
> Pare.

Leeanne Matsumori   19:34
Agora consigo entender por que você não quer encontrar Reed. Só não entendo como você pretende fazer isso trabalhando na casa dos pais dele.

> **Becky Flowers** — 19:34
> Bem, até você me contar eu nem sabia se ele de fato vinha.

Leeanne Matsumori — 19:34
Ah, pode apostar que ele foi.
Mas vai ver ele ainda não fala com o pai, então não vai encontrar com ele lá.
E pelas outras coisas que minha mãe me disse — tipo a prisão do juiz Stewart —, aquelas pessoas parecem ser um desastre total.

> **Becky Flowers** — 19:35
> Sou especialista em desastres totais.

Leeanne Matsumori — 19:36
Ah, é! Estou a 10 mil km de distância e até daqui consigo ver que *VOCÊ* é um desastre total.

> **Becky Flowers** — 19:36
> Valeu. De verdade.

Leeanne Matsumori — 19:36
Douitashimashite (isso quer dizer "de nada" — formalmente — em japonês) ☺

TELA DO TELEFONE DE REED STEWART

REED STEWART	21:45	69%
HOJE	TODAS	PERDIDAS

De: DollyVargas D.Vargas@VAM.com
Enviado em: 14 de março 21:45:37
Para: ReedStewart@reedstewart.com
Assunto: Oferta Lyrexica

Querido, normalmente quando uma grande empresa farmacêutica oferece a um de meus clientes uma campanha de algumas centenas de milhares de dólares, recebo pelo menos uma ligação de volta.

E quando a mesma empresa oferece muitas centenas de milhares de dólares, geralmente recebo flores, ou até mesmo uma caixa de chocolates, que não posso comer, é claro, por causa do refluxo, que meu médico afirma existir graças ao estresse e à carreira.

Mas não. Reed Stewart está ocupado demais para responder esta pobre, exausta e estressada agente.

ME LIGUE.

BJINHOS.

Dolly
Dolly Vargas
Vargas Agência de Talento
Los Angeles, CA

Val King 21:45
Não acredito que nosso relacionamento não significou nada para você. Sério, você mandou Enrique procurar uma casa para seus pais??? Parece até que você não sabe que tenho uma licença de corretora.

Talvez ela não seja válida no estado da Flórida, mas você sabe que tenho um olho bom para propriedades.

Agora entendi por que sua performance no campo anda ruim. Você não tem confiança nas pessoas que deveriam importar mais, e isso reflete diretamente na confiança que você tem em si mesmo.

De: ReedStewart@reedstewart.com
Enviado em: 14 de março 23:37:22
Para: LyleStewart@FountainHill.org
Assunto: Richard e Connie

Querido tio Lyle,

Obrigado pelo e-mail. Tenho certeza de que sua *Phalaenopsis amabilis* é extraordinária. Se você não ganhar, ou pelo menos chegar aos primeiros lugares, a idoneidade da Expo está provavelmente comprometida. Me mande uma foto se conseguir.

É estranho estar de volta... mais estranho do que eu pensava. A cidade mudou *muito*. Tem uma farmácia CVS no lugar da Jiffy Lube, e uma Target onde antes ficava o estádio de futebol.

E existe uma quantidade ainda maior de prédios abandonados desde que fecharam a pedreira. O antigo prédio da escola primária está vazio porque construíram uma escola novinha há alguns anos.

A boa notícia é que, aparentemente, posso comprar minha antiga escola!

A má notícia é que está infectada com amianto.

Então me sinto melhor ao saber que fomos educados em um lugar tão seguro e saudável.

Enfim, foi bom ver Marshall, Carly e as crianças. Você gostaria das crianças. Uma delas — a do meio, Bailey — se recusa a tirar a fantasia de chefe da tribo Massasoit que Carly fez para a peça de dia de Ação de Graças da escola.

Não posso culpá-la. Se alguém me escalasse como chefe Massasoit na peça da escola, eu também nunca mais tiraria a fantasia.

Ainda não vi mamãe e o juiz. Marshall me fez passar de carro em frente à casa quando fomos comprar pizza para o jantar — no Antonelli's, claro, e estava melhor que as expectativas, mas não muito —, e devo dizer que fiquei chocado.

Papai mantinha a casa impecável — ou pelo menos sempre contratou gente para a tarefa —, e certamente não dá mais para dizer isso.

Foi meio difícil visualizar a casa com tanta neve — março em Indiana, claro que temos uma última nevasca antes da primavera —, mas parece que faltam muitas telhas, cortinas quebradas, a grama e o jardim lembram um pesadelo, e há gatos de rua por *toda a parte*.

Perguntei para Marshall sobre os gatos, e ele só resmungou, "Nem me fale."

Marshall não mudou nada.

Ninguém falou nada sobre eu visitar mamãe e o juiz. Tenho certeza de que isso vai acontecer em algum momento, mas Marshall acha que pode ser um pouco demais para o velho, e que devemos introduzir o assunto aos poucos, quem sabe ligando amanhã e dando uma deixa de que estou por perto. Vai ver seu coração não é mais o mesmo.

Carly não concorda. Novidade.

Ainda não vi Trimble. Parece que algo aconteceu com a filha. Ninguém sabe o quê. Ela botou as crianças em uma escola particular — as de Marshall e de Carly estudam na escola fundamental pública — porque Trimble não confia na educação pública, o que é estranho porque esta serviu perfeitamente bem para nós quando éramos crianças.

Não vi Becky. Certamente não farei contato. Sei que seria o gesto cavalheiresco correto, mas o que posso dizer depois de todos esses anos? "Me desculpe" não parece certo.

Outra coisa, talvez você não saiba, mas minha família virou a piada da cidade. Tenho certeza de que ela não quer se envolver conosco. Carly me mostrou o jornal da cidade. Papai estampa a primeira página.

E onde a gente se encontraria? No Antonelli's? No café da livraria? Não é como se essa cidade oferecesse uma opção refinada. Bem, com a exceção do Matsumori's Tiki Palace, mas os pais da melhor amiga de Becky são os donos.

E foi lá onde comemos na noite que tudo deu errado, então não desperta as melhores lembranças.

Sempre posso levá-la ao Trapaça.

Haha, brincadeira. Foi mal, mas pelo menos ainda tenho senso de humor. Algum, pelo menos.

Não quero ser pessimista, só estou dizendo que talvez seja melhor para nós dois se eu fizer o que vim fazer sem ressuscitar sentimentos antigos que talvez fiquem melhor quietos.

Mudando de assunto, Carly toda hora me diz que tem algo para me contar. Do jeito que ela é, deve estar grávida novamente.

Entendo por que ela está escondendo isso de Marshall. Sei que ele sempre quis um menino, mas Marshall é capaz de se matar se souber que Carly vai ter um quarto filho. No momento, duas das meninas tiveram que dormir juntas para que eu ficasse num dos quartos em vez de em um hotel, porque eles não têm um quarto de hóspedes, e o hotel fica praticamente em Dearborn.

No momento, estou deitado em uma cama rosa de dossel, com um móbile de unicórnio sobre a cabeça.

É legal. Os unicórnios dançam ao som de "Somewhere Over the Rainbow" quando a gente dá corda.

Talvez exista realmente um lugar onde nossos sonhos virem realidade. Espero que sim.

Bem, é isso, por enquanto. Espero muito que sua *Phalaenopsis amabilis* ganhe. Se existir alguma justiça no mundo, vai ganhar.

Com amor,

Seu sobrinho favorito,
Reed

𝕬 𝕲𝖆𝖟𝖊𝖙𝖆 𝖉𝖊 𝕭𝖑𝖔𝖔𝖒𝖛𝖎𝖑𝖑𝖊

O único jornal diário do município
* Quarta-feira, 15 de março * Edição 141 *
Ainda por apenas 50 centavos!

CARTAS DOS LEITORES
GAZETA DE BLOOMVILLE

Regras para as cartas dos leitores da Gazeta de Bloomville*:*

Todas as cartas dos leitores são bem-vindas, contanto que sigam as seguintes diretrizes:

- Serão publicadas apenas cartas originais endereçadas à *Gazeta* que incluam nome, endereço e telefone para contato em horário comercial. Cartas anônimas ou escritas sob pseudônimo não são aceitas.
- O tamanho máximo para cartas é de 350 palavras.
- A *Gazeta* não publica poesia, ficção ou cartas de apoio político.
- Leitores estão limitados a uma carta a cada duas semanas.

Ao Editor,

Foi com grande tristeza que li a reportagem de capa de terça-feira, 14 de março, sobre o juiz e a Sra. Stewart, e sua prisão em um certo restaurante local.

Fico chocada que qualquer morador dessa cidade apoie as acusações contra um homem que serviu à cidade de Bloomville com tanta dedicação e por tanto tempo quanto o juiz Richard Stewart, ainda mais por algo que é claramente um mal-entendido.

Simpatizo com o fato de que o gerente noturno do Trapaça se sinta pressionado pelos supervisores corporativos para calcular o caixa.

Mas certamente existe também algo conhecido como cálculo moral?

Neste caso, acredito que o cálculo moral a ser feito seria retirar todas as queixas contra os Stewart, que claramente não tinham a intenção de enganar o restaurante para ganhar uma refeição gratuita, ou de não pagar a gorjeta da Srta. Gosling.

Tenho igual convicção de que muitos de nós nesta comunidade podemos encontrar em nossos corações (e carteiras) alguma contribuição para os 59 dólares que o juiz e a mulher devem (mais a gorjeta de 15% para a Srta. Gosling) a fim de corrigir a situação.

Se o pagamento da conta dos Stewart não fizer com que o restaurante retire a queixa, então peço um boicote ao Trapaça Bar & Grill, em especial nesta sexta-feira, quando sei que o restaurante fará o Bufê Liberado de Hambúrguer de Blarney Irlandês e Batata Frita de Trevo, em homenagem ao dia de São Patrício. Tradicionalmente, sei que muitos moradores já frequentaram o evento para aproveitar a cerveja verde e a competição de dardo do restaurante.

Peço que os moradores de Bloomville se juntem a mim no boicote ao Trapaça Bar & Grill até que retirem a queixa contra o juiz Stewart!

Quem sabe se os Estados Unidos corporativos — ou o Sr. Grubb — não entendem de moralidade, talvez entendam de dinheiro.

Sinceramente,
Beverly T. Flowers

CLASSIFICADOS

Procurando a casa dos sonhos na região de Bloomville?

Certifique-se de olhar primeiro nos Classificados da *Gazeta de Bloomville*... Onde Compradores e Vendedores se encontram!

BLOOMVILLE

MANSÃO STEWART
Rua Country Clube, 65

Oportunidade única, é a primeira vez em 35 anos que a casa entra no mercado. A mansão Stewart — listada no Registro Nacional de Lugares Históricos — foi construída no final do século XIX no estilo do segundo império francês. Erguida com blocos de pedra sem cimento, as paredes de 55 centímetros sobreviveram, firmes e fortes, a mais de um século e meio de inundações, tornados e tempestades de neve.

O telhado de mansarda de ardósia ornada com trabalhos em ferro teria sido inspirado no trabalho do arquiteto que projetou muitos dos grandes cassinos da Europa.

Com mais de 550 metros quadrados e três pavimentos, com sótão e porão completos, esta casa tem espaço suficiente para a maior das famílias, especialmente quando a garagem para quatro carros e o amplo terreno são levados em consideração. A casa conta com uma grande piscina de área externa; seis quartos; sete banheiros; pé-direito de 3,50 metros; sete lareiras; cozinha reformada com fácil acesso à lavanderia; e um lustre de vidro veneziano prismático na sala de jantar.

Inclui todos os aparelhos eletrônicos. Estacionamento livre e internet de fibra ótica. Acesso total ao campo de golfe; amenidades do country clube apenas para sócios.

$395.000
Visitas apenas com hora marcada.
Contato: Marshall Stewart, CORRETOR
812-555-2863
MarshallStewart@Stewart&Stewart.com

TELA DO TELEFONE DE REED STEWART

REED STEWART	8:37	100%
HOJE	TODAS	PERDIDAS

Marshall — 8:40
Cadê você?

Reed — 8:41
Tomando café na Livraria Bloomville. Nada contra a preferência de cereal de suas filhas, mas sou mais do tipo que come ovos e bacon que Froot Loops.

Marshall — 8:41
Me ligue.

Reed — 8:41
Por mais que me encantasse corresponder a um pedido tão educado e charmoso, não posso. Por motivos desconhecidos, não é permitido usar o celular na Livraria Bloomville. No momento, estou recebendo um olhar mortal do cara atrás do balcão só por digitar esta mensagem.

Marshall — 8:42
Se no crachá estiver escrito Tim, é um dos donos. Ele acabou de se mudar de Nova York. Odeia todos os aparelhos eletrônicos.
Você viu o jornal de hoje?

Reed — 8:42
Certamente, estou olhando para ele agora enquanto como meu Combo Supremo Três Ovos, Três Bacon.

Marshall — 8:42
Mas você VIU?

> **Reed**   8:42
> Se estiver falando do anúncio de nossa casa de infância que você botou no jornal, sim, eu vi. Parece que você deseja uma morte diferente de meus queridos companheiros usuários de celular, porque o juiz vai te matar quando vir isso.

> **Marshall**   8:43
> Não estou falando sobre isso. Estou falando sobre a Carta do Leitor da mãe de sua ex-namorada.

> **Reed**   8:44
> Ah, não, perdi essa. De maneira geral, não leio as Cartas do Leitor, pois não tenho interesse em política local e teorias de conspiração governamentais.

> **Marshall**   8:44
> Ela pede aos cidadãos de Bloomville que boicotem o Trapaça até que retirem as queixas contra mamãe e papai.

> **Reed**   8:45
> E isso é ruim... por quê?

> **Marshall**   8:45
> Carly e eu somos comerciantes locais. Não podemos ser o motivo — mesmo que indiretamente — de um boicote contra outro comerciante.

> **Reed**   8:46
> Bem, e o que eu tenho a ver com isso?

> **Marshall**   8:46
> Obviamente quero que você fale com ela.

> **Reed**   8:47
> Você quer que eu fale com a mãe de Becky Flowers sobre o boicote contra o Trapaça?

> **Marshall**   8:47
> Não, seu idiota. Becky. Peça a ela que convença a mãe a cancelar.

> **Reed**   8:48
> Adeus, Marshall. Agora entendo por que Tim proíbe o uso de telefone. Vou terminar meu Combo Supremo Três Ovos, Três Bacon em paz.

> **Marshall**   8:48
> Estou falando sério, Reed. Faz muito tempo que você não vem aqui. Você não entende como são as coisas na cidade hoje em dia. A fábrica de pneus, a pedreira — todas fecharam, e deixaram um monte de gente sem emprego. Elas estão amarguradas e culpam as grandes corporações.
>
> As pessoas vão se irritar com essa história, e sabe quem vai sair prejudicado? Nós. Não o Trapaça. A família Stewart. E provavelmente Becky também. Você precisa fazer alguma coisa.

> **Marshall**   8:50
> Reed? Não me ignore.

> **Marshall**   8:51
> Você vai ter que falar com ela em algum momento, então é melhor que seja por isso.

> **Marshall**   8:52
> OK, não me responda. Mas sei onde você está. Estou indo até aí. Você sabe que a Livraria Bloomville fica literalmente na esquina do escritório, não sabe?

> **Marshall**   9:02
> Sutil, Reed. Muito sutil. E ainda me deixou com a conta? Classudo.
>
> Vou encontrá-lo. A cidade não é tão grande. Não existem tantos lugares onde você possa se esconder.

TELA DO TELEFONE DE BECKY FLOWERS

BECKY FLOWES	11:45	98%
HOJE	TODAS	PERDIDAS

Becky F — 11:26
Mãe, por que acabei de passar pelo shopping e vi você parada do lado de fora com um cartaz que diz Boicotem o Trapaça com um risco vermelho gigante no meio?

Mãe — 11:32
Querida, eu disse que estava escrevendo uma carta para o editor. Só não achei que a publicariam tão depressa.

Becky F — 11:32
Isso não responde minha pergunta.

Mãe — 11:32
Bem, eu preciso defender minhas crenças. Você sabia que aquele moleque do Grubb não aceitou meus 59 dólares e a gorjeta que tentei pagar da conta dos Stewart?

Mas, também, ele sempre foi estranho. Lembra quando ele usava um casacão preto todo dia na escola para ficar igual àquele homem do filme sobre a matrix?

Becky F — 11:33
Mãe, estou indo para a reunião com os Stewart AGORA. Isso é um completo conflito de interesses.

Mãe — 11:35
Bem, sinto muito, querida, mas preciso fazer o que é certo.

Becky F — 11:36
Mãe. Randy não é uma escoteira. Não é responsabilidade sua puni-lo.

> **Mãe** — 11:36
> Na verdade, é sim. É meu dever deixar o mundo melhor do que estava quando cheguei.

> **Becky F** — 11:36
> Isso serve para acampamentos, mãe. Uma escoteira deve deixar o acampamento mais limpo que quando chegou.

> **Mãe** — 11:36
> Sim, mas a lei das escoteiras diz que devo fazer o possível para deixar o MUNDO um lugar melhor.

> **Becky F** — 11:37
> ☹

> **Nicole F** — 11:40
> MEUDEUS, acabei de ver uma propaganda do jornal de meio-dia no Canal 4 com Jackie Monroe, e MAMÃE estava lá, falando mal do Trapaça.
>
> Hoje é literalmente o melhor dia de minha vida.

> **Becky F** — 11:40
> Já estou sabendo o que mamãe vem aprontando, Nicole. Você tem ideia de como é passar de carro a caminho de um cliente e ver a própria mãe segurando um cartaz de protesto na calçada?

> **Nicole F** — 11:40
> ☺

> **Becky F** — 11:41
> Que bom que alguém nessa conversa está feliz.

> **Nicole F** — 11:41
> Ah, vai. É hilário.
>
> E é bom para mamãe. Ela anda caidinha desde que papai morreu.

> **Becky F** 11:41
> Que bom que é capaz de ver o lado bom disso, porque eu não consigo.

Nicole F 11:41
Cadê você, afinal? Espero que não esteja mandando mensagem enquanto dirige! Becky Flowers NUNCA infringiria a lei.

> **Becky F** 11:42
> Estacionada no final da rua da casa deles.

Nicole F 11:42
Claro que sim. Sei como você fica. E faz isso com clientes comuns, não os pais de seu ex. Está se animando ouvindo Beyoncé?

> **Becky F** 11:42
> Talvez.

Nicole F 11:42
Sim. Claro que sim.

Não quero piorar as coisas, mas vi na página do Antonelli's, no Facebook, que Reed Stewart comprou quatro pizzas grandes de pepperoni ontem à noite. Talvez seja a coisa mais normal que qualquer namorado seu já comeu na vida. O lenhador hipster sempre pede aquelas pizzas estranhas com figo & mel trufado e parma & gorgonzola. Eca. Qual é o problema em comer pepperoni?

> **Becky F** 11:43
> Juro por Deus, Nicole, se não parar de chamar Graham de lenhador hipster, vou demiti-la.

Nicole F 11:43
Não pode me demitir. Sou da família. ☺

> **Becky F** 11:44
> Posso sim, e vou.

Nicole F — 11:45
Se fizer isso, mamãe vai te boicotar. Vai protestar na frente da Moving Up!

Becky F — 11:45
Você não está me ajudando a ficar menos nervosa.

Nicole F — 11:45
Estou, sim! Porque agora você está irritada comigo. Canalize isso!

Mãe — 11:46
Querida, me senti mal em deixar o trabalho sem perguntar se posso fazer alguma coisa para ajudar na preparação para sua reunião importante. Posso fazer algo?

Becky F — 11:47
Não é uma reunião importante. É uma reunião normal.

E, não, não há nada que você possa fazer para me ajudar aí da frente do Trapaça, a não ser cancelar o boicote.

Mãe — 11:48
Bem, você sabe que não posso fazer isso até que Randy Grubb concorde em retirar as queixas. E ninguém sabe quanto tempo isso vai levar.

Ai, querida, não posso mais conversar. A adorável Rhonda Jenkins acabou de aparecer para protestar comigo! E ela trouxe um pouco daquele frango delicioso para almoçarmos. Não é um amor?

Nicole F — 11:48
Ei, talvez eu vá protestar um pouco com mamãe.

Becky F — 11:48
Não! Alguém precisa atender o telefone!

> **Nicole F**   11:48
> Só uns minutinhos. Tenho horário de almoço, sabe, de acordo com a lei.

> **Becky F**   11:48
> Não existe lei de horário de almoço no estado de Indiana. Você só quer comer o frango de Rhonda.

> **Nicole F**   11:48
> Nossa, a gente escolheu o estado errado para nascer. Pelo menos você está gata na roupa de hoje, Bex. Vermelho é sua cor.

> **Becky F**   11:49
> Sim, parecer gata na frente dos pais de meu ex é muito importante para mim.
>
> OK, tire o horário de almoço. Mas, por favor, não me ligue enquanto eu estiver com os Stewart, a não ser que o escritório esteja pegando fogo, mamãe tenha sido presa ou Doug tenha prendido de novo o dedo na porta de correr da garagem, OK?

> **Nicole F**   11:50
> Entendido.
>
> E mamãe não vai ser presa, eles mandaram Henry ficar de olho nela, e ele prometeu tirá-la de lá se houver algum problema.
>
> Enfim, mande fotos! Especialmente do lustre.
> E se tiver algum gato esmagado.

> **Becky F**   11:50
> Nicole, isso não é engraçado. Os Stewart são membros distintos da comunidade. Não haverá nenhum gato esmagado, porque eles não são acumuladores.
>
> Embora eu tenha que admitir que estou vendo alguns gatos no jardim. Não tenho muita certeza do que está acontecendo ali.
>
> Mas, enfim, falo com você mais tarde; e guarde um pouco de frango para mim.

TELA DO TELEFONE DE REED STEWART

REED STEWART	11:45	38%
HOJE	TODAS	PERDIDAS

> **Carly** — 11:22
> Oi, Reed, nosso encontro ao meio-dia ainda está de pé?

> **Reed** — 11:22
> Sim, mas quero saber aonde estamos indo. Por acaso ao ginecologista?

> **Carly** — 11:25
> Não, por que eu o chamaria para me acompanhar ao ginecologista? Já falei, vamos fazer algumas coisas burocráticas chatas com seus pais.
>
> Mas antes a gente tem que pegar o almoço. Eu compraria no Trapaça, mas não posso, com essa história do boicote. Então, a gente vai comprar um prato de frios no Kroger. Tudo bem?

> **Reed** — 11:25
> Tudo, só que eu tomei um café farto. E quem leva um prato de frios para o escritório do advogado?

> **Carly** — 11:26
> Ah, me parece educado. Algumas pessoas não saem muito de casa. O que você está vestindo?

> **Reed** — 11:27
> Carly Stewart, você está sexting? Estou chocado!

> **Carly** — 11:27
> Não, Reed, não estou "sexting". Só quero que você esteja na melhor forma para essa reunião.

> **Reed** — 11:28
> Vocês empresários são todos iguais. Na verdade, estou no campo jogando, então estou meio casual.

> **Carly** — 11:28
> Reed. Ainda tem neve no campo.

> **Reed** — 11:28
> O campo está sempre aberto. Acho que posso passar na Target e comprar uma gravata. Ajudaria a causar uma impressão melhor nos abutres da lei?

> **Carly** — 11:29
> Sim, gravata é uma boa.

> **Reed** — 11:29
> OK. Então encontro você no escritório depois que eu tiver conseguido a gravata.

> **Carly** — 11:29
> Não, não no escritório. Talvez Marshall esteja lá.

> **Reed** — 11:29
> Ah. Você também está fugindo de Marshall?

> **Carly** — 11:30
> Bem, digamos que é melhor que Marshall não saiba dessa reunião. Sabe como ele é.
>
> Me encontre no estacionamento do Kroger depois de comprar a gravata. Pego o prato de frios, e a gente vai no meu carro para a reunião.

> **Reed** — 11:30
> Me parece a reunião mais estranha a que já fui na vida. Mas, tudo bem, no estacionamento do Kroger.
>
> Meio que gosto dessa coisa secreta! É divertido.

> **Carly** — 11:30
> Espero que você continue achando isso quando descobrir aonde vamos.

> CHAT APP!
MENSAGENS PESSOAIS EM TEMPO REAL

| CONVERSAS (1) | BECKY FLOWERS | 16 DE MARÇO |

online

Becky Flowers criou a conversa "Reed Stewart"

> **Becky Flowers** — 12:17
> Ele está aqui.

> **Leeanne Matsumori** — 12:17
> O quê? Quem está onde? Você me acordou. É 1 da manhã aqui.

> **Becky Flowers** — 12:17
> Desculpe. Estou na casa dos pais dele. A cunhada não me disse que ele estaria aqui, mas ele está aqui.

> **Leeanne Matsumori** — 12:18
> AI MEU DEUS CONTE TUDO AGORA

> **Becky Flowers** — 12:18
> Por algum motivo tem um prato de frios.

> **Leeanne Matsumori** — 12:18
> Não esse tipo de coisa. Sobre ele. Está bonito?

> **Becky Flowers** — 12:18
> Sim. Bonito demais. Está mais alto do que eu me lembrava.

> **Leeanne Matsumori** — 12:18
> Ele cresceu.

> **Becky Flowers**   12:19
> Não.

> **Leeanne Matsumori**   12:19
> Sim, Becky. A gente era adolescente da última vez que vocês se viram. Ele cresceu desde então. Vocês dois, e não só fisicamente, espero.
> O que mais?

> **Becky Flowers**   12:19
> Ele está de gravata. Ah, céus, por que ele tinha que estar de gravata?

> **Leeanne Matsumori**   12:19
> Mais, por favor. Como ele reagiu quando viu você?

> **Becky Flowers**   12:20
> Assustado. Acho que a cunhada não avisou que eu estaria aqui.

> **Leeanne Matsumori**   12:20
> Bem, pelo menos ele não saiu correndo de novo. MAIS POR FAVOR.

> **Becky Flowers**   12:20
> Não posso dizer mais nada. Estou no banheiro. Pedi licença porque surtei. Precisava de um minuto para me recompor. Agora tenho que voltar. O pai de Reed está me contando de sua extensa coleção de martelos.

> **Leeanne Matsumori**   12:20
> Sua o quê???

> **Becky Flowers**   12:21
> Malhetes. Desculpe. São martelos de juiz. Acho. Não sei. Estou tão nervosa. Por que estou tão nervosa???

> **Leeanne Matsumori** — 12:21
> Porque você não encontra o sujeito há dez anos e, antes disso, vocês eram o casal mais bonito que Bloomville já viu?

> **Becky Flowers** — 12:21
> Leeanne. A casa. É melhor você nem saber.

> **Leeanne Matsumori** — 12:21
> Mas eu quero. Quero muito saber.

> **Becky Flowers** — 12:21
> A palavra pesadelo não descreve nem um átimo. Mas os Stewart estão sendo tão gentis comigo.

> **Leeanne Matsumori** — 12:21
> Eu não me importo com eles. Quero saber de Reed!

> **Becky Flowers** — 12:22
> Educado, mas distante. Ele comeu todo o frango do prato de frios.

> **Leeanne Matsumori** — 12:22
> Não me acorde no meio da noite para falar sobre frango. Eu quero saber DELE DELE DELE.

> **Becky Flowers** — 12:22
> Não sei mais o que dizer! Ele parece distraído. Fica olhando a casa como se não reconhecesse nada... O que pode ser verdade, faz muito tempo que ele não aparece, e os pais parecem ter adquirido alguns hábitos incomuns nos últimos anos.

> **Leeanne Matsumori** — 12:22
> Drogas?

> **Becky Flowers** — 12:22
> Claro que não. São coleções. MUITAS. Olhe, preciso voltar. Vão achar que eu tive uma intoxicação alimentar com o prato de frios.

> **Leeanne Matsumori** — 12:23
> Bem, agora estou acordada, então me mande mensagem de cada detalhe.

> **Becky Flowers** — 12:23
> Isso seria estranho e antiético.

> **Leeanne Matsumori** — 12:23
> Ah, porque falar no Chat App do banheiro não é.
> Enfim, pode fingir que está anotando coisas.

> **Becky Flowers** — 12:24
> Não. Não seja boba. Vá dormir. Desculpe ter te acordado.

> **Leeanne Matsumori** — 12:24
> Não acredito que isso esteja acontecendo sem mim. Vou voltar para casa.

> **Becky Flowers** — 12:24
> O quê? Deixe de ser maluca.

> **Leeanne Matsumori** — 12:24
> Estou procurando voos neste instante.

> **Becky Flowers** — 12:24
> Você é louca. Tchau, Leeanne.

> **TELA DO TELEFONE DE MARSHALL STEWART**

MARSHALL STEWART	15:35	75%
HOJE	TODAS	PERDIDAS

De: CarlyStewart@StewartImoveis.com
Enviado em: 15 de março 12:30:39
Para: MarshallStewart@StewartImoveis.com
Assunto: Seus pais

Então lembra que você me fez prometer pela vida do Blinky que eu não entraria em contato com Becky Flowers? Bem, não fique irritado, mas eu estava de dedos cruzados.

Becky está aqui na casa de seus pais agora! E Reed também!

Mas tudo está indo muito bem. Melhor que bem, aliás. Seus pais estão se comportando como anjos perfeitos. Pela primeira vez em séculos, seu pai não está dando lição de moral em ninguém sobre como o governo deveria gastar o dinheiro do contribuinte para investir em infraestrutura, e sua mãe não falou dos gatos nenhuma vez.

Seus pais nunca se comportaram tão bem. Parece que não passou tempo algum desde a última vez que eles viram os dois juntos (e nem estou falando da noite que Reed destruiu o carrinho de golfe).

Becky já disse a eles que essa casa é grande e fria demais para eles agora que todos os filhos se mudaram, e eles concordaram.

Parece mágica!

Bem, tudo bem, sua mãe até tentou usar aquele argumento de que "os netos ainda visitam no verão para usar a piscina".

Mas Becky respondeu com, "Mas a manutenção dessa piscina é cara demais para apenas algumas visitas no verão. Imagine se vocês tivessem uma piscina menor em algum lugar que faz calor o ano inteiro. As crianças poderiam visitar no Natal e nas férias da primavera. As visitas seriam bem mais especiais."

Sua mãe parece ter caído como um pato.

Estou até com um pouco de pena por você não estar aqui vendo isso.

E EU SEI que você me disse para eu não me meter.

Mas achei que era uma boa ter alguém neutro aqui, quando eu jogasse seu pai na frente de seu irmão (e vice-versa).

Faz tanto tempo desde o "incidente" que achei improvável um ataque na frente de Becky.

Eu estava certa (como sempre estou).

Como combinei de a gente chegar muitos minutos depois da Srta. Flowers (e trazendo a comida favorita de seu pai — bem, a segunda opção favorita, depois do Trapaça —, frios e salada primavera do Kroger), seu pai só conseguiu dizer "Oi, filho" para Reed e abraçá-lo, e Reed retribuiu (de forma constrangida).

Foi o paraíso.

E posso estar muito, muito enganada, mas parece que estão rolando umas faíscas muito intensas entre Becky e Reed. Nunca vi um casal se esforçar tanto para ficar separado como eles.

E você sabe o que isso quer dizer!

Enfim, acho que foi um de meus planos mais bem executados.

Não tenho certeza de como você pode me recompensar quando eu chegar em casa. Uma massagem completa para começar, e então, claro, você fará o jantar. Acho que a situação pede seu fettuccine Alfredo. Porque hoje resolvi todos os problemas do mundo!!!

De nada.

BJO

Carly

Carly R. Stewart | contabilista | Stewart Imóveis | Av. South Moore, 801, Bloomville, IN 47401 | telefone (812) 555-8722 | entre em StewartImoveis.com para visitar os imóveis

---

De: MarshallStewart@stewartimoveis.com
Enviado em: 15 de março 12:45:39
Para: CarlyStewart@StewartImoveis.com
Assunto: RES: Seus pais

Se você acha que resolveu alguma coisa, não conhece mesmo minha família. Você só criou uma bagunça gigante que vou ter que limpar, e acendeu o fusível de uma bomba que vai explodir em três...dois... um...

De: TrimbleStewart-Antonelli@Stewart&Stewart.com
Enviado em: 15 de março 12:56:29
Para: CarlyStewart@StewartImoveis.com; MarshallStewart@ StewartImoveis.com; ReedStewart@reedstewart.com
Assunto: Nossos pais

Por que papai acabou de me ligar do escritório dizendo que vocês, palhaços, contrataram uma ex de Reed para vender — ou botar em um depósito — todas as coisas de mamãe e papai?

NÃO foi isso que a gente combinou.

Em primeiro lugar, a gente não precisa de ninguém bisbilhotando a vida dos dois. Isso é um assunto particular de família. Não precisamos de uma "consultora de mudança", ou o que quer que essa Becky Flowers seja, se metendo em nossa vida justo quando eles passaram por uma experiência traumática, e temos que ser DISCRETOS.

Em segundo lugar, a maioria daquelas coisas são MINHAS. Eu já disse para vocês que o lustre, as taças e os móveis da sala de jantar são meus.

Mas existem outras coisas ali que eu quero. Preciso ir até lá para ver, mas não tenho tempo agora. Estou muito ocupada com o novo restaurante e também com um conflito de Ty com a professora no colégio.

Além do mais, Tony vai receber um prêmio dos Kiwani na quinta-feira à noite, por tudo que fez pela comunidade — e também reparei que nenhum de vocês deu parabéns a ele, embora eu tenha postado na nossa página do Facebook.

Então, podem parar, por favor? NADA deve ser retirado daquela casa, ou vou entrar na justiça. E como executora do testamento de mamãe e de papai, tenho direito de fazer isso.

Trimble Stewart-Antonelli
Advogada
Stewart & Stewart, Ltda.
Av. South Moore, 1911
Bloomville, IN 47401
(812) 555 -9721
www.stewart&stewart.com

De: MarshallStewart@StewartImoveis.com
Enviado em: 15 de março 13:08:27
Para: CarlyStewart@StewartImoveis.com
Assunto: RES: Seus pais

Agora você entendeu?

De: CarlyStewart@StewartImoveis.com
Enviado em: 15 de março 13:11:27
Para: MarshallStewart@StewartImoveis.com
Assunto: RES: Seus pais

Ah, sua irmã que se dane.

Se ela se acha tão boa executora, por que ela jamais foi até lá ajudar a cuidar de seus pais quando caíram ou precisavam que alguém tirasse o lixo ou ofereceram um jantar de final de ano? Ela mora no final da rua, pelo amor de Deus, mas não reparou que a mãe tem uns vinte gatos selvagens, e que todos eles se aliviam nos preciosos móveis da sala de jantar?

E, aliás, desde que chegamos aqui, notei que uma família de guaxinins construiu um ninho no buraco do teto da sala.

Quando falei isso para sua mãe, ela disse, animadamente, "Ah, sim. Aquele é Ricky."

Como *você* não viu isso quando estava aqui tirando o lixo?

Carly R. Stewart | contabilista | Stewart Imóveis | Av. South Moore, 801, Bloomville, IN 47401 | telefone (812) 555-8722 | entre em StewartImoveis.com para visitar os imóveis

---

De: MarshallStewart@StewartImoveis.com
Enviado em: 15 de março 13:15:16
Para: CarlyStewart@StewartImoveis.com
Assunto: RES: Seus pais

Eu estava no porão, lembra?

Vou falar com Trimble. Assim que eu ligar para o controle de animais.

> Marshall   13:47
> Foi mal, cara. Não acredito que Carly fez isso com você.

> Reed   13:47
> Não tem problema. Estou bem.

> Marshall   13:47
> Sei que está dizendo isso para disfarçar. Estou a caminho. Vou te buscar.

> **Reed** — 13:48
> Eu não viria se fosse você. Papai está mais irritado com você que comigo, só para variar.

> **Marshall** — 13:48
> O que *eu* fiz?

> **Reed** — 13:48
> Você botou a casa à venda no jornal de hoje. Ele já comentou isso diversas vezes, e não de um jeito muito positivo.

> **Marshall** — 13:49
> Ai meda quer dizer moda, é, esqueci disso.
>
> Bem, não me importo. Estou indo até aí de qualquer jeito. Carly não podia ter feito isso. E ela com certeza não tinha que ter feito essa surpresa para Becky.

> **Reed** — 13:49
> Não tem problema. Estamos bem. Foi estranho no início, mas sou um adulto. Viajei o mundo. Sou capaz de ter uma conversa educada com uma ex-namorada da escola.

> **Marshall** — 13:50
> Cara, não, não consegue. Já vi como você faz isso, e, não, não consegue. Eu entendo por que você vive de olho nela. Estou indo buscar você.

> **Reed** — 13:50
> Eu não vivo de olho nela! E, não, não venha, vai ser constrangedor. E ela está progredindo com Richard e Connie.

> **Marshall** — 13:50
> Ela não está. Sério. Papai ligou para Trimble do escritório. Ele está irritado para caçamba.

> **Reed** — 13:50
> Bem, talvez ele tenha ficado, mas agora eles estão comendo na mão de Becky. Estão falando sobre um futuro em Orlando.

> **Marshall** — 13:51
> Jesus Crise, do que está falando?

> **Reed** — 13:51
> Estou falando sério. Ela é bem boa no trabalho dela.
>
> E sua mulher também não é tão ruim nesse negócio de nora. As duas juntas conseguiram que Richard e Connie admitissem que a Flórida talvez não seja uma ideia tão ruim. Clima bom, saúde boa, muita gente da idade deles. Acho que seus amigos, os Remack, mudaram para lá ano passado e amaram?

> **Marshall** — 13:52
> Ah, é. Tinha esquecido dos Remack.
>
> Mas, cara. Está falando sério? Mamãe e papai estão animados com a mudança?

> **Reed** — 13:53
> Tão sério quanto o infarto que Richard vai ter se não sair dessa casa bizarra. Fede a mijo de gato. E qual é a dos jornais?

> **Marshall** — 13:53
> Ah, é. Papai assina quatro jornais diariamente, e não joga fora até ter lido todos os artigos, o que ele jamais consegue fazer, porque está ocupado demais olhando os selos e escrevendo cartas de reprovação ao presidente sobre infraestrutura. Aí acumulam.

> **Reed** — 13:53
> ACUMULAM?
>
> Marshall, eles estão empilhados como arranha-céus por toda a casa. São tragédias anunciadas. Uma das pilhas pode cair a qualquer momento e machucar mamãe ou uma das crianças. Como você não notou isso?

> **Marshall** 13:53
> Não é tão ruim assim. Quero dizer, papai sempre fez isso.

> **Reed** 13:53
> Não, Marshall, o juiz não fez isso desde "sempre". É algo novo que ele começou depois que eu fui embora.
>
> Becky falou que é anti-higiênico. Ela achou fezes de rato e mostrou a eles. Mamãe quase morreu.
>
> Usei o momento para repreender o dois por terem demitido Rhonda, e eles ficaram mortos de vergonha.
>
> Nada disso estaria acontecendo se eles não tivessem demitido Rhonda.

> **Marshall** 13:54
> Reed, não tem nada a ver com a demissão de Rhonda. Tem a ver com você ter ido embora. Papai começou a fazer isso depois que você partiu, e você saberia disso se tivesse visitado uma só vez.
>
> Papai não deixava Rhonda jogar os jornais fora. Por isso estão aí há anos.

> **Reed** 13:54
> Ah.
>
> Bem, não mais. Eles deixaram a empresa de Becky vir amanhã e jogar fora os jornais.

> **Marshall** 13:54
> Está atirando com minha cara?

> **Reed** 13:55
> Não, não estou atirando em você. Por que estaria atirando em você?

> **Marshall** 13:55
> Estou há anos tentando convencer papai a jogar fora os jornais.

> **Reed** — 13:55
> Bem, você não é Becky.

> **Marshall** — 13:55
> O que Becky tem de tão especial???

> **Reed** — 13:55
> Bem, para começar, Becky tem uma pasta.

> **Marshall** — 13:55
> Que inverno isso tem a ver com qualquer coisa?

> **Reed** — 13:55
> Ela me disse que pastas dão um ar de autoridade.
>
> Talvez você devesse tentar carregar uma pasta. Talvez venda mais casas.

> **Marshall** — 13:55
> E o que papai sempre disse sobre deixar Bloomville dentro de um caixão?

> **Reed** — 13:55
> Ele repetiu a mesma coisa para Becky.
>
> Ela respondeu que, se ele calcular direito, pode morrer quando visitar você no verão e ter o pedido atendido.

> **Marshall** — 13:55
> O quê?????

> **Reed** — 13:55
> É. Bem na sua casa.
>
> Isso fez Richard rir, e Connie também.

> **Marshall** — 13:56
> Bem, eu não acho isso engraçado.
>
> E pare de chamá-los de Richard e Connie! Crista, quero dizer, costa, quero dizer, crosta, estou indo buscar você. Todo esse negócio era uma armadilha para mamãe e papai, mas VOCÊ está caindo também. Como não vê? E essa garota é a isca!

> **Reed** — 13:56
> Ela não é mais uma garota. É uma mulher. Você não deveria usar esse tipo de linguagem sexista.

> **Marshall** — 13:56
> Ai, Crosta, onde você ouviu isso? Treinamento contra assédio sexual no circuito de golfe?

> **Reed** — 13:57
> No canal Lifetime. Você deveria assistir de vez em quando.
>
> E acho que Carly está certa, Marshall. Você precisa falar com alguém sobre essa sua raiva.

> **Marshall** — 13:57
> POOOOOOOOOOORCARIA o que está acontecendo aí??????

TELA DO TELEFONE DE BECKY FLOWERS

BECKY FLOWERS	15:45	96%
HOJE	TODAS	PERDIDAS

> **Nicole F** — 14:26
> Cadê você? Eu e mamãe achávamos que já teria voltado a essa hora.

> **Becky F** — 14:26
> Eu sei, desculpe. Demorou um pouco mais do que eu esperava. E precisei parar no café a fim de tomar uma dose de cafeína. Estou me sentindo um pouco esgotada.

> **Nicole F** — 14:26
> Foi tão ruim assim?

> **Becky F** — 14:26
> Ah, está tudo certo.

> **Nicole F** — 14:26
> Quantos depósitos?

> **Becky F** — 14:27
> No mínimo 4. Não sei quantas caçambas. E talvez umas roupas de proteção para material contaminável no porão.

> **Nicole F** — 14:27
> 4 depósitos, você não sabe quantas caçambas, proteção para o porão e está "tudo certo"???
>
> Becky, eles são acumuladores!!!! Você me assegurou que eles eram colecionadores! "Antiguidades, Nicole." Foi o que você disse. "Tem um lustre veneziano na sala de jantar, Nicole." Foi o que você disse!
>
> E agora está falando em roupa contra contaminação!

> **Becky F**   14:27
> Bem, eu estava errada. O lustre ainda está lá. Eles ainda têm outras coisas também.
>
> Mas acrescentaram coisas. O juiz coleciona martelos. Ele deve ter uns mil.
>
> E a mulher é um louca dos gatos. Vivos *E* de cerâmica. Um dos vivos saltou de baixo de uma cama e tentou agarrar meus tornozelos.
>
> Graças a Deus estou de botas.

> **Nicole F**   14:27
> Não posso, Becky. Nada de gatos. Meu limite são os gatos. Não depois do que aconteceu na casa dos Mayhew.

> **Becky F**   14:27
> Eu sei.
>
> Mas não é tão ruim quanto a casa dos Mayhew, juro. Acho que eles basicamente ficam do lado de fora. A Sra. Stewart disse que só os deixa entrar em ocasiões especiais.

> **Nicole F**   14:28
> Ah, tá, então está tudo bem. NÃO.
>
> Você não está vendendo a ideia muito bem, Bex.

> **Becky F**   14:28
> A gente não tem escolha, Nicole. Precisamos ajudar essas pessoas. Não é um ambiente saudável. Eles botaram a máquina de lavar e secar na COZINHA, no lugar do fogão. Estão comendo fast food em vez de preparar comida de verdade.
>
> E eles têm pilhas e pilhas de livros do juiz, arquivos e jornais por toda parte. Não é um ambiente seguro para ninguém, muito menos para idosos de questionáveis saúde mental e física.
>
> Algumas pilhas estavam tão instáveis que até Reed parecia assustado com elas.

Nicole F   14:28
Uou. Espere. Reed?

REED STEWART ESTAVA LÁ?

> **Becky F**   14:29
> Ah, é. Esqueci de dizer?

Nicole F   14:29
Me ligue agora.

> **Becky F**   14:29
> Não posso. Já disse que estou no café. Você sabe o que Tim acha de ligações na livraria. Só são permitidas mensagens de texto e de e-mail.

Nicole F   14:29
Tá. Então COMO ELE ESTAVA? Deu um chute no saco do cara?

> **Becky F**   14:30
> Sim, Nicole, chutei a virilha do filho de nossos clientes em potencial. É sempre a coisa mais profissional a se fazer em uma reunião de orçamento.

Nicole F   14:30
Não, mas sério. O que aconteceu? Ele pediu desculpas por tê-la ignorado na última década? Ele se ajoelhou e implorou seu perdão? É por isso que está cogitando aceitar um trabalho que eu sei que você não aceitaria em sã consciência?

> **Becky F**   14:31
> Nicole, não seja ridícula. Não aconteceu nada. Ele estava ótimo, igualzinho como na TV. Ele foi muito educado. Ele me perguntou como eu estava, e como você estava, e sobre mamãe. Ele disse que sentia muito pela morte de papai.

Nicole F   14:31
OBCECADO. Ele é um obcecado.

> **Becky F**   14:31
> Nicole.

> **Nicole F**   14:32
> Bem, se ele sabia que papai morreu, quer dizer que anda stalkeando você na internet.

> **Becky F**   14:32
> Ou que um dos irmãos contou.
>
> De qualquer jeito, ele disse que sentia muito, e pareceu sincero, isso basta para mim. Mas acho que a cunhada não contou que eu estaria lá, assim como ela não contou para mim que ele estaria lá, então Reed ficou chocado ao me ver.
>
> Mas se conteve o bastante e foi muito sincero ao perguntar de você e de mamãe, e ao dizer que sentia muito por papai.
>
> E foi isso.

> **Nicole F**   14:32
> E foi isso???? Ele não falou nada sobre o que aconteceu entre vocês na noite de formatura?

> **Becky F**   14:33
> Bem, não ficamos sozinhos. Um dos pais dele ou Carly sempre estavam presentes. Eu avaliava sua casa de infância para saber quanto vou cobrar para embalar e remover todos os pertences de seus pais. Não era exatamente um clima romântico.

> **Nicole F**   14:33
> Na verdade, era SIM. Você sabe a coisa mais triste e íntima sobre ele, algo que provavelmente ninguém mais sabe, além da família direta:
>
> Os pais de Reed Stewart, antigo jogador de golfe número um do mundo, são acumuladores!

> **Becky F**   14:33
> Sim, bom, vamos manter isso entre nós, OK, Nicole? Lembre, nós fizemos um juramento.

> **Nicole F**   14:33
> Como eu poderia me esquecer do juramento que fizemos à Associação Americana de Mudanças da Terceira Idade?

> **Becky F**   14:34
> Não é uma piada, Nicole. Se aceitarmos esse trabalho, vamos ter que apresentar nosso melhor. A família Stewart precisa de nossa ajuda.

> **Nicole F**   14:34
> Ai, Deus. Você não acha que talvez esteja muito envolvida para cogitar aceitar esse trabalho?

> **Becky F**   14:34
> Não.

> **Nicole F**   14:34
> Tem certeza?

> **Becky F**   14:34
> Sim.
>
> Agora que eu e o Reed já passamos pelo constrangimento inicial, acho que vai ficar tudo bem entre nós. Podemos ser amigos de novo.

> **Nicole F**   14:35
> Todo mundo sabe que não dá para ser amigo de ex, Beck.

> **Becky F**   14:35
> Claro que dá. Milhões de pais separados fazem isso todos os dias.

> **Nicole F**   14:35
> Ah, tá. Tudo a ver com você e Reed. Porque os filhos de vocês são... os pais dele?

> **Becky F**   14:35
> Bem, no momento, sim, acho que de certa forma.
>
> Olhe, Reed e eu éramos crianças também quando a gente namorou. Mas somos adultos agora. Nós dois partimos para outra. Eu tenho um namorado, e tenho certeza de que ele também namora alguém.

> **Nicole F**   14:36
> Ah, você tem um namorado, sim. Ele não recebe notícias suas há milênios.

> **Becky F**   14:36
> Do que você está falando?

> **Nicole F**   14:36
> Nada. Só que você deveria ligar para Graham e avisar que está pensando em aceitar um trabalho que envolve os pais de seu ex. Aposto que ele ficaria bem interessado.

> **Becky F**   14:36
> Eu nunca disse que a gente aceitaria o trabalho.

> **Nicole F**   14:36
> Aham.

> **Becky F**   14:37
> A gente provavelmente nem vai.

> **Nicole F**   14:37
> Acredito em você.

> **Becky F**   14:37
> É um trabalho muito grande, e temos muitas outras coisas para fazer.

> **Nicole F**   14:38
> Tipo os Blumenthal.

> **Becky F** 14:38
> Sim. Exatamente.

> **Nicole F** 14:38
> Então você não está sentada no café da livraria escrevendo uma proposta de orçamento de realocação para os Stewart?

> **Becky F** 14:38
> Claro que não.

> **Nicole F** 14:38
> Ótimo. Vejo você no escritório então.

> **Becky F** 14:38
> Sim. Com certeza.

De: BeckyFlowers Becky@MovingUp.com
Data: 15 de março 14:43:27
Para: CarlyStewart@StewartImoveis.com
Assunto: Orçamento para o juiz e a Sra. Stewart

Obrigada por permitir que a Moving Up! Consultoria de Mudanças para a Terceira Idade ajude os pais de seu marido na realocação em um lar menor.

Tenho um orçamento pronto, baseado na reunião de hoje cedo.

Acredito que serão necessários apenas cinco dias de preparação e empacotamento para liberar a casa de seus pais. Durantes esses cinco dias, minha equipe e eu ajudaremos seus sogros nas seguintes questões:

- **Embalar** tudo que será realocado no momento da mudança
- **Guardar** em depósito o que eles não queiram levar imediatamente
- **Doar** itens em boa condição que não desejem manter
- **Vender** os itens de valor maior de que não precisem mais
- **Jogar fora** os itens sem valor que não têm mais uso

Oferecemos o Pacote de Preparação de Realocação completo pelo valor de: **$15.000,00**

O valor inclui todo o processo de embalagem, depósito e materiais para descarte, que entregaremos na casa de seus sogros e retiraremos quando o processo estiver acabado.

Também oferecemos:

O "pacote de acomodação". Quando os pais do seu marido tiverem escolhido um novo lar, enviaremos os itens para o destino escolhido, viajaremos até lá e arrumaremos tudo:

- **Montar** os móveis na casa nova antes de sua chegada
- **Arrumar** as camas
- **Guardar** utensílios de cozinha
- **Pendurar** as roupas
- **Organizar** os livros e materiais de escritório
- **Retirar** todas as embalagens e
- **Deixar** o lar pronto para morar

O Pacote de Acomodação custa em média $5.000,00 (variável de acordo com a quantidade de itens e distância de envio, e o custo das acomodações do representante da Moving Up!).

Como temos uma lista considerável de clientes no momento, agradeceríamos muito se você puder nos dar um retorno o mais rapidamente possível a fim de que possamos inserir os pais de seu marido na agenda. Para sua comodidade, anexei o contrato para o Pacote de Preparação de Realocação, basta imprimir e assinar, caso escolha aceitar a oferta.

Por favor, informe caso também queira contratar o Pacote de Acomodação. Isso afetará a forma como organizamos e preparamos os itens.

Saindo do protocolo, seria uma imensa honra trabalhar com o juiz e a Sra. Stewart, pois sempre os admirei. Faria o possível a fim de que a mudança seja a mais tranquila possível para toda a família, porque entendo que deve ser um momento difícil para todos.

Obrigada por considerar a Moving Up! Consultoria de Mudanças para a Terceira Idade.

Atenciosamente,

BECKY FLOWERS, CMPTI
Moving Up! Consultoria Ltda., presidente

De: CarlyStewart@StewartImoveis.com
Data: 15 de março 15:15:19
Para: MarshallStewart@StewartImoveis.com; ReedStewart@reedstewart.com
Assunto: ENC: Orçamento para o juiz e a Sra. Stewart

Oi. Ela aceitou o trabalho (não me perguntem o porquê). Estou encaminhando o orçamento. Achei bem razoável.

De: BeckyFlowers Becky@MovingUp.com
Data: 15 de março 14:43:27
Para: CarlyStewart@StewartImoveis.com
Assunto: Orçamento para o juiz e a Sra. Stewart

Obrigada por permitir que a Moving Up! Consultoria de Mudanças para a Terceira Idade ajude os pais de seu marido na realocação em um lar menor.

Tenho um orçamento pronto, baseado na reunião de hoje cedo...

Carly R. Stewart | contabilista | Stewart Imóveis | Av. South Moore, 801, Bloomville, IN 47401 | telefone (812) 555-8722 | entre em StewartImoveis.com para visitar os imóveis

---

De: MarshallStewart@StewartImoveis.com
Data: 15 de março 15:17:12
Para: CarlyStewart@StewartImoveis.com; ReedStewart@reedstewart.com
Assunto: RES: ENC: Orçamento para o juiz e a Sra. Stewart

Você acha 20 mil dólares razoável???

De: ReedStewart@reedstewart.com
Data: 15 de março 15:20:02
Para: MarshallStewart@StewartImoveis.com; CarlyStewart@StewartImoveis.com
Assunto: RES: ENC: Orçamento para o juiz e a Sra. Stewart

Você não estava lá hoje, Marshall. Não viu o que eu vi no porão.

De: MarshallStewart@StewartImoveis.com
Data: 15 de março 15:25:19
Para: CarlyStewart@StewartImoveis.com; ReedStewart@reedstewart.com
Assunto: RES: ENC: Orçamento para o juiz e a Sra. Stewart

Já fui ao porão muitas vezes, Reed. "Não toquem em nada! Essas coisas valem milhões!" — é a frase exata de papai.

Mas, tudo bem, se quiserem jogar dinheiro fora, fiquem à vontade.

De: ReedStewart@reedstewart.com
Data: 15 de março 15:28:07
Para: MarshallStewart@StewartImoveis.com; CarlyStewart@StewartImoveis.com
Assunto: RES: ENC: Orçamento para o juiz e a Sra. Stewart

Qual é a diferença? Quem vai jogar dinheiro fora sou eu.

Vou escrever para Becky e aceitar, Carly.

De: CarlyStewart@StewartImoveis.com
Data: 15 de março 15:35:12
Para: MarshallStewart@StewartImoveis.com; ReedStewart@reedstewart.com
Assunto: RES: ENC: Orçamento para o juiz e a Sra. Stewart

Você vai? Obrigada, Reed.

Carly R. Stewart | contabilista | Stewart Imóveis | Av. South Moore, 801, Bloomville, IN 47401 | telefone (812) 555-8722 | entre em StewartImoveis.com para visitar os imóveis

---

De: ReedStewart@reedstewart.com
Data: 15 de março 15:40:17
Para: MarshallStewart@StewartImoveis.com; CarlyStewart@StewartImoveis.com
Assunto: RES: ENC: Orçamento para o juiz e a Sra. Stewart

Claro! Falei que ia ajudar.

E não se preocupem. O tio Reed também vai levar as meninas para jantar hoje. Vocês dois podem aproveitar uma noite sozinhos e comemorar.

Temos uma consultora de mudança para a terceira idade! Tudo vai dar certo!

De: MarshallStewart@StewartImoveis.com
Data: 15 de março 15:45:11
Para: CarlyStewart@StewartImoveis.com
Assunto: RES: ENC: Orçamento para o juiz e a Sra. Stewart

Tem alguma coisa muito errada acontecendo com meu irmão, não tem?

De: CarlyStewart@StewartImoveis.com
Data: 15 de março 15:48:01
Para: MarshallStewart@StewartImoveis.com
Assunto: RES: ENC: Orçamento para o juiz e a Sra. Stewart

Não. Ele só está apaixonado.

Carly R. Stewart | contabilista | Stewart Imóveis | Av. South Moore, 801, Bloomville, IN 47401 | telefone (812) 555-8722 | entre em StewartImoveis.com para visitar os imóveis

---

De: MarshallStewart@StewartImoveis.com
Data: 15 de março 15:55:17
Para: CarlyStewart@StewartImoveis.com
Assunto: RES: ENC: Orçamento para o juiz e a Sra. Stewart

Ai, Deus. Isso vai ser um desastre ainda maior do que eu esperava.

TELA DO TELEFONE DE REED STEWART

REED STEWART	17:45	51%
HOJE	TODAS	PERDIDAS

De: ReedStewart@reedstewart.com
Data: 15 de março 17:06:10
Para: Becky@MovingUp.com
Assunto: Você

Querida Becky,

Parece inadequado dizer "há quanto tempo", mas nesse caso faz sentido.

Muito obrigado por concordar em ajudar meus pais. Anexei o contrato assinado, e, sim, nós também queremos o Pacote de Acomodação.

Ainda não sabemos exatamente para onde meus pais se mudarão, ou quando, até porque, por enquanto, pode muito bem ser para a prisão, o que acredito diminuirá bastante a conta de realocação, porque imagino que lá não precisarão de seus serviços de camareira.

Mas eles, com certeza, precisam sair dessa cidade, como sei que você sabe.

É muito gentil de sua parte, considerando nosso passado, ter concordado em ajudar.

Por falar nisso, me desculpe se pareci estranho na casa de meus pais hoje. Sinto muito por muitas coisas. Eu não sabia que você estaria lá, e não fazia ideia do que dizer a você. Vê-la ali, na casa de meus pais, ainda mais no estado que estava... bem, não foi assim que imaginei nosso reencontro depois de todos esses anos.

E apesar do que você possa imaginar, pensei *sim* em nosso reencontro. Fico constrangido de admitir isso, mas por muito tempo tive essa fantasia de que, quando voltasse a Bloomville, seria como um homem rico, como o capitão Frederick Wentworth em *Persuasão*, de Jane Austen. Você se lembra dele?

O capitão Wentworth faz sua fortuna na marinha e volta, não somente para resgatar a heroína Anne Elliot, mas para mostrar a todos na cidade, especialmente sua família, que eles os julgaram errado.

Sei que é muito imaturo e pretensioso de minha parte, porque você nunca foi o tipo de mulher que precisasse ser resgatada. Mesmo quando a gente caiu na piscina e você estava com muita dor, conseguiu sair sozinha — embora, juro, também tentei resgatá-la naquela situação. E eu teria resgatado, se aquele segurança não tivesse chegado antes de mim, e então, é claro, os paramédicos.

Eu nunca teria saído de perto de você se meu pai — e a polícia — não tivessem chegado, exigindo explicações. Mas especialmente meu pai, que começou a gritar comigo bem ali — na frente da polícia, dos paramédicos, e pior de tudo, na sua frente —, dizendo que eu estava me transformando numa decepção, e foi quando eu...

Bem, tenho certeza de que você se lembra do resto tão bem quanto eu.

Não consigo lembrar daquela noite — e de como falhei com você — sem suar frio. Sempre me prometi que, quando nos víssemos de novo, eu mostraria que meu pai estava muito errado em relação a mim.

E agora finalmente nos encontramos, e o que está acontecendo? Meu pai é a sombra do homem que costumava ser, e é parcialmente culpa minha, porque passei esse tempo todo jogando um jogo idiota. Não posso nem sentir prazer em dizer que ele estava errado, porque aquele jogo idiota anda tão ruim que não ganho há anos.

E você não apenas nem precisa ser salva, como é a única pessoa num raio de quilômetros que pode *me* salvar de ter que ver meus pais se destruírem.

O que me deixa ainda mais envergonhado de meu comportamento no passado, e do modo como agi hoje lá na casa. Quando vi você, fiquei sem reação, não somente pela sua presença — algo que Carly obviamente não me avisou —, mas pela linda e confiante mulher que se tornou.

Não que você não tenha sido sempre linda. E todo mundo sabe que você nunca teve problema em falar o que pensa.

Mas agora há algo ainda mais — não sei qual é a palavra certa — em você.

Sei que isso tudo deve estar parecendo muito cafona. Não ficaria ofendido se você deletasse esse e-mail.

Mas, quando a vi hoje, só conseguia pensar em como fui bobo dez anos atrás, e continuei sendo.

Sei que não tenho direito de pedir nada, ainda mais com sua generosidade em nos ajudar. Mas preciso desabafar, porque, parece, vamos nos ver bastante durante a próxima semana.

Então, queria saber se poderíamos ser amigos de novo. Sei que depois do jeito como a tratei, não mereço sua amizade, e definitivamente não estou pedindo nada além disso. Ouvi dizer que você está saindo com um cara, e tenho certeza de que ele é ótimo (você não aceitaria nada menos que isso). Eu nunca faria nada para abalar sua relação (nem se eu pudesse) ou a vida bacana que construiu em Bloomville. Estou realmente feliz por você!

Mas quem sabe a gente pode tomar um café ou um drinque enquanto estou aqui, em nome dos velhos tempos? Prometo que eu dirijo! (Haha.)

Me avise.

Sempre seu,
Reed

CHAT APP!
MENSAGENS PESSOAIS EM TEMPO REAL

| CONVERSAS (1) | BECKY FLOWERS | 15 DE MARÇO |

online

Becky Flowers criou a conversa "Reed Stewart"

Becky Flowers — 17:18
Olhe o que acabou de aparecer em minha caixa de entrada.

De: ReedStewart@reedstewart.com
Data: 15 de março 17:06:10
Para: Becky@MovingUp.com
Assunto: Você

Parece inadequado dizer "há quanto tempo", mas nesse caso faz sentido.

Muito obrigado por concordar em ajudar meus pais. Anexei o contrato assinado, e, sim, nós também queremos o Pacote de Acomodação...

Leeanne Matsumori — 17:20
DEUS. Se alguém me mandasse uma carta dessas, eu ficaria com tanta sede que teria que tomar uma garrafa inteira de água vitaminada.

Becky Flowers — 17:20
Tive que beber todo o lago Bloomville.

Leeanne Matsumori — 17:20
Eu teria que beber o lago Michigan.

Becky Flowers — 17:21
Bebi do frasco que Nicole esconde na gaveta e acha que eu não sei.

> **Leeanne Matsumori** — 17:21
> E aí, o que você vai fazer?

Becky Flowers — 17:22
Sobre o frasco? Ou a carta? Os dois = nada.

> **Leeanne Matsumori** — 17:22
> ????!!!!!!

Becky Flowers — 17:22
Não posso me envolver com o filho de meus clientes. Seria antiético.

> **Leeanne Matsumori** — 17:23
> Ah, é.
> É por causa de Graham?

Becky Flowers — 17:23
Sim. Não. Não sei.

> **Leeanne Matsumori** — 17:23
> Ah, OK. Então não tem a ver com Reed ter dito que queria ser apenas seu amigo?

Becky Flowers — 17:23
Não. Claro que não.

> **Leeanne Matsumori** — 17:23
> Porque você sabe que isso é somente o que ele DISSE. Ele chamou você de bonita e confiante. Ninguém que quer ser amigo diz isso. Graham já disse isso a você?

Becky Flowers — 17:24
Não.

Mas Graham tem outras qualidades. Tipo, ser dono de um negócio na mesma cidade que eu e não ter complexo de salvador, ou não ter me abandonado durante dez anos sem dizer uma palavra.

Leeanne Matsumori — 17:24
OK, mas você leu a carta, né? Ele explicou isso tudo. Pelo menos para mim. Não estou dizendo que você tem que se jogar nos braços do sujeito, mas pode tomar uma mísera xícara de café.

E eu também gosto de Graham, mas ele só fala de queijo e vinho o tempo todo. Talvez seja porque sou intolerante a lactose e não seja capaz de processar álcool, mas ele me parece meio sem graça. Ele sequer lê Jane Austen?

Becky Flowers — 17:24
Ele lê a revista *Bon Appetit*. E ele pode arranjar algum queijo com baixos índices de ácido lático e fácil digestão.

Leeanne Matsumori — 17:25
Pode acreditar, eu sei. Toda vez que saio com vocês, ele só fala disso.

E é verdade, ele fica bem naquelas fotos que posta. Outro dia ele postou uma na página do Autêntico em que estava deitado numa coberta, sem camisa e com a sobrinha ao lado. A legenda era "Bebê delícia".

Becky Flowers — 17:25
Ah, é, eu vi essa. Graham gosta de bebês.

Leeanne Matsumori — 17:25
Bebês são ótimos. Bebês são algo que jogadores de golfe não devem ter muito tempo para cuidar, então é mais um ponto para Graham. Sabe, se você estivesse fazendo uma lista de prós e contras para os dois. E sei que não está.

Becky Flowers — 17:26
Eu com certeza não estou. Mas você parece que sim.

Leeanne Matsumori — 17:26
Bem, eu tenho muito tempo livre aqui no aeroporto.

Becky Flowers — 17:26
O quê? Aonde você está indo?

> **Leeanne Matsumori**   17:26
> Eu falei antes: para casa. Não vou deixar que passe por isso sem mim. Comprei a passagem mais barata. Vou demorar 24 horas, e tenho que trocar de avião em Nova York e Chicago antes de chegar a Indianápolis, mas em algum momento eu chego.

> **Becky Flowers**   17:26
> Ai, Lee! Que lindo!
> Mas não precisava. Está tudo bem.

> **Leeanne Matsumori**   17:26
> Sei que está tudo bem. Li toda a história sobre você não precisar de salvamento. Você saiu daquela piscina no country clube sozinha, mesmo com o ombro deslocado.
>
> Mas nem viu que os pais de Reed não são mais os Idiotas da Semana.

> **Becky Flowers**   17:27
> Não são? Como pode haver um novo? A semana nem acabou ainda.

> **Leeanne Matsumori**   17:27
> Acho que tem muita gente se comportando como idiota ultimamente.
>
> Olhe, eis o novo. Acho que é algum conhecido de Reed. A gente pode botar na lista de contras o fato de ele conhecer e/ou se relacionar com muitos Idiotas:

DIARIODENOVAYORK.COM

O ponto de encontro para Notícias, Celebridades, Risadas e muito mais

NOTÍCIAS	CELEBRIDADES	HAHA	MANDOU MAL	BIZARRO

IDIOTA DA SEMANA

Triste quando um homem bom se deixa levar pelo mal.

Mas parece que foi exatamente isso que aconteceu com o golfista número um do mundo, Cobb Cutler.

Depois de publicar uma mensagem de despedida adorável para a mulher, a modelo russa Ava Kuznetsov, após a assinatura do divórcio, Cutler publicou o inimaginável:

A morte de meu casamento com você, Ava, é mais dolorosa que a morte de meu próprio pai, e até mesmo da morte de meu cachorro, Blue.

Como esquecer a morte trágica do amado golden retriever de Cutler, Blue, que durante uma pescaria na costa sul da Califórnia foi atacado por um golfinho estranhamente agressivo que saltou do mar e deu um golpe fatal na cabeça do canino de 11 anos?

Alguns meses depois, enquanto vivia o luto, Cutler conheceu Ava na internet. Os dois se casaram em menos de um ano, embora os amigos deixassem escapar que os dois nada tinham em comum.

O casamento foi tumultuoso desde o início, Kuznetsov preferia a vida agitada de Manhattan, e Cutler preferia o estilo tranquilo da costa oeste.

"É muito doloroso ver alguém manchar a memória de Blue desse jeito", disse Joyce Kilpatrick, presidente do Clube de Golden Retriever Norte-Americano. "Mas os amantes de cães de todo o mundo estão percebendo rapidamente que Cobb Cutler não é o homem que pensávamos ser."

Quando você anuncia publicamente que o divórcio de uma mulher que você mal conhecia é mais doloroso que a morte de seu próprio pai E de seu melhor amigo canino, isso faz com que você seja:

O IDIOTA DA SEMANA DO DIÁRIO DE NOVA YORK!!

Sua reação?

Haha	Mandou mal	Bizarro
35	510.972	317.459

Becky Flowers — 17:28
Uau. Que deprimente.

Leeanne Matsumori — 17:28
Não é mesmo? Homens.

Becky Flowers — 17:28
Homens? E os golfinhos?

Leeanne Matsumori — 17:28
Sério. Quem diria? **Assassinos do mar.** E os golfinhos eram meus guias espirituais!

Becky Flowers — 17:28
Talvez seja melhor repensar.

Leeanne Matsumori — 17:28
Eu vou.

Mas talvez você deva levar em consideração que Reed não é Cobb Cutler.

Becky Flowers — 17:28
Eu levei isso em consideração.

Leeanne Matsumori — 17:29
Rá! Sabia! Então você **ESTÁ** pensando em aceitar o convite para tomar um drinque!

Becky Flowers — 17:29
Não. Como falei, isso seria um conflito de interesses.

Mas também ainda não estou pronta para ter filhos, e Graham parece só pensar nisso.

Leeanne Matsumori — 17:29
Quem precisa de bebês quando se é dona do próprio negócio, linda e confiante?

Becky Flowers — 17:29
E que também tem celulite. Jamais serei confundida com uma modelo, pode ter certeza.

Leeanne Matsumori — 17:29
Viu, é por isso que estou indo para casa. Proteger o coração é válido.

Mas parece que você acha que seu coração é um vaso de um de seus clientes, ou algo do tipo. Você o embrulhou em tanto plástico bolha que não consegue nem mais usá-lo.

Becky Flowers — 17:30
Bem, não quero arriscar entregar meu coração a alguém que vá maltratá-lo. De novo.

Leeanne Matsumori — 17:30
Eu sei. E entendo. Mas, às vezes, as pessoas aprendem com os erros. E quando digo pessoas, estou falando de homens. E quando digo homens, estou falando de Reed. Não acho coincidência que ele tenha escolhido a sua dentre todas as empresas de mudança para a terceira idade que existem no estado. Acho que ele fez de propósito porque quer você de volta.

Becky Flowers — 17:30
Leeanne, sou a única consultora de mudança para a terceira idade num raio de três municípios.

Leeanne Matsumori — 17:30
Ah. O que sua irmã disse para você fazer?

Becky Flowers — 17:30
Se eu mostrasse essa carta para Nicole, ela pegaria a arma de choque de Henry e atiraria em Reed.

Leeanne Matsumori — 17:30
Ah, entendi, talvez seja melhor não mostrar a Nicole.

Becky Flowers — 17:30
Olhe, obrigada pela conversa. Sei o que tenho que fazer.

Leeanne Matsumori — 17:30
Sabe? O quê? Me conte!

Becky Flowers — 17:31
O que qualquer heroína razoável de Jane Austen faria.

Leeanne Matsumori — 17:31
Ir ao chapeleiro comprar um chapéu novo?

Becky Flowers — 17:31
Falo com você mais tarde, Lee. Bom voo.

TELA DO TELEFONE DE REED STEWART

REED STEWART	18:57	39%
HOJE	TODAS	PERDIDAS

De: Becky@MovingUp.com
Data: 15 de março 18:12:10
Para: ReedStewart@reedstewart.com
Assunto: RES: Você

Querido Reed,

Muito obrigada pela mensagem e pelo contrato assinado. Fico muito feliz que sua família queira contratar a Moving Up! Consultoria de Mudanças para a Terceira Idade. Nós certamente faremos nosso melhor para que a transição de seus pais seja a mais tranquila possível.

Assim como você, fico contente que possamos finalmente seguir adiante, como dois adultos que aprenderam a deixar os erros do passado para trás. Sinto muito que seja sob as circunstâncias atuais, pois seus pais parecem estar em uma situação difícil — mas não por culpa deles ou do resto da família.

Já vi isso acontecer antes. Posso assegurá-lo de que é mais comum do que imagina, ainda mais para alguém como seu pai, que tem uma personalidade tão forte e é orgulhoso demais para aceitar ajuda.

Será um prazer conversar com você ou com qualquer outro integrante da família sempre que quiserem rever mais detalhadamente a estratégia para tratar a situação de seus pais.

Mas, como recebi o contrato assinado nomeando a Moving Up! a consultora de mudança de seus pais, você é tecnicamente um cliente, e tenho por regra jamais interagir socialmente com clientes. Então, sinto dizer que nosso café ou drinque não é uma possibilidade.

Realmente espero que entenda. Apenas não seria apropriado e, talvez, dificulte meu trabalho de oferecer o melhor cuidado a seus pais.

Amanhã, alguns empregados e eu entregaremos diversas caçambas e depósitos portáteis na casa de seus pais. Acredito que será melhor que não esteja lá, pois acredito ser um momento de sentimentos conflituosos e sua presença pode exacerbar a situação. (Com seus pais, claro. Não comigo.)

Quando seus pais estiverem mais acostumados à ideia da mudança, tenho certeza de que sua companhia será muito bem-vinda! Espero que entenda.

Afetuosamente,

BECKY FLOWERS, CMPTI
Moving Up! Consultoria Ltda., presidente

P.S.: Não sei se você recebeu minhas mensagens de texto, cartas e recados de dez anos, mas gostaria de usar essa oportunidade para agradecer, mais uma vez, pelo que você fez ao assumir a culpa do acidente com o carrinho de golfe de seu pai. Sei que causou uma discordância grave entre você e o juiz, e eu sempre senti muito por isso.

Espero que saiba o quanto sou grata pelo que fez.

Becky

> **Reed Stewart** — 22:01
> Alvarez, preciso de ajuda, amigão. Preciso mais do que nunca precisei.

> **Enrique Alvarez** — 22:05
> O que foi agora? Já passei três horas procurando apartamentos para você. Se você falar mais uma vez sobre "espaço para receber visitas", vou me matar.

> **Reed Stewart** — 22:05
> Eu a vi hoje.

> **Enrique Alvarez** — 22:05
> Quem? Valerie? Ela o seguiu até sua cidade natal? Cara, eu falei que ia dar trabalho. Mas você me ouve? Não. Que nem no 16º hole em Augusta.

> **Reed Stewart** — 22:05
> Não Valery. Minha ex. Ela estava na casa de meus pais. Minha cunhada contratou a empresa dela para fazer a mudança de meus pais. Ela tem uma empresa de mudança.

> **Enrique Alvarez** — 22:05
> Sua ex tem uma empresa de mudança? Taí um bom negócio como investimento.
>
> Porque todo mundo precisa se mudar pelo menos algumas vezes na vida, e não dá sempre para contar com os amigos. Então é bem mais simples contratar uma empresa de mudança se você achar alguém que faça o trabalho por um preço justo. Quanto ela cobra?

> **Reed Stewart** — 22:06
> Como sempre, Alvarez, VOCÊ ESTÁ SE CONCENTRANDO NA COISA ERRADA.
>
> É ELA. É BECKY.

> **Enrique Alvarez** — 22:06
> Ah, BECKY. Eu não sabia que Becky tinha uma empresa de mudança. Espere, foi essa pessoa que sua cunhada contratou para fazer a mudança de seus pais para o apartamento que estou procurando em Orlando?
>
> RÁ! Brother! Você está ferrado.

> **Reed Stewart** — 22:07
> Obrigado, Alvarez. Muito obrigado. Me dei conta disso quando chamei Becky para sair e ela me deu um fora, porque, tecnicamente, sou um cliente, e ela tem como regra nunca interagir socialmente com clientes.

> **Enrique Alvarez** — 22:07
> HAHAHA! Eu queria ter visto isso.

> **Reed Stewart** — 22:07
> Obrigado pela compaixão. Então o que eu faço? Você sempre me diz quais tacos devo usar. Você deve saber alguma coisa sobre relacionamentos.

> **Enrique Alvarez** — 22:08
> Bem, sei que você sempre estraga os seus. Quase tão frequentemente quanto estraga suas tacadas esses dias.

> **Reed Stewart** 22:08
> Estou ciente disso. Por isso estou pedindo conselho a você. O que devo fazer? Porque eu já estraguei essa relação uma vez, e, se ela me der uma segunda chance, prefiro não estragar de novo.

> **Enrique Alvarez** 22:08
> Ela já disse "não", cara. Qual parte do "não" você não entendeu?

> **Reed Stewart** 22:08
> Eu sei. Mas deve ter um jeito de driblar essa coisa de cliente.

> **Enrique Alvarez** 22:08
> Uma hora sou seu caddy, depois seu corretor, agora tenho que dar conselhos amorosos?
>
> Fui eu que disse "ligue para ela" há cinco anos, quando você me contou essa história em detalhes. Mas você não me ouviu, assim como não ouviu em Doral, quando falei para tentar o calço no 17º hole.
>
> Por que essa mulher é tão importante, afinal? Tem um monte de outras moças que não trabalham para você.

> **Reed Stewart** 22:08
> Talvez porque eu tenha visto certas coisas hoje — coisas terríveis, muito terríveis — que me ajudaram a perceber o que realmente importa na vida, Alvarez.
>
> Não quero morrer cercado de COISAS, e sim de pessoas que me amam. E especialmente a mulher a quem sempre amei.

> **Enrique Alvarez** 22:09
> Brother, que profundo, cara! O que aconteceu? Você finalmente viu a gravação de Augusta, como eu havia pedido?

> **Reed Stewart** 22:09
> Não. Fui à casa de meus pais.

> **Enrique Alvarez** — 22:09
> Ah. Bem, então o único conselho que eu tenho em relação a essa moça: Big Bertha.

>> **Reed Stewart** — 22:10
>> Nem sei o que isso quer dizer.

> **Enrique Alvarez** — 22:10
> Claro que sabe. Não me envergonhe, cara.

>> **Reed Stewart** — 22:10
>> Sei que Big Bertha é o taco mais pesado, Alvarez, o que você queria que eu tivesse usado em Augusta, mas não usei e você acha que foi o motivo de minha derrota.

> **Enrique Alvarez** — 22:11
> Você sabia que o nome é uma homenagem ao howitzer alemão Big Bertha? Foi um canhão de artilharia usado na Primeira Guerra Mundial para destruir fortes.

>> **Reed Stewart** — 22:12
>> Becky não é um forte, Alvarez. É uma mulher.

> **Enrique Alvarez** — 22:12
> Ela está cheia de defesas contra você, não está?

>> **Reed Stewart** — 22:12
>> Ainda assim, não vou acertá-la com um taco de aço inoxidável.

> **Enrique Alvarez** — 22:12
> É uma metáfora, idiota.
>
> Quando o problema é grande, precisa usar a maior arma do arsenal.
>
> Você não sabe disso, claro, porque nunca precisou se esforçar antes, nem no campo nem com as mulheres.
>
> Mas agora, com a idade, você talvez precise usar a artilharia de peso, que no campo são os tacos grandes, e com as mulheres é seu charme — se é que você tem algum, porque estou começando a duvidar.

Reed Stewart — 22:13
Valeu, brother. Você sempre sabe o que dizer.

Enrique Alvarez — 22:13
Sim, porque sou um caddy. Agora, o caddy de Cutler e eu vamos ao Epcot Brazil jantar na aba de vocês.

Olhe as fotos que enviei no e-mail, tem um lugar que talvez sirva para seus pais. Perto do resort de golfe Golden Palm, caso você decida voltar a trabalhar um dia.

Reed Stewart — 22:14
Engraçado. Não, sério, muito divertido.

Mas valeu o conselho.

Enrique Alvarez — 22:14
Espero que dê certo, pelo nosso bem. Seria bom receber um dinheiro extra se você voltasse a ganhar.

Diário de agradecimentos
de
BECKY FLOWERS

Hoje quero agradecer porque:
Não quero agradecer!!!
Ai, Deus, não sei o que está acontecendo comigo. O que estou fazendo da vida?

Por que mandei aquele e-mail? Por que não disse a verdade? Que eu gostaria muito, muito, MUITO de encontrar com Reed para um café, drinques, QUALQUER COISA?

Mas não posso. Para que eu faria isso? Ele está certo, *de fato* construí uma vida e uma carreira bem-sucedidas aqui. Não posso permitir que um garoto — bem, agora um homem — do passado volte correndo para minha vida e destrua tudo que me esforcei tanto para construir. Especialmente minha paz de espírito. Estou feliz. *Estou finalmente feliz*. Não vou deixar que ele estrague isso.

Mas... nossa! Ele estava tão bonito. Ainda mais com aquela gravata, aquele cabelo castanho-escuro, e aqueles olhos, aqueles olhos! Como eu podia ter esquecido o azul e o brilho daqueles olhos? Bem, acho que porque, na televisão, ele geralmente está de óculos escuros no campo de golfe.

E se Leeanne estiver certa? E se eu *estiver* me protegendo demais, mantendo meu coração enrolado em plástico bolha?

Mas por que eu não faria isso? Deixei de o proteger antes, e me machuquei.

Agora é diferente. Sou uma mulher de negócios confiante. Com um namorado gentil e bonito (que deixou quatro mensagens e eu não respondi. Realmente preciso responder a Graham, ou ele vai suspeitar de algo).

OK, respire. Está tudo sob controle. Vou ZERAR esse trabalho com os Stewart (já passei os Blumenthal para Nicole, então isso está resolvido).

Só preciso de uma boa noite de sono, chegar na casa dos Stewart cedo de manhã e convencê-los a começar a separar as coisas. Tudo vai dar certo. Contanto que eu fique longe de Reed, tudo vai correr bem. Tão bem quanto um creme francês triplo de St. André.

Jesus! Preciso parar de pensar em queijo.

E homens.

Especialmente um homem. E vou!

Sou *realmente* muito grata. Tudo vai dar supercerto.

Só preciso levar material de mudança suficiente.

Principalmente plástico bolha.

Não-tão-louca-dos-gatos

Ranking de avaliação #2.350
Responde 93% das perguntas
Votos recebidos nas avaliações

Avaliação
Estatueta Gato de Boas-Vindas
$39,00 + envio

Igual à imagem
15 de março

É impossível resistir a essa criaturinha.

Então como eu poderia não adquirir esse tesourinho, ainda mais depois de um dia difícil, lidando com minhas criaturinhas (trocadilho intencional).

Claro, eles parecem não estar tão contentes comigo ou com o pai — de tal forma que estão fazendo com que nos sintamos desconfortáveis em nossa própria casa, já imaginou?

Não que eu os culpe. Sei que os envergonhamos muito ao longo dos anos.

Mas eu não sabia que os irritávamos a ponto de botarem nossa casa à venda e contratarem uma estranha (bem, quase estranha) para nos forçar a arrumar nossas coisas e nos mudarmos para longe da cidade que conhecemos e amamos por tantos anos.

Mas acho que isso acontece com todo mundo — ultrapassamos nosso prazo de validade ou fazemos uma coisa boba — e dizem, "Adeus. Vocês não são mais bem-vindos."

Ah, claro que minha nora insinuou muitas coisas ao longo dos anos sobre nossa casa ser "grande demais", ou que gastamos nosso dinheiro de um modo "não correto".

Mas não temos o direito de escolher o tamanho da casa onde vivemos, ou de gastarmos nosso dinheiro como bem quisermos?

Por exemplo, prefiro gastar meu dinheiro com gatinhos adoráveis como esse, em vez de coisas entediantes, como uma conta d'água. Água deveria ser de graça! Ela vem do céu, não vem?

Bem, aqui estou falando sobre meus problemas quando queria mesmo era falar do gatinho. É adorável, muito bem esculpido e perfeito. Não existe peça melhor para sua coleção.

Então compre logo, antes que alguém venha e tente roubar seus pertences preciosos!

10 em 10 pessoas acharam essa avaliação útil.

𝕬 𝕲𝖆𝖟𝖊𝖙𝖆 𝖉𝖊 𝕭𝖑𝖔𝖔𝖒𝖛𝖎𝖑𝖑𝖊

O único jornal diário do município
* Quinta-feira, 16 de março *. Edição 142 *
Ainda por apenas 50 centavos!

RESTAURANTE DE BLOOMVILLE ENFRENTA BOICOTE

POR CHRISTINA MARTINEZ — repórter

Bloomville, Ind. — Um restaurante no shopping Old Towne enfrenta uma imensa represália depois da notícia de que um juiz aposentado e sua esposa foram presos após suposto mal-entendido com um selo.

A moradora local Beverly Flowers, 64, pediu o boicote ao restaurante familiar Trapaça por prestarem queixa contra o querido juiz da cidade, Richard Stewart, e sua esposa, Constance, depois que tentaram pagar a refeição de $59 dólares com um selo antigo no valor de apenas $4 dólares.

Algo que começou como sugestão em uma carta ao editor na edição da *Gazeta* de ontem espalhou-se rapidamente nas redes sociais e a campanha de Beverly ganhou apoio.

O protesto de meia dúzia de pessoas cresceu para pelo menos duas dúzias até a hora do fechamento da edição. Embora o protesto seja pacífico, dois policiais de Bloomville foram enviados ao local a fim de assegurar o fluxo de tráfego na rua do Old Towne.

Ao ser procurada para comentar a situação, Beverly disse que não ficou surpresa com a quantidade de pessoas que concordam com ela.

"Estou fazendo isso porque o que aconteceu com o juiz Stewart não é certo", disse a Sra. Flowers, gerente administrativa da Moving Up! Consultoria de Mudança para a Terceira Idade, que passou muitas horas ontem em frente ao Trapaça Bar & Grill convencendo clientes a comer em outro lugar.

Outro protestante, Ward Hicks, 59, concorda.

"O juiz Stewart salvou a vida de meu menino. Em vez de jogá-lo na cadeia, como poderia ter feito, o juiz deu uma chance a ele e o botou em um programa de emprego. Agora meu garoto é um eletricista formado e livre de drogas."

A gerente do turno diurno do Trapaça, Heather MacIntosh, 37, admite que "o juiz Stewart é um dos homens mais admirados na história de Bloomville. Motivo pelo qual o fórum leva seu nome. A situação botou muita gente em uma posição difícil. Certamente alguns dos funcionários concordam com os manifestantes".

Nem todos os moradores de Bloomville apoiam.

"Sempre venho aqui comer salada e tomar um smoothie depois da ioga", disse a moradora de Bloomville Summer Hayes, 32. "Agora não consigo entrar sem ser importunada por hipsters imundos. O lugar me parece muito pouco seguro, ainda mais para as crianças."

O gerente noturno, Randy Grubb, 35, concorda.

"Saiu de controle. As pessoas precisam se lembrar de que selos não são uma forma de moeda. Os Stewart não deveriam tentar pagar nada com aquilo, independentemente de quanto acharam que valia."

"Se selos não são dinheiro", alguém comentou na página do Facebook do restaurante depois que

Grubb escreveu algo parecido na rede, "então por que existe um valor monetário escrito neles? Grubb precisa parar de se achar."

"Tenho uma casa boa e uma poupança para meus quatro netos porque o juiz Stewart me deu uma chance depois que tomei decisões erradas", argumentou Rhonda Jenkins, doméstica, 62. "Por que não podemos dar uma chance ao juiz Stewart?"

A Matriz Corporativa Trapaça respondeu às crescentes reclamações em um pronunciamento na página do Facebook ontem à tarde:

"Como sempre, apreciamos o feedback de nossos clientes", escreveu a empresa. "Faremos o possível para atender às reclamações. Mas também apoiamos a decisão tomada em uma de nossas franquias e concordamos com as ações do Sr. Grubb no caso."

A declaração pareceu piorar a reação dos críticos.

"Eu e meu namorado nos mudamos para Bloomville porque estávamos cansados da cidade grande e amamos a atmosfera de cidade pequena", escreveu o comentarista Tim Grabowski, coproprietário da Livraria Bloomville. "Tentamos apoiar somente os comerciantes locais, e esse incidente no Trapaça é um bom exemplo do motivo: as grandes corporações não se importam."

A Sra. Flowers disse que outros protestos estão sendo planejados durante a semana, o que pode afetar o movimento do restaurante na sexta-feira, dia de São Patrício, tradicionalmente forte.

O juiz Stewart e a esposa foram liberados sob fiança de $1.600,00 na segunda de manhã, mas podem responder a acusações federais.

De: JuizRichardStewart@Stewart&Stewart.com
Data: 16 de março 8:06:27
Para: TrimbleStewart-Antonelli@Stewart&Stewart.com;
MarshallStewart@StewartImoveis.com; ReedStewart@
reedstewart.com
Cc: TonyAntonelli@AntonelliPizza.com; CarlyStewart@
StewartImoveis.com
Assunto: Tentativa de sabotagem
Queridos filhos,

Chegou ao meu conhecimento e ao de sua mãe que vocês três — e aparentemente seus cônjuges — acham que seus pais estão muito debilitados mental e fisicamente para continuar vivendo na casa que tem sido deles por 35 anos.

Não sei o que pode ter acontecido recentemente para pensarem assim.

Sim, houve um pequeno desentendimento em um restaurante local quando sua mãe e eu tentamos presentear uma jovem da cidade com uma ótima oportunidade financeira.

Mas isso aconteceu apenas porque fui logrado pelo filatelista em Andersonville, a quem processarei legalmente, pois não é a primeira vez que me engana.

E, sim, sua mãe e eu tivemos alguns acidentes pela casa no último ano. E, sim, talvez algumas criaturas tenham invadido.

Mas o último inverno foi excessivamente frio e, embora paguemos taxas exorbitantes, a comunidade do Bloomville Country Club, por algum motivo, sempre limpa nossa entrada por último.

E vocês sabem que sua mãe tem um coração mole quando se trata de animais, e sempre vai oferecer um lugar quente, um prato de comida e água.

Alguns de vocês nos acusaram de não cuidarmos tão bem da casa. O fato é que tivemos que demitir Rhonda porque sua mãe estava cansada das reclamações sobre ter que limpar as estátuas de gato, e eu não gosto que mexam em meus papéis. Vocês sabem como a leitura é importante para mim. Como posso ler se não acho nada?

Entendo que exista uma preocupação com a forma como escolhemos gastar nosso dinheiro. Como isso pode ser da conta de vocês crianças? Somos nós quem decidimos como e quando gastaremos nossa fortuna.

Acredito que alguns de vocês estejam preocupados que, com nosso "gasto libertino", não sobre nada de herança para nossos netos.

Bem, não se preocupem. Os netos receberão a parte devida da herança da família. Talvez seja na forma de algumas antiguidades. Com sorte, terão mais apreço por nosso gosto que os pais!

Agora pergunto como vocês se sentiriam se uma "especialista em arrumação e mudança" fosse levada até a casa de vocês sem ser convidada, e lhe fosse dada a permissão para olhar todos os cômodos.

Embora a senhorita Flowers seja uma garota muito charmosa, e nós não a culpamos de jeito algum por nada disso, jamais lhe pedimos ajuda. Podemos apenas deduzir, uma vez que Reed faz parte disso, que seja parcialmente sua culpa. Parece que o objeto principal da vida dele é maldizer a coitada da senhorita Flowers e lhe destruir os sonhos e as esperanças.

Quanto a Reed, já não guardo nenhum rancor em relação a você. Aliás, foi bom vê-lo. Embora você não tenha escolhido viver a vida do modo como eu teria feito, claramente se saiu bem e se tornou o que imagino que os jovens hoje em dia consideram um sucesso.

Mas... e o que vai acontecer, imagino, se a bola continuar a não voar tão reto como voava? Já parou para pensar nisso, meu caro?

Esta carta não pretende censurar vocês três ou seus parceiros. Sabemos que fizeram isso como forma distorcida de amor e preocupação por nós.

Este é apenas um lembrete de que nós somos os pais, não vocês, e que vocês são as crianças e não sabem o que é melhor para nós, assim como nós, aparentemente, não sabemos o que é melhor para vocês.

"Trate seus pais com carinho e amor, pois apenas saberá o valor que têm quando não estiverem mais por perto."

Espero que todos vocês saibam quem disse isso!

Também espero que saibam que, a partir de hoje, nenhum de vocês (com exceção dos netos, que claramente são inocentes de qualquer crime e, é claro, da senhorita Flowers, que obviamente não sabe nada sobre suas maquinações) poderá pisar nessa casa. Considerem-se "persona non grata"!

Meritíssimo Richard Stewart

De: TrimbleStewart-Antonelli@Stewart&Stewart.com
Data: 16 de março 8:16:20
Para: MarshallStewart@StewartImoveis.com; ReedStewart@reedstewart.com
CarlyStewart@StewartImoveis.com
Assunto: RES: Tentativa de sabotagem

Boa, seus idiotas.

Trimble Stewart-Antonelli
Advogada
Stewart & Stewart, Ltda.
Av. South Moore, 1911
Bloomville, IN 47401
(812) 555 -9721
www.stewart&stewart.com

De: ReedStewart@reedstewart.com
Data: 16 de março 8:20:39
Para: MarshallStewart@StewartImoveis.com; CarlyStewart@StewartImoveis.com
Assunto: RES: Tentativa de sabotagem

Eu fiz escolhas ruins?

Pelo menos não estou prestes a perder a casa porque não paguei a hipoteca, ou fui jogado na cadeia por não pagar impostos à Receita Federal e por tentar pagar o jantar no Trapaça com um selo de dois centavos!

E nunca foi minha intenção maldizer Becky Flowers, muito menos destruir seus sonhos e esperanças! Eu estava tentando fazer a coisa certa!

Do que o velho está falando, afinal?

De: CarlyStewart@StewartImoveis.com
Data: 16 de março 8:22:09
Para: MarshallStewart@StewartImoveis.com; ReedStewart@reedstewart.com
Assunto: RES: Tentativa de sabotagem

Viram, essa é a prova do que eu estava falando: o pai de vocês enlouqueceu.

Vou encaminhar essa carta para Jimmy Abrams. Ele com certeza consegue usá-la como prova para a declaração de *non compos mentis* de seus pais.

Carly R. Stewart | contabilista | Stewart Imóveis | Av. South Moore, 801, Bloomville, IN 47401 | telefone (812) 555-8722 | entre em StewartImoveis.com para visitar os imóveis

De: MarshallStewart@StewartImoveis.com
Data: 16 de março 8:30:36
Para: CarlyStewart@StewartImoveis.com; ReedStewart@ reedstewart.com
Assunto: RES: Tentativa de sabotagem

Não tem a menor chance de usar o e-mail de papai como prova de incompetência mental, Carly. O homem está perfeitamente lúcido e sabe exatamente o que quer.

Se for encaminhar para alguém, que seja para Becky Flowers. Ela tem o direito de saber que Reed de fato destruiu seus sonhos e esperanças... pelo menos em relação aos vinte mil dólares que ela levaria de nós.

De: ReedStewart@reedstewart.com
Data: 16 de março 8:32:17
Para: CarlyStewart@StewartImoveis.com; MarshallStewart@ StewartImoveis.com
Assunto: RES: Tentativa de sabotagem

Espere, não faça isso! A gente não precisa contar nada a Becky! Tenho certeza de que ela é treinada para lidar com esse tipo de coisa.

E papai disse que deixaria Becky entrar!

De: CarlyStewart@StewartImoveis.com
Data: 16 de março 8:32:17
Para: ReedStewart@reedstewart.com; MarshallStewart@ StewartImoveis.com
Assunto: RES: Tentativa de sabotagem

Sério, Marshall, não é possível que você AINDA esteja em negação com o estado mental de seus pais. Depois dos gatos?

E dos *guaxinins*?

Carly R. Stewart | contabilista | Stewart Imóveis | Av. South Moore, 801, Bloomville, IN 47401 | telefone (812) 555-8722 | entre em StewartImoveis.com para visitar os imóveis

---

De: MarshallStewart@StewartImoveis.com
Data: 16 de março 8:35:12
Para: CarlyStewart@StewartImoveis.com; ReedStewart@ reedstewart.com
Assunto: RES: Tentativa de sabotagem

Estamos nos Estados Unidos. O homem tem direito de aninhar guaxinins no teto de casa se quiser.

De: CarlyStewart@StewartImoveis.com
Data: 16 de março 8:37:35
Para: ReedStewart@reedstewart.com; MarshallStewart@StewartImoveis.com
Assunto: RES: Tentativa de sabotagem

Sim, e eu tenho o direito de proibir meus filhos de visitarem os avós naquela casa, graças aos animais raivosos em potencial que moram lá.

Carly R. Stewart | contabilista | Stewart Imóveis | Av. South Moore, 801, Bloomville, IN 47401 | telefone (812) 555-8722 | entre em StewartImoveis.com para visitar os imóveis

---

De: ReedStewart@reedstewart.com
Data: 16 de março 8:40:29
Para: CarlyStewart@StewartImoveis.com; MarshallStewart@StewartImoveis.com
Assunto: RES: Tentativa de sabotagem

A gente não pode se entender????

De: CarlyStewart@StewartImoveis.com
Data: 16 de março 8:42:39
Para: ReedStewart@reedstewart.com; MarshallStewart@StewartImoveis.com
Assunto: RES: Tentativa de sabotagem

Tarde demais, Reed. Já encaminhei o e-mail de seu pai para ela.

Acho muito importante que um *profissional* veja aquilo.

Carly R. Stewart | contabilista | Stewart Imóveis | Av. South Moore, 801, Bloomville, IN 47401 | telefone (812) 555-8722 | entre em StewartImoveis.com para visitar os imóveis

---

De: ReedStewart@reedstewart.com
Data: 16 de março 8:43:01
Para: CarlyStewart@StewartImoveis.com; MarshallStewart@StewartImoveis.com
Assunto: RES: Tentativa de sabotagem

NÃÃÃÃÃÃÃÃÃÃÃÃÃÃÃÃÃÃÃÃÃÃÃÃÃÃÃÃÃÃÃÃÃÃO!

Qual é o problema de vocês? Estão tentando destruir todos os *meus* sonhos e esperanças?

De: MarshallStewart@StewartImoveis.com
Data: 16 de março 8:45:29
Para: CarlyStewart@StewartImoveis.com; ReedStewart@reedstewart.com
Assunto: RES: Tentativa de sabotagem

Você encaminhou o e-mail só para me irritar, não foi, Carly?

E você, Reed, nunca vi alguém tão ansioso para gastar 20 paus com uma ex.

E o que aconteceu exatamente no jantar de ontem com as meninas? Pela primeira vez em meses Bailey não quis vestir a fantasia de chefe da tribo Massasoit para ir ao colégio hoje. Fez questão de vestir a nova fantasia que o tio Reed comprou para ela no Walmart de Dearborn:

Homem-formiga.

De: ReedStewart@reedstewart.com
Data: 16 de março 8:46:19
Para: CarlyStewart@StewartImoveis.com; MarshallStewart@StewartImoveis.com
Assunto: RES: Tentativa de sabotagem

Ela fez isso? Fantástico!

De: MarshallStewart@StewartImoveis.com
Data: 16 de março 8:48:27
Para: CarlyStewart@StewartImoveis.com; ReedStewart@reedstewart.com
Assunto: RES: Tentativa de sabotagem

Não, não é fantástico, Reed. Estamos tentando convencer nossa filha a se vestir como ela *mesma*, não como um líder histórico de uma tribo indígena ou um super-herói fictício, que aliás é um homem. Bailey, caso não tenha notado, é uma menina.

De: ReedStewart@reedstewart.com
Data: 16 de março 8:49:03
Para: CarlyStewart@StewartImoveis.com; MarshallStewart@StewartImoveis.com
Assunto: RES: Tentativa de sabotagem

Marshall, sexo biológico e gênero são construções sociais, e sua filha tem direito de vestir o que a deixe mais confortável.

De: MarshallStewart@StewartImoveis.com
Data: 16 de março 8:50:17
Para: CarlyStewart@StewartImoveis.com; ReedStewart@reedstewart.com
Assunto: RES: Tentativa de sabotagem

Onde você está agora? Porque vai ser um prazer ir até aí estrangular você com minhas próprias mãos.

De: CarlyStewart@StewartImoveis.com
Data: 16 de março 8:51:11
Para: ReedStewart@reedstewart.com; MarshallStewart@StewartImoveis.com
Assunto: RES: Tentativa de sabotagem

Podem parar? Fiquei feliz que Bailey encontrou uma nova fantasia. Me deu a oportunidade de lavar o velho chefe indígena Massasoit.

E, Marshall, não mandei o e-mail de seu pai para Becky Flowers a fim de irritá-lo. Mandei porque não é saudável que pessoas idosas vivam com gatos selvagens e guaxinins, e não é o tipo de lar que pretendo visitar com minhas filhas nas festas de final de ano.

Eu sabia que uma pessoa normal e sã como Becky concordaria comigo, e eu estava certa, porque ela já respondeu. Eis o que ela disse:

Para: CarlyStewart@StewartImoveis.com
Enviada em: 16 de março 8:45:11
De: Becky@MovingUp.com
Assunto: Pais do Marshall

Querida Carly,

A reação do juiz Stewart é perfeitamente normal. Acontece muito.

Quase sempre depois que a onda inicial de empolgação passa, os clientes ficam apreensivos. Estão nervosos com a mudança, ainda mais para um lugar que nunca visitaram.

No caso dos pais de seu marido é ainda mais difícil, porque sempre residiram nessa comunidade, e agora não sabem para onde vão; tudo aconteceu muito, muito rápido!

Seria ótimo se tivéssemos fotos do lugar onde irão morar, para que a usemos — peço desculpas pelo clichê — como a cereja no bolo para que eles fiquem empolgados com o futuro.

Sou muito fã do juiz e, normalmente, eu diria a ele que ficasse onde deseja envelhecer.

Mas, levando em consideração o que vi ontem, sinto que uma mudança para uma casa menor e mais segura, de preferência em um clima mais ameno que o de Bloomville, é melhor para os pais de seu marido.

Como eles estão abertos a me receber, vou visitá-los hoje de novo com as fotos, uma atitude positiva e alguns petiscos — e, claro, com algumas de minhas caçambas para que possamos começar a retirar os materiais mais perigosos, pois existem algumas ameaças à saúde de que precisamos cuidar imediatamente.

Contudo, me avise se discordarem, e conversaremos a qualquer hora.

Becky Flowers, Consultora de Mudanças para a Terceira Idade

Moving Up! Consultoria, Ltda, Presidente

Carly R. Stewart | contabilista | Stewart Imóveis | Av. South Moore, 801, Bloomville, IN 47401 | telefone (812) 555-8722 | entre em StewartImoveis.com para visitar os imóveis

---

De: MarshallStewart@StewartImoveis.com
Data: 16 de março 8:52:36
Para: CarlyStewart@StewartImoveis.com; ReedStewart@reedstewart.com
Assunto: RES: Tentativa de sabotagem

Você ama estar certa, não é, Carly?

Becky Flowers deveria trabalhar para a ONU. Ela é uma diplomata e tanto.

"Uma mudança para uma casa menor é melhor para os pais de seu marido."

O que ela quis dizer era "é melhor para que eles não morram sufocados por pilhas de jornal velho e gatos mortos", não é?

Ela deveria ter dito isso.

De: CarlyStewart@StewartImoveis.com
Data: 16 de março 8:55:44
Para: ReedStewart@reedstewart.com; MarshallStewart@StewartImoveis.com
Assunto: RES: Tentativa de sabotagem

Então você está finalmente admitindo que seus pais precisam de ajuda profissional, Marshall? Porque isso seria um passo na direção certa.

E também um milagre.

E, sim, para sua informação, eu amo estar certa.

Carly R. Stewart | contabilista | Stewart Imóveis | Av. South Moore, 801, Bloomville, IN 47401 | telefone (812) 555-8722 | entre em StewartImoveis.com para visitar os imóveis

---

De: MarshallStewart@StewartImoveis.com
Data: 16 de março 8:59:36
Para: CarlyStewart@StewartImoveis.com; ReedStewart@reedstewart.com
Assunto: RES: Tentativa de sabotagem

Não estou admitindo nada.

E de onde ela quer que a gente pegue essas fotos? A gente não faz ideia de para onde estão indo. Quero dizer, a não ser para a cadeia, por fraude e sonegação de impostos.

De: ReedStewart@reedstewart.com
Data: 16 de março 9:00:01
Para: CarlyStewart@StewartImoveis.com; MarshallStewart@StewartImoveis.com
Assunto: RES: Tentativa de sabotagem

Parem de brigar, vocês dois. Estou cuidando de tudo!

De: MarshallStewart@StewartImoveis.com
Data: 16 de março 9:02:09
Para: CarlyStewart@StewartImoveis.com; ReedStewart@reedstewart.com
Assunto: RES: Tentativa de sabotagem

Tudo o quê? Desde quando você cuida de alguma coisa além dessa incrível habilidade de me irritar?

De: ReedStewart@reedstewart.com
Data: 16 de março 9:05:12
Para: CarlyStewart@StewartImoveis.com; MarshallStewart@StewartImoveis.com
Assunto: RES: Tentativa de sabotagem

Pedi para alguém procurar um lugar para mamãe e papai em Orlando. Falei que cuidaria disso. Tenho fotos. Vou até lá mostrar as fotos para ela. Quero dizer, mostrar as fotos para Richard e Connie.

De: MarshallStewart@StewartImoveis.com
Data: 16 de março 9:12:29
Para: CarlyStewart@StewartImoveis.com; ReedStewart@reedstewart.com
Assunto: RES: Tentativa de sabotagem

Papai disse claramente que não quer você na casa.

De: ReedStewart@reedstewart.com
Data: 16 de março 9:15:03
Para: CarlyStewart@StewartImoveis.com; MarshallStewart@StewartImoveis.com
Assunto: RES: Tentativa de sabotagem

Eu sei. Mas preciso usar a tática Big Bertha.

De: CarlyStewart@StewartImoveis.com
Data: 16 de março 9:16:11
Para: ReedStewart@reedstewart.com; MarshallStewart@StewartImoveis.com
Assunto: RES: Tentativa de sabotagem

Quem é Bertha?

Carly R. Stewart | contabilista | Stewart Imóveis | Av. South Moore, 801, Bloomville, IN 47401 | telefone (812) 555-8722 | entre em StewartImoveis.com para visitar os imóveis

---

De: MarshallStewart@StewartImoveis.com
Data: 16 de março 9:19:27
Para: CarlyStewart@StewartImoveis.com; ReedStewart@reedstewart.com
Assunto: RES: Tentativa de sabotagem

Ignore Reed.

Talvez a gente devesse começar a procurar um apartamento na Flórida para nós. Porque tenho a impressão de que eu e você vamos ter que entrar no programa de proteção a testemunhas antes que isso tudo acabe. Papai vai soar os tambores de guerra.

De: CarlyStewart@StewartImoveis.com
Data: 16 de março 9:21:18
Para: ReedStewart@reedstewart.com; MarshallStewart@StewartImoveis.com
Assunto: RES: Tentativa de sabotagem

Marshall, dizer "soar tambores de guerra" é preconceituoso com a população indígena.

Carly R. Stewart | contabilista | Stewart Imóveis | Av. South Moore, 801, Bloomville, IN 47401 | telefone (812) 555-8722 | entre em StewartImoveis.com para visitar os imóveis

---

De: MarshallStewart@StewartImoveis.com
Data: 16 de março 9:25:52
Para: CarlyStewart@StewartImoveis.com; ReedStewart@reedstewart.com
Assunto: RES: Tentativa de sabotagem

Droga!

> # TELA DO TELEFONE DE BECKY FLOWERS

BECKY FLOWERS	12:45	92%
HOJE	TODAS	PERDIDAS

> **Becky F** — 11:28
> Cadê você?

Nicole F — 11:28
Ainda estou na fila do café da Livraria Bloomville, esperando para pedir seus sanduíches.

> **Becky F** — 11:28
> Tem fila? Nunca tem fila na livraria.

Nicole F — 11:28
Bem, onde mais as pessoas vão conseguir almoçar rapidamente? Tem um boicote contra o Trapaça, e o sushi do Matsumori é difícil de comer na mesa do trabalho ou em trânsito.

> **Becky F** — 11:29
> Ah, céus, esqueci o boicote. Espero que mamãe não esteja lá.

Nicole F — 11:29
Não se preocupe, mamãe está na mesa dela. Rhonda Jenkins assumiu o boicote. Acho que ela era a empregada doméstica dos Stewart. Está enfurecida com Randy.

> **Becky F** — 11:29
> Que bom. Precisamos de todo mundo nesse trabalho. As caçambas foram entregues. Os depósitos móveis estão a caminho.

> **Nicole F** — 11:29
> Como eles estão reagindo?

>> **Becky F** — 11:29
>> Os Stewart? Bem, a Sra. Stewart surtou e gritou dramaticamente, "Se é isso que nossos filhos pensam de nós, eles podem ficar com tudo", e jogou o vestido de casamento na caçamba de lixo número 1.

> **Nicole F** — 11:29
> DROGA! Sempre perco as partes boas!

>> **Becky F** — 11:29
>> Verdade.

> **Nicole F** — 11:30
> O que ela está fazendo agora?

>> **Becky F** — 11:30
>> Chorando de soluçar na varanda dos fundos.
>>
>> Mas não vi nenhuma lágrima de verdade, e ela está comendo Frooty Loops direto da caixa enquanto faz carinho no gato ruivo. É seu favorito.
>>
>> Acho que temos um caso de Fume.

> **Nicole F** — 11:30
> Fúria com fome? Ai, não! Não há nada pior.

>> **Becky F** — 11:30
>> Quanto mais cedo a gente der comida de verdade a eles, melhor. Parte do problema é que os dois só têm sorvete na geladeira, gatos de cerâmica nos armários e jogaram o fogão fora. Não posso nem fazer uma sopa.

> **Nicole F** — 11:30
> Idosos são estranhos. Você já deu as instruções a eles?

> **Becky F** 11:30
> Jogar fora, Doar e Salvar? Ah, já, eles sabem. Por isso ela jogou o vestido de casamento na caçamba. Eu tirei de lá depois, claro, quando ela não estava olhando.
>
> Agora os dois estão adesivando as coisas para que Doug saiba o que vai e o que fica.
>
> Claro que o juiz botou o adesivo de Fica em todas as pilhas de jornal da casa.

> **Nicole F** 11:31
> Ai, não. O que você vai fazer?

> **Becky F** 11:31
> O de sempre. Vou pedir à nora para que traga as filhas depois da escola e os tire da casa. Aí vamos levar tudo até o centro de reciclagem.
>
> É possível que, quando a gente volte, levando em consideração seu estado mental, o juiz nem dê pela falta dos jornais.

> **Nicole F** 11:31
> Sabe por que eu amo você, além do fato de ser minha irmã mais velha?
>
> Porque você é uma otimista e tanto.

> **Becky F** 11:31
> Já expliquei que os artigos dos jornais estão disponíveis na internet, e que os excrementos das traças, dos ratos e dos guaxinins são um perigo à saúde.
>
> Mas o juiz não acredita em mim. Ele me perguntou se eu o estava acusando de desleixo com o lar.

> **Nicole F** 11:31
> Você quer que eu deixe um vinho com os sanduíches no caminho para os Blumenthal? Porque acho que você vai precisar.

> **Becky F** 11:31
> Ah, não. Vou ficar bem. Gosto do juiz. Acho que ele... Jesus!

> **Nicole F** — 11:32
> O que foi?

> **Becky F** — 11:32
> Ele está aqui.

> **Nicole F** — 11:32
> Quem está onde?

> **Becky F** — 11:32
> Reed. Ele acabou de entrar pela porta. Quando eu disse muito claramente para que não viesse!

> **Nicole F** — 11:33
> Almofadinha imprestável! Quer que eu ligue para Henry? Ele pode ir até aí com a arma de choque.

> **Becky F** — 11:33
> Ele disse que quer ajudar.

> **Nicole F** — 11:33
> A colar adesivos?

> **Becky F** — 11:33
> Com tudo.

> **Nicole F** — 11:34
> Alguém ainda tem uma quedinha!

> **Becky F** — 11:34
> Não tenho nada.

> **Nicole F** — 11:34
> Estava falando de Reed, não de você. Não acho que ele estaria aí se não fosse por você.

> **Becky F** — 11:34
> Ele me mandou uma carta. Pode pegar um sanduíche a mais para ele?

> **Nicole F** — 11:34
> Espere. O quê?

> **Becky F** — 11:34
> Frango. Ele gosta de frango.

> **Nicole** — 11:35
> Estou falando da carta, não do sanduíche.

> **Becky F** — 11:35
> E-mail. Era um e-mail. Ai, não, o pai acabou de vê-lo.

> **Nicole F** — 11:35
> O QUE DIZIA A CARTA?????

> **Becky F** — 11:35
> O pai está surtando.

> **Nicole F** — 11:35
> Tudo bem. Não me conte sobre a carta.
>
> Que tipo de frango? Tem salada de frango, peito de frango assado, frango frito, frango com pesto, frango à parmegiana.

> **Becky F** — 11:35
> Era uma carta de desculpas, pelo modo como ele se comportou naquela noite. Você sabe. E depois. E então ele me chamou para sair. Mas apenas como amigos.

> **Nicole F** — 11:36
> Como amigos! Claro. Sabia.
>
> Eu sabia que isso ia acontecer!
>
> Espero que tenha dito não.

> **Becky F** 11:36
> Claro que disse não.
>
> Salada de frango.

Nicole F 11:36
O QUÊ?

> **Becky F** 11:36
> Ele gosta de salada de frango. Pelo menos gostava.
>
> O pai está mandando ver. Acho que eu deveria intervir.

Nicole F 11:36
Não, não faça isso. Reed merece.

Vou comprar salada de frango então. Mas ele não vai ganhar batata. Quando alguém fica dez anos sem ligar para minha irmã, não ganha batata, mesmo se tiver escrito um e-mail de desculpas.

> **Becky F** 11:36
> OK, preciso ir. A mãe está se metendo agora. Ela acabou de jogar um dos álbuns de família na caçamba de lixo 2 e disse que desejava que todos eles estivessem mortos.

Nicole F 11:37
Nossa, a família de Reed Stewart é tão incrível. Quem não gostaria de casar com ele e ter esses sogros?

> **Becky F** 11:37
> Não faça graça com os Stewart. Estão em crise.
> Espere... ele trouxe fotos.

Nicole F 11:37
Achei que as fotos estivessem na caçamba.

> **Becky F** 11:37
> Não. Ele trouxe fotos de apartamentos em Orlando.

> **Nicole F** 11:38
> Espere, ele realmente fez algo útil uma vez na vida? Acho que vou morrer de choque.

>> **Becky F** 11:38
>> São fotos do The Town.

> **Nicole F** 11:38
> A comunidade de aposentados que mais cresce nos Estados Unidos, onde os moradores podem dirigir carros de golfe no lugar de carros?
>
> O juiz vai amar isso.

>> **Becky F** 11:39
>> Ele está amando. Até parou de gritar.
>>
>> A Sra. Stewart também. Estão olhando as fotos no telefone de Reed.

> **Nicole F** 11:39
> Uau. O bom filho à casa torna, e faz algo de bom.
>
> Talvez eu compre batata para ele.

TELA DO TELEFONE DE REED STEWART

REED STEWART	15:45	42%
HOJE	TODAS	PERDIDAS

De: ReedStewart@reedstewart.com
Data: 16 de março 14:12:13
Para: CarlyStewart@StewartImoveis.com; MarshallStewart@StewartImoveis.com
Assunto: Oi da casa de mamãe e papai

É, papai tem razão. Isso aqui vale milhões!

De: CarlyStewart@StewartImoveis.com
Data: 16 de março 14:16:11
Para: ReedStewart@reedstewart.com; MarshallStewart@StewartImoveis.com
Assunto: Res: Oi da casa de mamãe e papai

Estou chorando de rir. Encontrou absorventes de 1982?

Carly R. Stewart | contabilista | Stewart Imóveis | Av. South Moore, 801, Bloomville, IN 47401 | telefone (812) 555-8722 | entre em StewartImoveis.com para visitar os imóveis

De: MarshallStewart@StewartImoveis.com
Data: 16 de março 14:14:11
Para: ReedStewart@reedstewart.com; CarlyStewart@ StewartImoveis.com
Assunto: Res: Oi da casa de mamãe e papai

Vocês não são engraçados.

E o que você está fazendo aí, Reed? Achei que a gente tinha contratado sua ex-namorada para que ela fizesse isso tudo.

De: ReedStewart@reedstewart.com
Data: 16 de março 14:17:33
Para: CarlyStewart@StewartImoveis.com; MarshallStewart@ StewartImoveis.com
Assunto: Res: Oi da casa de mamãe e papai

Só estou tentando mostrar para Becky como sou uma pessoa gentil e carinhosa ao ajudá-la.

De: MarshallStewart@StewartImoveis.com
Data: 16 de março 14:19:27
Para: ReedStewart@reedstewart.com; CarlyStewart@ StewartImoveis.com
Assunto: Res: Oi da casa de mamãe e papai

Carly, melhor avisar a pobre Becky. Meu irmão é um degenerado que vai destruir os sonhos e as esperanças da garota.

De: CarlyStewart@StewartImoveis.com
Data: 16 de março 14:22:07
Para: ReedStewart@reedstewart.com; MarshallStewart@ StewartImoveis.com
Assunto: Res: Oi da casa de mamãe e papai

Achei romântico. Eles estão se conhecendo novamente.

Carly R. Stewart |contabilista | Stewart Imóveis | Av. South Moore, 801, Bloomville, IN 47401 | telefone (812) 555-8722 | entre em StewartImoveis.com para visitar os imóveis

---

De: MarshallStewart@StewartImoveis.com
Data: 16 de março 14:25:39
Para: ReedStewart@reedstewart.com; CarlyStewart@ StewartImoveis.com
Assunto: Res: Oi da casa de mamãe e papai

Romântico? Eles estão vasculhando o lixo de meus pais. Por que ele não pode levá-la a um restaurante, como uma pessoa normal?

De: ReedStewart@reedstewart.com
Data: 16 de março 14:30:33
Para: CarlyStewart@StewartImoveis.com; MarshallStewart@ StewartImoveis.com
Assunto: Res: Oi da casa de mamãe e papai

Acho que essa é uma das almofadas da sala de jantar que Trimble pediu. Foi jogado fora. Fiz mal?

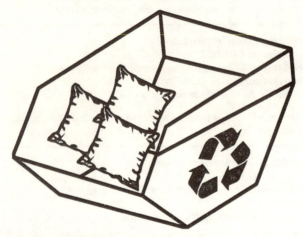

De: CarlyStewart@StewartImoveis.com
Data: 16 de março 14:35:46
Para: ReedStewart@reedstewart.com; MarshallStewart@ StewartImoveis.com
Assunto: Res: Oi da casa de mamãe e papai

Que triste.

Carly R. Stewart |contabilista | Stewart Imóveis | Av. South Moore, 801, Bloomville, IN 47401 | telefone (812) 555-8722 | entre em StewartImoveis.com para visitar os imóveis

De: ReedStewart@reedstewart.com
Data: 16 de março 14:45:53
Para: CarlyStewart@StewartImoveis.com; MarshallStewart@StewartImoveis.com
Assunto: Res: Oi da casa de mamãe e papai

Ah não, tarde demais! Espero que Trimble não fique chateada.

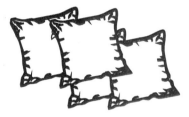

De: CarlyStewart@StewartImoveis.com
Data: 16 de março 14:50:41
Para: ReedStewart@reedstewart.com; MarshallStewart@StewartImoveis.com
Assunto: Res: Oi da casa de mamãe e papai

Quem sabe Tony Coitado possa pular na caçamba e buscar as almofadas para ela.

Como isso pôde acontecer? Seus pais nunca deixariam a gente TOCAR nas coisas deles.

Carly R. Stewart |contabilista | Stewart Imóveis | Av. South Moore, 801, Bloomville, IN 47401 | telefone (812) 555-8722 | entre em StewartImoveis.com para visitar os imóveis

---

De: ReedStewart@reedstewart.com
Data: 16 de março 14:55:53
Para: CarlyStewart@StewartImoveis.com; MarshallStewart@StewartImoveis.com
Assunto: Res: Oi da casa de mamãe e papai

O milagre se chama Becky Flowers. Ela é mágica.

De: CarlyStewart@StewartImoveis.com
Data: 16 de março 15:05:17
Para: ReedStewart@reedstewart.com; MarshallStewart@StewartImoveis.com
Assunto: Res: Oi da casa de mamãe e papai

Valeu cada centavo!

Carly R. Stewart | contabilista | Stewart Imóveis | Av. South Moore, 801, Bloomville, IN 47401 | telefone (812) 555-8722 | entre em StewartImoveis.com para visitar os imóveis

---

De: MarshallStewart@StewartImoveis.com
Data: 16 de março 15:17:55
Para: ReedStewart@reedstewart.com; CarlyStewart@StewartImoveis.com
Assunto: Res: Oi da casa de mamãe e papai

Dá para vocês pararem? Um de nós está tentando trabalhar num emprego de verdade.

E com vocês dois, mamãe e papai, Trimble, o fato de que uma de minhas filhas não para de se fantasiar, e o fato de minha única casa à venda ser uma escola tomada por asbesto, estou começando a criar uma úlcera.

De: ReedStewart@reedstewart.com
Data: 16 de março 15:15:43
Para: CarlyStewart@StewartImoveis.com; MarshallStewart@StewartImoveis.com
Assunto: Res: Oi da casa de mamãe e papai

Sabe o que você deveria tentar fazer para reduzir o estresse em sua vida, Marshall?

Golfe.

> Reed Stewart 16:12
> Então, não sei como conseguiu, mas estou impressionado.

> Becky Flowers 16:12
> Valeu. Mas é meu trabalho.
>
> Não acredito que esteja me mandando uma mensagem do outro lado da sala de seus pais.

> **Reed Stewart** — 16:12
> Eu não queria falar na frente de meu pai que fiquei impressionado com seu sucesso em fazê-lo se livrar dos setenta volumes da Enciclopédia Britânica de 1982.

> **Becky Flowers** — 16:13
> Bem, a maior parte da informação contida ali está um pouco defasada.

> **Reed Stewart** — 16:13
> Acho que ter apontado que a Argentina já não ocupa mais as Malvinas foi o golpe final.

> **Becky Flowers** — 16:13
> Obrigada. É, achei um toque de gênio também.
>
> Você também não foi tão mal com as fotos do The Town.

> **Reed Stewart** — 16:13
> Valeu. Tenho um homem na missão.

> **Becky Flowers** — 16:13
> Eu falei: assim que tivessem uma ideia de para onde estão indo, ficariam bem mais animados.
>
> Mas sua mãe parece estar começando a se deprimir.

> **Reed Stewart** — 16:13
> Sim. A batalha pelas panelas de fondue exigiu muito.

> **Becky Flowers** — 16:13
> Por que alguém faz questão de ficar com sete panelas de fondue?

> **Reed Stewart** — 16:13
> Por que alguém teria UMA sequer?

> **Becky Flowers** — 16:13
> Reed! Estou chocada. Achei que logo você apreciaria a arte gastronômica do fondue.

> **Reed Stewart** — 16:13
> Por que logo eu?

> **Becky Flowers** — 16:13
> Bem, espetos, buracos.

> **Reed Stewart** — 16:14
> Becky Flowers! Você está flertando comigo?

> **Becky Flowers** — 16:14
> Não, desculpe. Isso foi antiético. Me perdoe.

> **Reed Stewart** — 16:14
> Está brincando? Estou aqui sentado, vasculhando quatro caixas de copos altos gravados com monogramas. Um pouco de flerte me cairia bem.

> **Becky Flowers** — 16:14
> Copos altos com monograma são a epítome da arte de receber, Reed.

> **Reed Stewart** — 16:15
> Talvez em 1987, se você fosse o Magnum PI.
>
> Mas 1997 foi a última ocasião em que me lembro de meus pais dando uma festa, e nenhum dos dois é um charmoso detetive particular bigodudo e de posse de uma Ferrari.

> **Becky Flowers** — 16:15
> Mas diga a eles que, com certeza, usarão esses copos quando se mudarem para Orlando. Vai animá-los.

> **Reed Stewart** — 16:15
> Mas não 200 copos.
>
> Ops, atenção. Lá vem Richard.

> **Reed Stewart** — 16:22
> Brilhante.
>
> Gostei do argumento sobre a provável inexistência de alguma parede grande o suficiente no novo apartamento para exibir os 800 martelos e que, se ele os deixar em um depósito até um aquecimento de mercado, talvez perca completamente a venda da Alta de Temporada de Martelos.

Becky Flowers — 16:22
Obrigada. Como eu disse, é meu trabalho.

Mas não deveria curtir com a cara dele. Seu pai é um homem bom.

> **Reed Stewart** — 16:22
> Um homem bom que torrou toda a aposentadoria em martelos e selos sem valor algum.

Becky Flowers — 16:22
Os martelos nem custaram tanto assim. Seu pai me disse quanto pagou por cada quando me mostrou a coleção.

> **Reed Stewart** — 16:22
> Ele fez um tour da coleção?

Becky Flowers — 16:23
Ele tem orgulho dela. Tem significado para ele.

> **Reed Stewart** — 16:23
> Agora estou oficialmente morto de vergonha, como jamais me senti antes. E eu achava que os gatos eram a pior parte.

Becky Flowers — 16:23
Não tem motivo para ficar envergonhado.

E acho que os gatos são de outras casas da região. Eles ficam por aqui porque sua mãe os alimenta. Você viu que o gato ruivo tem uma coleira com identificação? Ele se chama Gelato.

> **Reed Stewart** — 16:24
> Meu Deus. Que horror. Que horror.

> **Becky Flowers** — 16:24
> Para de ser bobo e pergunte a sua mãe quantos copos ela vai querer dessa coleção. O resto segue para doação. Ou podemos vender na loja de penhores.

> **Reed Stewart** — 16:24
> Penhores. Eles precisam de dinheiro.
>
> Embora eu não saiba quem vai querer comprar 180 copos com as letras RDS gravadas.

> **Becky Flowers** — 16:25
> Você pode querer, na verdade. São suas iniciais.
>
> Espere, seus pais estão realmente falidos?

> **Reed Stewart** — 16:25
> Você se lembra de meu segundo nome? Ninguém lembra meu segundo nome.

> **Becky Flowers** — 16:25
> Difícil esquecer um nome como Reed Duncan Stewart.
>
> Como seus pais estão falidos?

> **Reed Stewart** — 16:25
> Rebecca Catherine Flowers também é difícil de esquecer.

> **Becky Flowers** — 16:25
> No entanto, você conseguiu por dez anos.

> **Reed Stewart** — 16:25
> Nunca me esqueci de você, Flowers. Demorei dez anos para me sentir *digno* de você.
>
> Não que eu me sinta agora.

Becky Flowers — 16:25
Excelente saída.

Tudo bem, mas qual é a da história de seus pais estarem supostamente falidos?

Reed Stewart — 16:25
Tá bom. Entre os martelos, a coleção de selos e as estátuas de gato de mamãe, meus pais não têm um centavo. Por que você acha que vamos vender a casa? Quero dizer, além do motivo óbvio — eles vão ter que fugir para o Canadá a fim de escapar da justiça se o Trapaça não retirar as queixas.

Becky Flowers — 16:26
Reed, faço isso há muito tempo e não vi nada nessa casa que seja caro o suficiente para justificar seus pais terem perdido *toda* a poupança.

Reed Stewart — 16:26
Aparentemente, Connie ama raspadinhas.

Becky Flowers — 6:27
Ela também anda frequentando os cassinos náuticos?

Reed Stewart — 16:27
Nossa, espero que sim. Eu pagaria para ver Connie na mesa de vinte e um.

Becky Flowers — 16:27
Eu também.

Mas, se seus pais estão realmente falidos, eu daria uma olhada na possibilidade de fraude ou de abuso de idosos. Acontece mais do que você pensa, e muitos de meus clientes conseguiram recuperar o dinheiro dos pais.

Reed Stewart — 16:28
Bex, está falando sério?

Becky Flowers — 16:28
Claro. Seu pai sempre foi uma figura importante e amada na comunidade, mas ele fez alguns inimigos. Com certeza existem pessoas que não concordam com algumas de suas decisões e que juraram se vingar quando pudessem.

Reed Stewart — 16:28
Você sabe que está falando de mim. Sou uma dessas pessoas.

Becky Flowers — 16:29
Reed, não seja ridículo. Claro que não estou falando de você. Por que você roubaria a poupança de seu próprio pai?

Reed Stewart — 16:29
Porque guardo ressentimento... por muitas coisas.

Becky Flowers — 16:29
Agora você só está falando besteira. Mesmo que tivesse motivo para se ressentir de seu pai, você não roubaria o dinheiro dele. Para que você ia precisar desse dinheiro? Você tem bastante.

Reed Stewart — 16:29
Claro, mas, se eu realmente me ressentisse, roubaria o dinheiro e doaria para os órfãos da Bolívia, ou algo do tipo.

Becky Flowers — 16:29
Existem muitos órfãos na Bolívia?

Reed Stewart — 16:29
Não sei. Estava só usando um exemplo de como eu podia ser desonesto se fosse alguém atrás de vingança contra meu pai.

Você não deveria me excluir da lista de suspeitos.

> **Becky Flowers**   16:29
> Agora você só está sendo idiota.
>
> Se quiser ajudar de verdade, por que não desce ao porão e ajuda seu pai a olhar as caixas?

> **Reed Stewart**   16:29
> Ah, não, obrigado. Primeiro que, senhorita Flowers, tudo que está lá embaixo vale milhões. MILHÕES, entendeu? Você nunca vai conseguir receber o valor justo daquelas coisas vendendo tudo para uma loja de penhores. Precisa vender aquilo em uma *Exibição de Antiguidades*, onde os especialistas podem apreciar o valor real daquelas coisas.
>
> E, em segundo lugar, encontrei nosso anuário do colégio. Sabe o que você escreveu no meu?

> **Becky Flowers**   16:30
> Não me lembro de ter escrito nada.

> **Reed Stewart**   16:30
> Exatamente! Porque meu pai me expulsou de casa antes da formatura. Meu exemplar do anuário foi mandado para cá, então eu nunca tinha visto até hoje. Está em branco.

> **Becky Flowers**   16:30
> Você não tem coisas mais importantes com que se preocupar que com o fato de que eu não assinei seu anuário?

> **Reed Stewart**   16:30
> Tipo, quantas canecas de *Melhor Vovó do Mundo* eu devo empacotar para o apartamento novo? Vinte? Vinte é muito? Acho que deve ser.

> **Becky Flowers**   16:30
> Você é um idiota.
>
> Olhe, sei que você não está me levando a sério, mas tem gente nessa cidade que se aproveitaria da saúde deteriorada de seus pais, eles não andam tão bem quanto antes. Abuso financeiro de idosos é algo que você e o restante de sua família deveriam considerar investigar.

> **Reed Stewart** — 16:31
> Você está me dando uma lição de moral via mensagem de texto?

Becky Flowers — 16:31
Sim. Desculpe, mas estou. Sua mãe está aqui, e não quero que ela saiba sobre isso.

Acho estranha sua declaração de que seus pais não têm dinheiro quando, até agora, com exceção do selo famoso sobre o qual seu pai afirma ter sido enganado, não vi nenhum item valioso nessa casa.

E, se ele foi "enganado" na história do selo, também vale investigar isso.

> **Reed Stewart** — 16:31
> O juiz não foi enganado na história do selo. Eu vi o recibo na pilha enorme de lixo que ele mantém na mesa do escritório. Estava enfiado entre duas cartas, uma para o presidente dos Estados Unidos, em que ele debate a relação com a China, e outra para Tiger Woods, com conselhos sobre como ele pode melhorar a tacada.

Becky Flowers — 16:31
Bem, isso responde a uma das perguntas.

> **Reed Stewart** — 16:32
> Qual?

Becky Flowers — 16:32
Um dos modos de se determinar se um idoso é mentalmente capaz de administrar a própria vida é perguntando a ele a data, o próprio endereço e o nome do presidente.

Seus pais passam nesse teste com facilidade.

> **Reed Stewart** — 16:32
> Esse é o problema, certo? São os outros quesitos — físico e financeiro — em que eles têm dificuldade.
>
> Mas como eles passam o primeiro, não podemos pedir... como se chama? Minha irmã disse o nome, acho.

Becky Flowers 16:32
Uma procuração. Isso. Não é possível sem a autorização de seus pais, a não ser que se prove que são mentalmente incapacitados.

Do que conheço de seu pai, acho improvável que ele dê esse poder de boa vontade.

Mas, geralmente, é bom quando os idosos da família dão o acesso das contas bancárias a alguém em quem confiam, para que possam fazer retiradas, depósitos, pagar contas ou conferir a situação do cartão de crédito... ainda mais caso o idoso fique incapacitado de alguma forma.

Eu já tive clientes mais velhos com demência que pegaram o carro da família e sumiram, e o único jeito que a família teve de encontrar a pessoa foi através dos débitos no cartão do idoso, que a família só conseguiu acessar porque tinham uma procuração.

A polícia não podia acessar a conta porque não havia indicativo de que a pessoa estava em perigo, ou de que havia ido embora contra a própria vontade.

Reed Stewart 16:32
Nossa.

Becky Flowers 16:32
Desculpe. Não queria te assustar. Estou apenas dizendo.

Reed Stewart 16:32
Tudo bem. Talvez tenha um lado bom.

Becky Flowers 16:32
Como assim?

Reed Stewart 16:33
Bem, você acha que essa coisa de fraude/abuso de idoso/procuração é algo que eu e meus irmãos devemos considerar?

Becky Flowers — 16:33
Ah, sim, com certeza.

Sabe, muita gente discordou de seu pai na história do Assassino dos Halteres. Algumas pessoas achavam que ele não devia ter instruído o júri a dar uma pena menor que homicídio doloso, muito menos homicídio culposo. Alguém pode estar tentando se vingar por causa disso. Pode ser alguém que trabalhe no banco!

Ou qualquer outra pessoa. É só uma ideia.

Reed Stewart — 16:33
Entendi. E ajudar a gente nisso — ou com essa coisa de procuração — faz parte de seu trabalho?

Becky Flowers — 16:33
Bem, na verdade, não.
Mas posso indicar alguém capaz de ajudar.

Reed Stewart — 16:33
Talvez a gente devesse se encontrar e debater isso ao vivo, em algum lugar onde meus pais não possam ouvir; assim você não tem que ficar me mandando textos gigantes sobre o assunto.

Becky Flowers — 16:33
Sua cunhada vai buscar seus pais e levá-los para jantar com suas sobrinhas às seis. A gente pode conversar depois aqui mesmo, ou se preferir, em meu escritório.

Reed Stewart — 16:34
Ótimo.

Ou, já que hoje vi minha mãe jogar o vestido de casamento no lixo, talvez você possa se juntar a mim quando eu for beber até morrer no Bud's Stick & Stein na beira da estrada.

Já era meu plano para mais tarde.

Becky Flowers — 16:34
Você não viu isso acontecer de verdade.

> **Reed Stewart** — 16:34
> Você descreveu para mim. E também como escalou a caçamba e resgatou o vestido. Foi tão traumático quanto ter visto com os próprios olhos.

> **Becky Flowers** — 16:34
> Sinto muito por ter contado, mas como você é meu cliente, senti que devia.
>
> Mas não tome como pessoais as ações de sua mãe. Ela estava muito estressada. Tenho certeza de que ela se sentirá melhor em alguns dias, quando vir como a casa fica melhor sem a bagunça. Vou pedir para uma empresa lavar o chão, para que o cheiro de gato também seja eliminado.
>
> E você não deveria beber no Bud's. Ficou muito mal frequentado nos últimos anos. Teve uma briga lá há pouco tempo. Um caminhoneiro quebrou um taco de sinuca na cabeça de outro por causa de uma discussão sobre a posse de um CD de Blake Shelton.

> **Reed Stewart** — 16:35
> Vamos então àquele lugar novo na praça, o Autêntico. Duvido muito que alguém brigue ali por causa de um CD de country.

> **Becky Flowers** — 16:36
> Obrigada, mas não. Meu namorado é o dono.

> **Reed Stewart** — 16:36
> E por que isso seria um problema? Você disse que queria manter as coisas no nível profissional, então por que ele não poderia saber de nosso encontro?

> **Becky Flowers** — 16:36
> Acho que a gente precisa parar de enrolar e trabalhar mais pesado.

> **Reed Stewart**   16:36
> Com licença, eu fiz muita coisa. Já viu como separei as caixas da sala de jantar sozinho? Por tamanho e cor, prontas para serem levadas por "seu pessoal" até o depósito.
>
> Eis a Prova A:

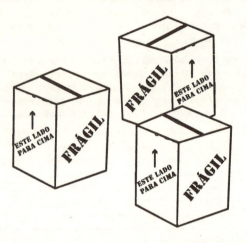

> **Becky Flowers**   16:38
> Isso não é muito impressionante, levando em consideração o quanto ainda falta.

> **Reed Stewart**   16:38
> Olhe. Olhe, Becky. Gelato veio sentar em meu colo. Gelato gosta de mim. Por que você não gosta?

> **Becky Flowers**   16:38
> Bem... Devo admitir, Gelato é meio criterioso. Então, se Gelato gosta de você, acho que posso tomar um drinque. No Matsumori. Às 19h.
>
> Mas apenas como amigos para discutir o problema financeiro de sua família. Nada mais.

> **Reed Stewart**   16:38
> "A amizade é certamente o melhor bálsamo para as aflições do amor desiludido."

> **Becky Flowers** 16:38
> *Emma*?

>> **Reed Stewart** 16:38
>> Na verdade, Flowers, é de *A abadia de Northanger*. Você está deixando a desejar.

> **Becky Flowers** 16:38
> Seu pai não está chamando no porão? Acho que ele quer mostrar algo a você. Espero que seja outra caixa de martelos!
>
> Uma pena que o celular não pega lá embaixo.

>> **Reed Stewart** 16:38
>> Uau. E eu achava que as mulheres de Los Angeles eram as mais maldosas do mundo.

> **Becky Flowers** 16:38
> Vejo você às 19h 😊

```
┌─────────────────────────────────────────┐
│                                         │
│ ⟩ FACEBOOK                              │
│                                         │
└─────────────────────────────────────────┘

Linha do tempo | Sobre | Fotos | Comentários | Outros

## Autêntico — Boutique de queijos e vinhos

criou um evento
13 horas
Degustação de queijos e vinhos no dia de São Patrício
Amanhã entre 18h e 22h!
Experimente queijos ganhadores de prêmio
Cheddar irlandês, Beara Blues, Clover Reds e
Concannon Crimsons!
10% de desconto para membros das forças armadas!

Henry de Santos, Tony Antonelli, Summer Hayes, Nicole Flowers e 179 pessoas curtiram isso.

Comentários principais

**Henry de Santos** — Muito legal você homenagear os homens e as mulheres de uniforme, cara!
Hoje às 14:16

**Graham Tucker** — O prazer é meu! Obrigado pelo serviço!
Hoje às 14:37

**Nicole Flowers** — Guarda um pouco do vinho de gelo para mim.
Hoje às 14:45

**Graham Tucker** — Com certeza! Sua irmã vem?
Hoje às 15:12

**Nicole Flowers** — Não sou a guardiã de minha irmã, mas tenho quase certeza de que ela irá.
Hoje às 15:15

**Graham Tucker** — Ah, que bom. É que eu não tenho falado muito com ela esses dias.
Hoje às 15:30

**Nicole Flowers** — Bem, ela está com uns clientes novos, então anda meio ocupada.
Hoje às 15:45
```

Graham Tucker — Ah, entendi! Bem, diz a ela que estou pensando nela.
Hoje às 15:47

Nicole Flowers — Com certeza!
Hoje às 16:05

Tony Antonelli — Estarei lá!
Hoje às 16:45

Graham Tucker — Ótimo, vejo você lá.
Hoje às 16:50

Trimble Stewart-Antonelli — Na verdade, eu e Tony não vamos poder ir. Temos uma cerimônia de premiação hoje à noite, não é, Tony?
Hoje às 18:15

Tony Antonelli — Oops! Desculpe, esqueci.
Hoje às 18:20

Graham Tucker — Não tem problema. Até a próxima!
Hoje às 18:40

Confirmados (228)
Convites recentes (+20)
Talvez (350)
Convidados (1059)

Ty Fofinha

Ranking de avaliação #1.162.357
Responde 13% das perguntas
Votos recebidos nas avaliações

Avaliação:
Xarope para cavalos Equi-Tussin, 1 frasco.

Um descongestionante e expectorante eficiente para cavalos, com fórmula para tratamento da gripe equina, assim como resfriados, alergias e tosses.

Imagem do produto
16 de março

Não considero divertida uma festa com um monte de gente em minha casa bebendo ponche com xarope para cavalo.

Não, isso é a opinião do idiota de meu irmão, Tony Jr.

Mas ele me pegou no flagra com o cartão de mamãe (enfim... eu ia comprar uma saída de praia Marc Jacobs incrível para as férias, e ele entrou na hora que eu ia apertar *Comprar*).

Tony Jr. disse que me entregaria para minha mãe a não ser que eu o ajudasse a fazer uma leva de *lean* que — para meus ignorantes leitores classudos — é uma mistura de bebidas consumida por gente imatura do colégio, que se acha e não pode comprar bebidas normais de festa.

Então agora preciso comprar esse xarope veterinário nojento.

Ainda não chegou, então não posso dizer como é.

Não vou listar os outros ingredientes de *lean* aqui porque estamos em um site de classe. Como um dos ingredientes é xarope contra tosse, você já pode imaginar.

Mas não era para ser XAROPE PARA TOSSE DE CAVALO.

Tentei argumentar com ele, mas Tony Jr. é Tony Jr. Ele ainda usa o boné ao contrário. Acho que já disse o suficiente.

Enfim, não tenho escolha a não ser comparecer a essa terrível soirée (isso significa festa. Minha média é dez em francês) porque é amanhã, na noite de São Patrício, quando nossos pais estarão no clube Kiwanis porque vão dar alguma medalha para nosso pai (e, né, pelamor), e não confio nos amigos idiotas de Tony Jr. sem supervisão em nossa casa.

Tenho seis pares de Christian Louboutin e três da Prada e um pôster autografado de Harry Styles. Não vou deixar nenhuma biscate cheia de xarope vomitar xarope de cavalo e bala de gelatina verde no perfeito do Harry.

E ainda não vi meu tio Reed, embora minha amiga Sundae tenha mandado uma mensagem dizendo que o viu agora no Matsumori Tiki Palace com uma moça.

Sundae disse que não conseguiu ver muito bem quem era a moça porque ela e meu tio Reed estavam no bar, e não se pode entrar no bar do Matsumori com menos de 21 anos, e Sundae não podia usar a identidade falsa porque estava lá com os pais.

Mas ela disse que, com certeza, não era Ava Kuznetsov.

Saco. Minha vida é uma BOSTA. Eu queria ter nascido em Londres, na Inglaterra, em vez de nesse tédio chamado Bloomville, Indiana. Não tem nada para fazer aqui, mesmo se não estiver de castigo, e é por isso que pessoas como meu irmão bebem *lean*, o que aliás fez L'il Wayne parar no hospital. Supostamente.

E ele nem usou xarope de cavalo.

1 entre 10 pessoas acharam essa avaliação útil.

> # TELA DO TELEFONE DE REED STEWART

REED STEWART	23:45	2%
HOJE	TODAS	PERDIDAS

De: Dolly Vargas <D.Vargas@VAT.com>
Enviado em: 16 de março 20:42:10
Para: ReedStewart@reedstewart.com
Assunto: Oferta Lyrexica

Suas orelhas estão quentes? Porque passei o dia falando de você, querido.

Lyrexica aumentou a oferta de novo:

Sete zeros!

Isso mesmo. Um milhão de dólares por sua linda cabeça cheia de cabelo.

Eu sei. Também mal acreditei. Gosto de pensar que tem a ver com meu incrível poder de negociação.

Mas acho que é mais provável que tenha a ver com seu amigo Cobb Cutler ter se feito de idiota nas redes sociais. Quem é burro daquele jeito e posta que o divórcio de uma mulher com quem ele mal morou é mais doloroso que a morte do próprio pai, ou ainda a morte do cachorro de estimação? Isso é simplesmente antiamericano.

Um cara com pais que tentaram passar a perna em uma garçonete com um selo de mentira parece bem melhor em comparação!

Mas vê se me responde logo, hein. Não dá para ignorar esses toscos da indústria farmacêutica por muito tempo.

Ah, e finalmente descobri de onde conheço Bloomville: um ex-colega meu, Tim Grabowski, deixou um emprego bem-sucedido em TI para abrir uma loja de antiguidades ou uma livraria ou algo ridiculamente cafona do tipo. Então não deixe de dizer oi por mim quando o encontrar!

Enfim, já disse que você é meu cliente favorito? Você e esse seu cabelo brilhante.

BJO

Dolly
Dolly Vargas
Vargas Agência de Talentos
Los Angeles, CA

De: ReedStewart@reedstewart.com
Data: 16 de março 23:27:21
Para: LyleStewart@FountainHill.org
Assunto: Ela

Querido tio Lyle,

Tentei fazer o que você aconselhou no último e-mail... sobre examinar o passado e reavaliar as decisões tomadas no ardor da juventude, e, então, mudar meu comportamento.

Não funcionou.

Aliás, foi um enorme desastre.

Vi Becky hoje novamente, e até consegui convencê-la a passar algum tempo comigo, só nós dois — bem, não exatamente os dois. Fomos ao Matsumori tomar uns drinques, e, de algum jeito, os drinques viraram aperitivos, e então os aperitivos viraram um jantar, e, antes que eu pudesse perceber — bem, antes que *ela* percebesse, porque *eu* estava o tempo todo torcendo para que isso acontecesse —, passamos a noite inteira juntos.

Não assim. Pare de pensar besteira. Rá, brincadeira, sei que você não é assim. Bem, claro que você É assim, mas guarde essas coisas para você, como um cavalheiro. Passamos *o fim do dia* juntos, mas apenas jantamos.

Foi exatamente como costumava ser, só que melhor, porque nenhum de nós tinha hora para voltar para casa, nem precisava se preocupar com o dever de casa (não que eu um dia tenha me preocupado com isso).

Parecia que nenhum tempo tinha se passado desde a última vez que nos vimos — ela continua exatamente a mesma, só que mais triste, acho, porque o pai morreu e ela teve que assumir o negócio da família. Você sabia que ela só saiu do estado algumas vezes? E nunca saiu do país. Jamais teve dinheiro nem tempo. Ela quis saber tudo de minhas viagens para a Escócia e para a China.

Gostei de pensar nela em outros países. Pude imaginar a gente viajando juntos, eu mostrando a ela coisas inéditas, a encorajando quando provasse *haggis* ou *dim sum* pela primeira vez. Bem, talvez *haggis* não, mas você entendeu.

229

É estranho que eu me sinta assim? É estranho que eu tenha viajado o mundo todo e conhecido mulheres de praticamente todos os países, mas a mulher que mais me divirta e empolgue seja a que eu conheci em minha cidade natal, a quem conheço desde o jardim de infância?

É errado que eu queira tirá-la dessa vida terrível de limpar a bagunça dos outros e mostrar o que anda perdendo? Tem um mundo incrível lá fora que ela nunca viu.

Ela nunca foi a Paris. Jamais viu suas orquídeas. Jamais viu o mês de março sem neve!

De algum jeito consegui me apaixonar pela única mulher que gosta mais de livros e pastas que de aviões particulares e praias.

Ainda assim, depois que deixamos o restaurante (o que não aconteceu até o fechamento — eles começaram a botar as cadeiras sobre as mesas para varrer, o que mostra como estávamos imersos na conversa: a gente nem reparou que éramos os dois últimos clientes do lugar) e caminhamos na direção de nossos carros, algo tomou conta de mim.

Talvez tenha sido a lua que brilhava, ou o ar gelado como nunca sopra em Los Angeles — porque quase nunca temos uma temperatura abaixo de zero. Alguém em Bloomville tinha acendido uma lareira, e eu sentia o cheiro de madeira queimada.

Enfim, embora agora eu saiba que foi a pior ideia do mundo, fiz algo terrível:

Tomei a atitude de dar um beijo de boa-noite em Becky.

(Olhe, você me disse o que acontecia em Fire Island na década de 1970. Acho que aguenta isso, que é tosco em comparação.)

Eu estava me sentindo tão feliz e livre e esperançoso em relação ao futuro... e, tudo bem, talvez um pouco bêbado de saquê e do cheiro de madeira queimada.

E ela estava tão bonita sob o luar, e sorrindo, e não achei que seria algo ruim.

Então estendi o braço e segurei sua mão, puxando-a para mim, e ela não parou de sorrir nem nada. Ela apenas levantou os olhos, como quem pergunta "Sim?"

Não consegui me conter. Segurei seu rosto e a beijei, do mesmo jeito como já havia feito mil vezes antes, quando a gente namorava.

Só que dessa vez havia algo diferente.

Dessa vez, não foi fofo e agradável e divertido, como eu me lembrava, como eu queria que fosse.

Dessa vez foi intenso e sombrio e *sério*.

Não foi ela quem deixou o beijo assim, fui *eu*. No minuto que a toquei, esse... desejo tomou conta de meu plexo solar. Não sei como descrever de outro jeito. E soube que, dessa vez, eu não a deixaria escapar, e que aquele beijo era para a eternidade, porque, embora não fosse como antigamente, *era* como antigamente. Todas as memórias daquelas noites na marina e no quarto de Becky e no meu voltaram com tudo....

... só que não era uma viagem no tempo. Era um *foguete*.

Acho que não teria me soltado nunca mais, se ela não tivesse me afastado de repente — recuado talvez seja uma palavra melhor. Ela *recuou* de mim... e abriu a boca, assustada.

Quando ela parou de se afastar, até o que julgou ser uma distância segura (uns 3 metros, o que é legal: ela acha que precisa ficar a 3 metros de mim), ela gritou, com os olhos furiosos sob o luar, "Eu tenho um namorado, lembra?"

Dá para acreditar? Ela usou a carta do namorado!

Quase surtei. Namorado? Que namorado? Passamos a noite inteira bebendo saquê e comendo makimono de atum apimentado enquanto a mãe de sua melhor amiga não parava de trazer pratos especiais, tipo *black cod* marinado em missô e hamachi kama, dizendo como estava feliz em nos ver, ainda mais agora, quando "Leeanne" voava para casa e também ficaria feliz em nos ver.

O tom era de quem ia "ficar feliz em nos ver *juntos*", como "casal", e Becky sequer rebateu.

De repente, depois do beijo mais explosivo de todos os tempos, o namorado tem importância?

E esse namorado, você não vai acreditar. Eu dei uma pesquisada. Pode apostar! Ele tem a loja mais tosca de queijos e vinhos que você já viu na vida. Se fosse em Palm Springs, você e seus amigos passariam direto porque seria frequentado por interesseiras de roupa de ioga, bebendo pinot noir porque o neurologista disse que não causaria enxaqueca.

Além do mais, ele usa barba e veste aquelas camisetas apertadas para mostrar o bíceps.

Mas ela gosta dele mesmo assim!

"Além do mais", acrescentou ela, "achei que a gente tinha concordado em manter uma relação profissional".

Foi o melhor beijo do século, e ela quer manter uma relação profissional!

O que eu podia ter dito? O que eu podia ter feito?

Sei que fui eu que estraguei tudo.

Mas como eu podia não ter partido há dez anos? Não tinha como. Você sabe que não.

E, no fundo, ela também sabe. Assim como ela também sabe que eu não podia ter pedido que ela fosse comigo. Diferente de mim, Becky tinha um futuro na faculdade. Havia conseguido uma bolsa incrível. Ela precisava ir.

Foi por esse motivo que não atendi as ligações nem respondi às cartas. O que eu podia dizer? Que ela esperasse por mim? Eu não fazia ideia de quanto tempo ia demorar para conseguir ser alguém. Não teria sido justo com ela. Era melhor terminar tudo.

Enrique — você conhece o Enrique — acha que eu devia ter ligado anos atrás, e que agora tenho zero chance de conseguir que ela volte para mim.

Ele deve estar certo. Tenho certeza de que ele e os outros caddies estão apostando quão mal eu vou jogar no Palm por causa disso tudo. Não tem a menor chance de eu conseguir me sair bem ou de me concentrar para o torneio depois disso.

Não sei o que eu estava pensando. Garanti a ela que não voltei para resgatá-la. Então o que eu estava fazendo? Está claro que ela ama a vida aqui. O jeito como falava ontem à noite... ela mostrava interesse pelos lugares que eu visitara do modo como alguém pergunta sobre a trama de um filme que gostaria de ver um dia, mas que não se importa de não ter visto, porque já viu muitos filmes bons.

Meu Deus, por que estou dizendo isso tudo? Você nem perguntou. Você queria saber como andam mamãe e papai.

Bem, a resposta é: mal. Você tinha que ver o porão. Parece um buraco negro do desespero. Como alguém se deixa chegar a esse ponto? Não quero acabar desse jeito.

Mas Becky vai salvá-los. Porque é isso que ela faz. Ela até acha que eles podem estar sendo enganados por alguém. Não entende como podem ter tão pouco dinheiro e quase nada de valor. Ela quer que a gente investigue. Porque isso é mais uma coisa que ela faz — corrige injustiças, ou tenta, quando vê algo acontecendo.

Eu devia ter pressentido que as coisas dariam nisso. Devia ter seguido meu instinto, ido direto para Orlando e mandado um cheque para ajudar mamãe e papai. Não sei no que estava pensando.

Enfim, fiquei acordado até muito tarde escrevendo isso aqui. Amanhã preciso acordar cedo para terminar de encaixotar as coisas na casa. E também porque as meninas acordam de madrugada, o que pelo visto é algo que as crianças sempre fazem. Elas gostam de entrar correndo no quarto, gritando "Acorde, tio Reed! Acorde!"

Não é tão agradável quanto parece.

Não espero que você me responda. Sei que está ocupado com a exposição e também sei que pareço um maluco. Eu me *sinto* um maluco. Sinto que estou enlouquecendo lentamente. Recebi uma proposta de patrocínio hoje (imensa, para um produto farmacêutico, você não aprovaria) e não consigo nem ficar feliz, porque... para que serve ter tanto dinheiro se a mulher que você ama (ou homem, desculpe o uso de gênero) não retribui?

Vou agradecer quando isso tudo tiver acabado e eu puder ir para a Flórida jogar e tirar essa mulher (pessoa) da cabeça.

Embora eu ache que não vá ser permanente, porque duvido que um dia ela saia de minha cabeça.

Enfim, peço desculpas por incomodá-lo com tudo isso. Vou dormir. Boa sorte com a exposição. Espero que sua *Phalaenopsis amabilis* ganhe.

Beijos,

Seu Sobrinho Favorito (talvez não mais depois que tiver lido isso),
Reed

Diário de agradecimentos de
BECKY FLOWERS

Hoje quero agradecer porque:

Não dá. Simplesmente não dá. Não consigo nem...
Como vou olhar na cara dele amanhã?
É um desastre total.

Como pude deixar isso acontecer? Nunca fui o tipo de pessoa que conseguiu ter nada casual. Tentei fazer isso com Reed e veja o que aconteceu.

Preciso terminar com Graham, só isso. Preciso deixar claro de uma vez por todas que não somos compatíveis e que nunca fomos e que acabou. Acabou.

Querido Graham,
Sinto muito, mas
Não, parece horrível. Não tenho por que me desculpar.
Querido Graham,
Tenho certeza de que você percebeu que
Nossa, qual é meu problema?
Querido Graham,
Por motivos imprevistos, não será mais possível sair com você socialmente, pelo menos não pelas próximas semanas enquanto eu...
tiro meu ex-namorado da cabeça porque só consigo pensar em ir para cama com ele.

Ai, meu Deus. Estou tão ferrada.
Queria ser um golfinho.

𝔄 𝔊𝔞𝔷𝔢𝔱𝔞 𝔡𝔢 𝔅𝔩𝔬𝔬𝔪𝔳𝔦𝔩𝔩𝔢

O único jornal diário do município
* Sexta-feira, 17 de março * Edição 143 *
Ainda por apenas 50 centavos!

RESTAURANTE RETIRA QUEIXA
Por CHRISTINA MARTINEZ — repórter

Bloomville, Ind. — Todas as acusações contra o juiz Richard Stewart e sua esposa, por tentativa de pagamento de refeição no Trapaça Bar & Grill com um selo de postagem, serão retiradas, de acordo com um porta-voz do restaurante.

Um gerente do turno da noite da franquia local no shopping Old Town, em Bloomville, também será transferido, diz Felicia Forchette, diretora de comunicação do Trapaça Internacional, Inc.

"A decisão do Sr. Grubb foi tecnicamente correta", disse a Srta. Forchette em entrevista pelo telefone ontem à noite. "No entanto, esperamos que nossos gerentes sejam flexíveis e trabalhem com a comunidade local, assim acreditamos que o Sr. Grubb fará melhor uso de suas habilidades em outra franquia."

Forchette nega que a transferência de Randy Grubb, o gerente do turno da noite que insistiu na punição do casal, tenha qualquer indício de represália, ou que tenha qualquer coisa a ver com a prisão dos idosos e o subsequente boicote ao restaurante, capitaneado por Beverly Flowers, 64.

O boicote, que organizou um protesto na frente do restaurante, às vezes com até dúzias de pessoas, agora está oficialmente cancelado. Forchette não quis comentar ao ser perguntada se a decisão da rede tinha a ver com o feriado de São Patrício, um dia tradicionalmente lucrativo para a corporação.

Quando entramos em contato para pedir um comentário sobre a decisão do restaurante, Flowers disse que estava "emocionada".

"Estou tão feliz, acho que vou chorar. Acho que terei que correr até o Trapaça para comer um hambúrguer de Blarney gigante!"

A reação do juiz Stewart diante da notícia foi tipicamente estoica para o famoso funcionário da lei:

"Bem, é uma boa notícia. Muito boa."

No dia de São Patrício
Apoie os restaurantes locais de Bloomville!

Para anunciar o seu comércio na
Gazeta de Bloomville, ligue 292-5555
Ramal 14

Autêntico — Boutique de queijos e vinhos

Degustação de queijos e vinhos
Dia de São Patrício
Entre 18h e 22h!

Experimente nossos queijos premiados
Cheddar irlandês, Beara Blues, Clover Reds e
Concannon Crimsons!

10% de desconto para qualquer membro das forças armadas!

Matsumori's
Tiki Palace
Especial de Happy Hour
Drinques e aperitivos pela metade do preço
16h-18h30
Estacionamento gratuito para as reservas de jantar

ANTONELLI'S PIZZA

AMAMOS NOSSOS CLIENTES!

Todas as pizzas do cardápio por 10 dólares
para mesas atendidas antes das 18h

ANTONELLI'S PIZZA
Sua pizza sai de graça
no seu aniversário
para clientes com identificação

Sinta-se em casa no

Trapaça!
Sentimos sua falta!

Blarney Burguer com batatas de trevo
O DIA TODO apenas $5,99
Chope apenas $2
com esse cupom — um por cliente

IGREJA COMUNITÁRIA DE BLOOMVILLE

Em parceria com o Departamento de Polícia da
Cidade de Bloomville convida para

EVENTO BENEFICENTE
SALVEM OS STEWART

Sexta, 17 de março
17h-19h
No ginásio da Escola de Ensino Médio Bloomville

Você sabia?
O estimado juiz Stewart não anda tão bem
financeiramente como se imagina. Por isso sua casa está à venda.
Mas VOCÊ pode ajudar, comparecendo a nosso
Evento Beneficente de São Patrício
Salve os Stewart!

Uma doação de apenas $10 ($5 para crianças) dá direito a:

Bufê liberado de frango assado, feijão, salada de batata,
salada verde, pães e tortas! Sorvete! Pula-pula!
Pintura facial! Minizoológico! Concurso de bambolê
e muitas outras diversões para a família!

**SHOW GRATUITO DOS
HARRISON AND THE FORDS**

Estacionamento à vontade!

Ajude o juiz e a Sra. Stewart a pagar seus custos legais,
suas dívidas e a mudança para um lugar mais quente!

O juiz Stewart deu uma 2ª chance a VOCÊ!
Agora está na hora de darmos uma chance a ELE!

Ligue para Rhonda para mais informações: 812-555-0633

> # FACEBOOK

SUMMER ENVIOU UMA MENSAGEM PARA VOCÊ

───────────────Hoje───────────────

Summer Hayes　　　　　　　　　　　　　　　　　　**8:15**

Oi, Carly! Então, vi o anúncio no jornal para o evento beneficente hoje à noite, e estou me sentindo tão culpada com o que escrevi no início da semana que quero morrer. Eu não fazia ideia pelo que seus sogros estavam passando!

Não é por menos que sua pequena Bailey ande aprontando tanto. Estou surpresa, sério, que tenha lidado tão bem com isso tudo.

Minha Britney tem recolhido enlatados o mês todo para levar à Igreja Missionária em Indy no domingo de Páscoa, mas, quando contei que os avós de sua amiga Courtney estavam precisando de ajuda, ela disse que prefere entregar os enlatados a eles.

Não é um amor? A que horas posso deixar as coisas com você? Ou prefere que eu leve para o evento beneficente?

Aguente firme!

☺ Summer ☺
A supermãe de Britney!

De: CarlyStewart@StewartImoveis.com
Data: 17 de março 9:05:17
Para: ReedStewart@reedstewart.com; MarshallStewart@StewartImoveis.com
Assunto: Seus pais

Olhem a Gazeta de Bloomville de hoje. Página 7. OLHEM AGORA.

Carly R. Stewart | contabilista | Stewart Imóveis | Av. South Moore, 801, Bloomville, IN 47401 | telefone (812) 555-8722 | entre em StewartImoveis.com para visitar os imóveis

---

De: MarshallStewart@StewartImoveis.com
Data: 17 de março 9:06:05
Para: ReedStewart@reedstewart.com; CarlyStewart@StewartImoveis.com
Assunto: RES: Seus pais

De: MarshallStewart@StewartImoveis.com
Data: 17 de março 9:07:42
Para: ReedStewart@reedstewart.com; CarlyStewart@ StewartImoveis.com
Assunto: RES: Seus pais

Reed, por que você disse a Rhonda que nossos pais estão falidos?

De: ReedStewart@reedstewart.com
Data: 17 de março 9:10:12
Para: MarshallStewart@StewartImoveis.com; CarlyStewart@ StewartImoveis.com
Assunto: RES: Seus pais

Não contei. Juro por Deus! Não falei com Rhonda desde que cheguei. Não faço ideia de como ela descobriu. Sinto muito mesmo, pessoal.

Mas também é meio incrível.

De: CarlyStewart@StewartImoveis.com
Data: 17 de março 9:14:53
Para: ReedStewart@reedstewart.com; MarshallStewart@ StewartImoveis.com
Assunto: RES: Seus pais

INCRÍVEL COMO? De que outro jeito você descreveria Summer Hayes querendo deixar enlatados na casa de meus sogros como qualquer outra coisa que não vergonhoso e terrível?

Carly R. Stewart | contabilista | Stewart Imóveis | Av. South Moore, 801, Bloomville, IN 47401 | telefone (812) 555-8722 | entre em StewartImoveis.com para visitar os imóveis

---

De: MarshallStewart@StewartImoveis.com
Data: 17 de março 9:18:17
Para: ReedStewart@reedstewart.com; CarlyStewart@ StewartImoveis.com
Assunto: RES: Seus pais

Ele está querendo dizer que é incrível para ele. Publicidade gratuita que seus "assessores" devem estar amando. Não viu a matéria de ontem no *SportsCenter* sobre nossos pais, e sobre como são "excêntricos"? Todo mundo ficou falando como Reed era maravilhoso por ter vindo até aqui ajudar, em vez de se concentrar no treinamento para o Golden Palm na semana que vem.

De: CarlyStewart@StewartImoveis.com
Data: 17 de março 9:21:25
Para: ReedStewart@reedstewart.com; MarshallStewart@ StewartImoveis.com
Assunto: RES: Seus pais

Hum, não, não vi, Marshall. Estava muito ocupada fazendo o jantar, ajudando Courtney com o dever de casa, secando as penas da roupa de índio de Bailey — que ela faz questão de usar amanhã, aliás —, implorando a Taylor que pare de fazer tranças no pelo do cachorro e tentando não estrangular SEU PAI porque ele me contou sobre seu novo plano de enriquecer, vendendo a coleção de malhetes na internet.

Como VOCÊ teve tempo de ver isso?

Carly R. Stewart | contabilista | Stewart Imóveis | Av. South Moore, 801, Bloomville, IN 47401 | telefone (812) 555-8722 | entre em StewartImoveis.com para visitar os imóveis

---

De: MarshallStewart@StewartImoveis.com
Data: 17 de março 9:23:17
Para: ReedStewart@reedstewart.com; CarlyStewart@ StewartImoveis.com
Assunto: RES: Seus pais

É, deixe para lá. Não é importante.

O que importa é que Reed está MAIS RICO QUE NUNCA.

De: ReedStewart@reedstewart.com
Data: 17 de março 9:25:43
Para: MarshallStewart@StewartImoveis.com; CarlyStewart@ StewartImoveis.com
Assunto: Seus pais

Gente, dá para não brigarem?

Vou falar com Rhonda e pedir que ela cancele. Tenho certeza de que não passa de um mal-entendido.

De: MarshallStewart@StewartImoveis.com
Data: 17 de março 9:27:04
Para: ReedStewart@reedstewart.com; CarlyStewart@ StewartImoveis.com
Assunto: RES: Seus pais

Ela não pode cancelar, Reed. Está no jornal! Todo mundo vai aparecer na escola hoje à noite para ver o show dos Harrison and the Fords, pintar o rosto, doar dinheiro para mamãe e papai, e comer torta. É sexta-feira à noite — dia de São Patrício — numa cidade pequena, não em Los Angeles, e ninguém tem muita opção para se divertir.

De: ReedStewart@reedstewart.com
Data: 17 de março 9:30:13
Para: MarshallStewart@StewartImoveis.com; CarlyStewart@StewartImoveis.com
Assunto: RES: Seus pais

Tá bom.

Mas Rhonda não precisa dar o dinheiro arrecadado para Richard e Connie. A gente pode pedir para o juiz fazer um discurso agradecendo a ajuda de todos, mas que as queixas foram retiradas — algo que eles claramente não sabiam quando pagaram por esse anúncio e organizaram o evento — e que, então, o dinheiro vai para outro lugar. Para alguém que realmente precise.

De: CarlyStewart@StewartImoveis.com
Data: 17 de março 9:35:14
Para: ReedStewart@reedstewart.com; MarshallStewart@StewartImoveis.com
Assunto: RES: Seus pais

Não é uma péssima ideia. Acho que seu irmão talvez tenha encontrado uma solução razoável, Marshall.

Carly R. Stewart | contabilista | Stewart Imóveis | Av. South Moore, 801, Bloomville, IN 47401 | telefone (812) 555-8722 | entre em StewartImoveis.com para visitar os imóveis

---

De: ReedStewart@reedstewart.com
Data: 17 de março 9:37:48
Para: MarshallStewart@StewartImoveis.com; CarlyStewart@StewartImoveis.com
Assunto: RES: Seus pais

Viram? Tudo acaba bem.

De: TrimbleStewart-Antonelli@Stewart&Stewart.com
Enviado em: 17 de março 9:40:26
Para: CarlyStewart@StewartImoveis.com; MarshallStewart@StewartImoveis.com; ReedStewart@reedstewart.com
Cc: TonyAntonelli@AntonelliPizza.com
Assunto: Nossos pais

Alguém pode me explicar por que nossa ex-empregada está organizando um evento beneficente para salvar nossos pais da falência? E no mesmo dia que os Kiwani darão um prêmio a meu marido por sua generosa contribuição cívica à cidade?

Achei que vocês disseram que davam conta do problema. Achei que tinham dito que IAM RESOLVER.

Pelo que estou vendo, não existe absolutamente NADA resolvido.

Trimble Stewart-Antonelli
Advogada
Stewart & Stewart, Ltda.
Av. South Moore, 1911
Bloomville, IN 47401
(812) 555-9721
www.stewart&stewart.com

De: MarshallStewart@StewartImoveis.com
Data: 17 de março 9:42:15
Para: ReedStewart@reedstewart.com; CarlyStewart@ StewartImoveis.com
Assunto: RES: Seus pais

Correção, cara: nada acaba bem. Como sempre, Reed, você cantou vitória cedo demais.

De: ReedStewart@reedstewart.com
Enviado em: 17 de março 9:47:03
Para: CarlyStewart@StewartImoveis.com; MarshallStewart@ StewartImoveis.com; TrimbleStewart-Antonelli@Stewart&Stewart. com
Assunto: RES: Nossos pais

Relaxe, Trimble. Estou resolvendo.

De: TrimbleStewart-Antonelli@Stewart&Stewart.com
Enviado em: 17 de março 9:52:26
Para: CarlyStewart@StewartImoveis.com; MarshallStewart@ StewartImoveis.com; ReedStewart@reedstewart.com
Cc: TonyAntonelli@AntonelliPizza.com
Assunto: RES: Nossos pais

"Relaxe, Trimble"? Você está realmente me mandando *relaxar*?

Como você tem a ousadia de voltar para a cidade, depois de anos fazendo nada que não fosse causar sofrimento a mamãe e papai, e ME mandar relaxar?

É bom você estar "resolvendo". Porque foi você o responsável.

Trimble Stewart-Antonelli
Advogada
Stewart & Stewart, Ltda.
Av. South Moore, 1911
Bloomville, IN 47401
(812) 555-9721
www.stewart&stewart.com

De: ReedStewart@reedstewart.com
Enviado em: 17 de março 9:58:53
Para: CarlyStewart@StewartImoveis.com; MarshallStewart@StewartImoveis.com; TrimbleStewart-Antonelli@Stewart&Stewart.com
Assunto: RES: Nossos pais

Não é verdade.

Mas, como falei, estou resolvendo.

De: TrimbleStewart-Antonelli@Stewart&Stewart.com
Enviado em: 17 de março 10:06:21
Para: CarlyStewart@StewartImoveis.com; MarshallStewart@StewartImoveis.com; ReedStewart@reedstewart.com
Cc: TonyAntonelli@AntonelliPizza.com
Assunto: RES: Nossos pais

Ah, jura? Não foi você quem causou isso tudo contratando aquela sua ex-namorada, sei lá como se chama, para revirar as coisas de mamãe e papai?

Ela deve estar mentindo para todo mundo na cidade, dizendo que papai está falido.

Trimble Stewart-Antonelli
Advogada
Stewart & Stewart, Ltda.
Av. South Moore, 1911
Bloomville, IN 47401
(812) 555-9721
www.stewart&stewart.com

De: ReedStewart@reedstewart.com
Enviado em: 17 de março 10:10:08
Para: CarlyStewart@StewartImoveis.com; MarshallStewart@StewartImoveis.com; TrimbleStewart-Antonelli@Stewart&Stewart.com
Assunto: RES: Nossos pais

Primeiro, o nome dela é Becky, como você bem sabe.

Segundo, ela nunca faria isso. É a pessoa mais ética que conheço. Pode acreditar, eu sei.

E, terceiro, não é uma mentira. O juiz *está* falido.

De: TrimbleStewart-Antonelli@Stewart&Stewart.com
Enviado em: 17 de março 10:07:28
Para: CarlyStewart@StewartImoveis.com; MarshallStewart@StewartImoveis.com; ReedStewart@reedstewart.com
Assunto: RES: Nossos pais

Mamãe e papai podem estar com problemas de caixa no momento, mas nessa economia, quem não está?

E vocês não acham muita coincidência que Rhonda seja a criadora do evento, e também seja a pessoa citada no jornal como participante do boicote contra o Trapaça organizado pela mãe de Becky?

Ela obviamente escutou algo da Sra. Flowers no evento que só pode ter ouvido de Becky. A Sra. Flowers trabalha na Moving Up!

E a irmã de Becky, Nicole, ou sei lá qual seu nome, namora um policial. O evento tem parceria com a Polícia de Bloomville.

Como vocês conseguem ser tão burros?

Trimble Stewart-Antonelli
Advogada
Stewart & Stewart, Ltda.
Av. South Moore, 1911
Bloomville, IN 47401
(812) 555-9721
www.stewart&stewart.com

De: MarshallStewart@StewartImoveis.com
Data: 17 de março 10:20:08
Para: ReedStewart@reedstewart.com; CarlyStewart@StewartImoveis.com
Assunto: RES: Nossos pais

Foi mal, Reed. Trimble tem razão. Essa história não está pegando muito bem para sua garota.

De: ReedStewart@reedstewart.com
Enviado em: 17 de março 10:22:52
Para: CarlyStewart@StewartImoveis.com; MarshallStewart@StewartImoveis.com; TrimbleStewart-Antonelli@Stewart&Stewart.com
Assunto: RES: Nossos pais

Desculpe acabar com a felicidade de vocês, gente, mas não é possível. Não havia falado nada para Becky sobre o problema financeiro de Richard e Connie até ontem, então ela não pode ter contado para a mãe antes disso.

Rhonda deve ter começado a organizar o evento no mínimo anteontem, nem que fosse ao menos para comprar o anúncio no jornal.

De: CarlyStewart@StewartImoveis.com
Enviado em: 17 de março 10:22:52
Para: ReedStewart@reedstewart.com; MarshallStewart@StewartImoveis.com; TrimbleStewart-Antonelli@Stewart&Stewart.com
Assunto: RES: Nossos pais

Reed tem razão. Marshall, você sabe que a gente precisa reservar o espaço de anúncio com pelo menos 48 horas de antecedência.

E para Rhonda ter conseguido reservar o ginásio do colégio para o evento? Ela deve ter feito isso no mínimo na terça-feira.

E Becky nem tinha aceitado o trabalho ainda.

Carly R. Stewart | contabilista | Stewart Imóveis | Av. South Moore, 801, Bloomville, IN 47401 | telefone (812) 555-8722 | entre em StewartImoveis.com para visitar os imóveis

---

De: TrimbleStewart-Antonelli@Stewart&Stewart.com
Enviado em: 17 de março 10:31:22
Para: CarlyStewart@StewartImoveis.com; MarshallStewart@StewartImoveis.com; ReedStewart@reedstewart.com
Assunto: RES: Nossos pais

Bem, tem que ter vindo de alguém. Quem foi?

Trimble Stewart-Antonelli
Advogada
Stewart & Stewart, Ltda.
Av. South Moore, 1911
Bloomville, IN 47401
(812) 555-9721
www.stewart&stewart.com

De: ReedStewart@reedstewart.com
Enviado em: 17 de março 10:36:52
Para: CarlyStewart@StewartImoveis.com; MarshallStewart@StewartImoveis.com; TrimbleStewart-Antonelli@Stewart&Stewart.com
Assunto: Res: Nossos pais

Bem, acho que vamos descobrir hoje à noite quando encontrarmos Rhonda no evento beneficente, não é mesmo? A gente pode simplesmente perguntar.

De: TrimbleStewart-Antonelli@Stewart&Stewart.com
Enviado em: 17 de março 10:42:27
Para: CarlyStewart@StewartImoveis.com; MarshallStewart@StewartImoveis.com; ReedStewart@reedstewart.com
Assunto: RES: Nossos pais

Está de brincadeira? Não vou nesse troço.

Trimble Stewart-Antonelli
Advogada
Stewart & Stewart, Ltda.
Av. South Moore, 1911
Bloomville, IN 47401
(812) 555 -9721
www.stewart&stewart.com

De: CarlyStewart@StewartImoveis.com
Enviado em: 17 de março 10:45:27
Para: ReedStewart@reedstewart.com; MarshallStewart@StewartImoveis.com; TrimbleStewart-Antonelli@Stewart&Stewart.com
Assunto: RES: Nossos pais

Trimble, você tem que ir. Foi muita gentileza da parte de Rhonda e da Polícia de Bloomville. Você, Tony e as crianças deveriam ir, mesmo que rapidamente, por educação. Eu e Marshall vamos, com Reed e as crianças. E, claro, levaremos seus pais.

Carly R. Stewart | contabilista | Stewart Imóveis | Av. South Moore, 801, Bloomville, IN 47401 | telefone (812) 555-8722 | entre em StewartImoveis.com para visitar os imóveis

---

De: TrimbleStewart-Antonelli@Stewart&Stewart.com
Enviado em: 17 de março 10:49:16
Para: CarlyStewart@StewartImoveis.com; MarshallStewart@StewartImoveis.com; ReedStewart@reedstewart.com
Assunto: RES: Nossos pais

Já falei que temos compromisso. Tony será homenageado hoje à noite em uma cerimônia dos Kiwani.

E fico muito chocada que vocês submetam mamãe e papai a esse tipo de galhofa. Eles já estão estressados o bastante, não acham? Mamãe acabou de me ligar, chorando por causa das coisas que a terrível Flowers manda que ela jogue fora. Tive que consolá-la pelo telefone.

Vocês deveriam ter vergonha.

Trimble Stewart-Antonelli
Advogada
Stewart & Stewart, Ltda.
Av. South Moore, 1911
Bloomville, IN 47401
(812) 555-9721
www.stewart&stewart.com

De: MarshallStewart@StewartImoveis.com
Data: 17 de março 10:55:08
Para: TrimbleStewart-Antonelli@Stewart&Stewart.com; ReedStewart@reedstewart.com; CarlyStewart@StewartImoveis.com
Assunto: RES: Nossos pais

Você pode ir aos dois, Trimble. Pode ir ao evento e ao jantar depois.

Tente lembrar que, como comerciante local, tem uma reputação a manter.

De: ReedStewart@reedstewart.com
Enviado em: 17 de março 11:01:52
Para: CarlyStewart@StewartImoveis.com; MarshallStewart@StewartImoveis.com; TrimbleStewart-Antonelli@Stewart&Stewart.com
Assunto: RES: Nossos pais

Interessante o que você disse sobre a ligação emocionada de Connie, Trimble, porque estou sentado com ela neste instante e ela começou a separar calmamente as estátuas de gatos, escolhendo quais são suas favoritas. Ela pode levar vinte para o novo apartamento que decidi comprar para ela. O restante será vendido na loja da Etsy que a irmã de Becky, Nicole, está criando.

A que horas, exatamente, aconteceu essa suposta ligação de Connie?

De: TrimbleStewart-Antonelli@Stewart&Stewart.com
Enviado em: 17 de março 11:04:28
Para: CarlyStewart@StewartImoveis.com; MarshallStewart@ StewartImoveis.com; ReedStewart@reedstewart.com
Assunto: RES: Nossos pais

Tecnicamente, a ligação aconteceu ontem à noite, depois que Carly deixou mamãe e papai em casa após o jantar e papai descobriu que alguém tinha jogado fora todos os seus jornais.

Ele ficou possesso!

Ele guarda esses jornais há anos, e aquela sua ex-namorada teve a ousadia de jogá-los fora como se fossem lixo.

Trimble Stewart-Antonelli
Advogada
Stewart & Stewart, Ltda.
Av. South Moore, 1911
Bloomville, IN 47401
(812) 555-9721
www.stewart&stewart.com

De: CarlyStewart@StewartImoveis.com
Enviado em: 17 de março 11:05:27
Para: ReedStewart@reedstewart.com; MarshallStewart@ StewartImoveis.com; TrimbleStewart-Antonelli@Stewart&Stewart. com
Assunto: RES: Nossos pais

Jornais *são* lixo, Trimble. Bem, são lixo reciclável, ao menos, ainda mais depois de algumas semanas. Seu pai deveria ter se livrado disso há muito tempo.

Você mostrou que ele pode procurar e ler todos os jornais que quiser no iPad que eu e Marshall demos de Natal? Ele tem todas as assinaturas digitais.

Carly R. Stewart | contabilista | Stewart Imóveis | Av. South Moore, 801, Bloomville, IN 47401 | telefone (812) 555-8722 | entre em StewartImoveis.com para visitar os imóveis

---

De: TrimbleStewart-Antonelli@Stewart&Stewart.com
Enviado em: 17 de março 11:06:24
Para: CarlyStewart@StewartImoveis.com; MarshallStewart@ StewartImoveis.com; ReedStewart@reedstewart.com
Assunto: RES: Nossos pais

Não, não fiz isso. Concordei com mamãe que os direitos de papai haviam sido violados. Eu estava furiosa por ele.

Trimble Stewart-Antonelli
Advogada
Stewart & Stewart, Ltda.
Av. South Moore, 1911
Bloomville, IN 47401
(812) 555-9721
www.stewart&stewart.com

De: ReedStewart@reedstewart.com
Enviado em: 17 de março 11:07:12
Para: CarlyStewart@StewartImoveis.com; MarshallStewart@StewartImoveis.com; TrimbleStewart-Antonelli@Stewart&Stewart.com
Assunto: RES: Nossos pais

Dá para ver. É por isso que você veio aqui ontem à noite e meteu a mão em todas as caixas que estavam cuidadosamente arrumadas?

De: TrimbleStewart-Antonelli@Stewart&Stewart.com
Enviado em: 17 de março 11:12:08
Para: CarlyStewart@StewartImoveis.com; MarshallStewart@StewartImoveis.com; ReedStewart@reedstewart.com
Assunto: RES: Nossos pais

Há objetos meus ali! Mamãe e papai me prometeram aquelas coisas depois que morressem. Vocês não têm direito de vender ou doar, nem nada do que querem fazer com tudo aquilo. Sou executora do testamento deles; eu, não vocês.

Trimble Stewart-Antonelli
Advogada
Stewart & Stewart, Ltda.
Av. South Moore, 1911
Bloomville, IN 47401
(812) 555-9721
www.stewart&stewart.com

De: ReedStewart@reedstewart.com
Enviado em: 17 de março 11:16:33
Para: CarlyStewart@StewartImoveis.com; MarshallStewart@StewartImoveis.com; TrimbleStewart-Antonelli@Stewart&Stewart.com
Assunto: RES: Nossos pais

Trimble, como advogada, deveria saber melhor que ninguém o papel de executora de inventário: você tem direito a administrar a burocracia dos mortos. Nossos pais estão falidos, não mortos.

Estamos nos livrando das coisas para saldar as dívidas e criar uma fonte de renda e um novo lar mais seguro.

No momento, precisamos convencê-los a nos dar uma procuração. Assim, a gente pode descobrir o que aconteceu com o dinheiro.

Por que é tão difícil para você entender isso?

De: TrimbleStewart-Antonelli@Stewart&Stewart.com
Enviado em: 17 de março 11:18:28
Para: CarlyStewart@StewartImoveis.com; MarshallStewart@ StewartImoveis.com; ReedStewart@reedstewart.com
Assunto: RES: Nossos pais

Nossa, olha quem está se achando hoje? Com quem você andou falando sobre lei imobiliária? Com sua ex-namorada, imagino.

Bem, não precisa se preocupar com isso, porque, como disse, nossos pais não estão falidos. Isso é essa garota colocando minhoca em sua cabeça.

Trimble Stewart-Antonelli
Advogada
Stewart & Stewart, Ltda.
Av. South Moore, 1911
Bloomville, IN 47401
(812) 555-9721
www.stewart&stewart.com

De: MarshallStewart@StewartImoveis.com
Data: 17 de março 11:20:12
Para: TrimbleStewart-Antonelli@Stewart&Stewart.com; ReedStewart@reedstewart.com; CarlyStewart@StewartImoveis. com
Assunto: RES: Nossos pais

Não, Trimble, foi você. Foi você quem descobriu as contas vencidas e contou para nós, lembra?

De: ReedStewart@reedstewart.com
Enviado em: 17 de março 11:22:11
Para: CarlyStewart@StewartImoveis.com; MarshallStewart@ StewartImoveis.com; TrimbleStewart-Antonelli@Stewart&Stewart. com
Assunto: RES: Nossos pais

Que, aliás, sumiram do escritório de papai hoje pela manhã. Você levou as contas ontem à noite porque você e Tony finalmente decidiram que querem ajudar, Trimble?

De: CarlyStewart@StewartImoveis.com
Enviado em: 17 de março 11:25:07
Para: ReedStewart@reedstewart.com; MarshallStewart@ StewartImoveis.com
Assunto: RES: Nossos pais

Rá! Boa, Reed!

Carly R. Stewart | contabilista | Stewart Imóveis | Av. South Moore, 801, Bloomville, IN 47401 | telefone (812) 555-8722 | entre em StewartImoveis.com para visitar os imóveis

---

De: TrimbleStewart-Antonelli@Stewart&Stewart.com
Enviado em: 17 de março 11:28:28
Para: CarlyStewart@StewartImoveis.com; MarshallStewart@ StewartImoveis.com; ReedStewart@reedstewart.com
Assunto: RES: Nossos pais

Sim. Depois da ligação de mamãe, Tony disse que a gente precisava ajudar. Disse que era o certo. Então pegamos as contas para contribuir.

Trimble Stewart-Antonelli
Advogada
Stewart & Stewart, Ltda.
Av. South Moore, 1911
Bloomville, IN 47401
(812) 555-9721
www.stewart&stewart.com

De: CarlyStewart@StewartImoveis.com
Enviado em: 17 de março 11:31:12
Para: ReedStewart@reedstewart.com; MarshallStewart@ StewartImoveis.com
Assunto: RES: Nossos pais

Espere. O que está acontecendo??? Trimble está tentando ser legal?

Carly R. Stewart | contabilista | Stewart Imóveis | Av. South Moore, 801, Bloomville, IN 47401 | telefone (812) 555-8722 | entre em StewartImoveis.com para visitar os imóveis

---

De: MarshallStewart@StewartImoveis.com
Data: 17 de março 11:35:27
Para: TrimbleStewart-Antonelli@Stewart&Stewart.com;

ReedStewart@reedstewart.com; CarlyStewart@StewartImoveis.com
Assunto: RES: Nossos pais

Nossa. Obrigado, Trimble. É muito gentil de sua parte e de Tony.

De: CarlyStewart@StewartImoveis.com
Enviado em: 17 de março 11:37:24
Para: ReedStewart@reedstewart.com; MarshallStewart@StewartImoveis.com
Assunto: RES: Nossos pais

O quê? Não AGRADEÇA. Ela está fingindo!

Carly R. Stewart | contabilista | Stewart Imóveis | Av. South Moore, 801, Bloomville, IN 47401 | telefone (812) 555-8722 | entre em StewartImoveis.com para visitar os imóveis

---

De: TrimbleStewart-Antonelli@Stewart&Stewart.com
Enviado em: 17 de março 11:42:202
Para: CarlyStewart@StewartImoveis.com; MarshallStewart@StewartImoveis.com; ReedStewart@reedstewart.com
Assunto: RES: Nossos pais

Não há de quê. Nós todos precisamos nos unir em uma hora como essa.

Bem, me mantenham informada quando descobrirem quem está espalhando esse boato terrível sobre a suposta falência de mamãe e papai. Falo com vocês mais tarde, então.

Trimble Stewart-Antonelli
Advogada
Stewart & Stewart, Ltda.
Av. South Moore, 1911
Bloomville, IN 47401
(812) 555-9721
www.stewart&stewart.com

De: CarlyStewart@StewartImoveis.com
Enviado em: 17 de março 11:45:25
Para: ReedStewart@reedstewart.com; MarshallStewart@StewartImoveis.com
Assunto: RES: Nossos pais

Eu NÃO acabei de ver isso.

Carly R. Stewart | contabilista | Stewart Imóveis | Av. South Moore, 801, Bloomville, IN 47401 | telefone (812) 555-8722 | entre em StewartImoveis.com para visitar os imóveis

De: MarshallStewart@StewartImoveis.com
Enviado em: 17 de março 11:47:48
Para: ReedStewart@reedstewart.com; CarlyStewart@StewartImoveis.com
Assunto: RES: Nossos pais

Carly, minha irmã sabe ser legal às vezes. Ela não é uma bruxa da Disney, não importa o quanto você prefira que ela seja.

De: CarlyStewart@StewartImoveis.com
Enviado em: 17 de março 11:49:00
Para: ReedStewart@reedstewart.com; MarshallStewart@StewartImoveis.com
Assunto: RES: Nossos pais

Ah, não! Ela é muito legal! Ela é ótima. Já disse o quanto eu amo sua irmã? Ela é tão encantadora e gentil, e não precisa nem um pouco de terapia.

Carly R. Stewart | contabilista | Stewart Imóveis | Av. South Moore, 801, Bloomville, IN 47401 | telefone (812) 555-8722 | entre em StewartImoveis.com para visitar os imóveis

---

De: ReedStewart@reedstewart.com
Enviado em: 17 de março 11:52:11
Para: CarlyStewart@StewartImoveis.com; MarshallStewart@StewartImoveis.com
Assunto: RES: Nossos pais

Tenho que ir.

De: CarlyStewart@StewartImoveis.com
Enviado em: 17 de março 11:54:01
Para: ReedStewart@reedstewart.com; MarshallStewart@StewartImoveis.com
Assunto: RES: Nossos pais

Fazer terapia? Acho que todo mundo.

Carly R. Stewart | contabilista | Stewart Imóveis | Av. South Moore, 801, Bloomville, IN 47401 | telefone (812) 555-8722 | entre em StewartImoveis.com para visitar os imóveis

De: ReedStewart@reedstewart.com
Enviado em: 17 de março 11:57:16
Para: CarlyStewart@StewartImoveis.com; MarshallStewart@ StewartImoveis.com
Assunto: RES: Nossos pais

Não, preciso sair da conversa. Acabei de ver o carro de Becky chegando. Mas, por algum motivo, ela não saltou.

Ela estava aqui mais cedo, Connie contou, e depois saiu quando cheguei — ela disse que tinha que resolver alguma coisa. Agora ela voltou, mas está sentada no carro.

A gente saiu ontem à noite, e não terminou muito bem. Vai ver ela está com medo de entrar. Devo ir lá fora?

De: Marshall Stewart@StewartImoveis.com
Enviado em: 17 de março 12:00:22
Para: ReedStewart@reedstewart.com; CarlyStewart@ StewartImoveis.com
Assunto: RES: Nossos pais

Sim, Reed, uma ideia muito boa seria você sair, com um som portátil sobre a cabeça, e ao som de Peter Gabriel encarar Becky fixamente.

De: CarlyStewart@StewartImoveis.com
Enviado em: 17 de março 12:01:27
Para: ReedStewart@reedstewart.com; MarshallStewart@ StewartImoveis.com
Assunto: RES: Nossos pais

Marshall, não seja maldoso.

Reed, não preste atenção. Tenho certeza de que ela está ao telefone, ou olhando as anotações ou algo do tipo.

Conte de ontem. Por que não foi bem? O que aconteceu?

Carly R. Stewart | contabilista | Stewart Imóveis | Av. South Moore, 801, Bloomville, IN 47401 | telefone (812) 555-8722 | entre em StewartImoveis.com para visitar os imóveis

---

De: ReedStewart@reedstewart.com
Enviado em: 17 de março 12:02:26
Para: CarlyStewart@StewartImoveis.com; MarshallStewart@ StewartImoveis.com
Assunto: RES: Nossos pais

Não aconteceu nada. Pelo menos nada que eu vá contar a vocês.

Acho que ela está ouvindo música. Acho que é... Beyoncé.

De: MarshallStewart@StewartImoveis.com
Enviado em: 17 de março 12:03:22
Para: ReedStewart@reedstewart.com; CarlyStewart@StewartImoveis.com
Assunto: RES: Nossos pais

Xi, cara. Você está ferrado.

De: CarlyStewart@StewartImoveis.com
Enviado em: 17 de março 12:05:54
Para: ReedStewart@reedstewart.com; MarshallStewart@StewartImoveis.com
Assunto: RES: Nossos pais

Marshall, pare com isso!

Reed, tenho certeza de que o que aconteceu ontem à noite não foi tão horrível quanto você imagina. Fale com ela.

Carly R. Stewart | contabilista | Stewart Imóveis | Av. South Moore, 801, Bloomville, IN 47401 | telefone (812) 555-8722 | entre em StewartImoveis.com para visitar os imóveis

---

De: ReedStewart@reedstewart.com
Enviado em: 17 de março 12:07:46
Para: CarlyStewart@StewartImoveis.com; MarshallStewart@StewartImoveis.com
Assunto: RES: Nossos pais

Tá bom. Não custa tentar.

TELA DO TELEFONE DE BECKY FLOWERS

BECKY FLOWERS	13:45	94%
HOJE	TODAS	PERDIDAS

> **Reed** — 12:25
> Oi.

> **Becky** — 12:25
> Olá.

> **Reed** — 12:25
> Olhe, desculpe por ontem.

> **Becky** — 12:25
> Não precisa se desculpar. Foi culpa minha.

> **Reed** — 12:26
> Como que foi culpa sua? Você disse que queria uma relação profissional, e me deixei levar. Em minha defesa, acho que a lua pode ter tido algo a ver com isso.

> **Becky** — 12:26
> Engraçado, achei que foi o saquê.

> **Reed** — 12:26
> Teve bastante disso também. De qualquer jeito, não vai acontecer de novo. A não ser que você queira.

> **Becky** — 12:26
> Acho que a gente consegue evitar essa situação ficando longe da lua e do saquê. Esse cenário, por exemplo, não contribui para o romance. O que você acha que aconteceu aqui? Estava completamente organizado ontem, quando fui embora.

Reed   12:26
Ah, é, foi mal. Foi minha irmã, também conhecida como Furacão Trimble. Aparentemente, Richard não ficou muito feliz quando voltou do jantar e descobriu que os jornais tinham sido retirados, então ligou para ela e se queixou. Ela veio aqui e decidiu levar o que pensava ser seu de direito, o que me parece um monte de panelas de fondue, uma variedade de copos com iniciais e boa parte dos móveis da sala de jantar.

Becky   12:26
Que gentil. Estou vendo que ela também vasculhou os depósitos.

Reed   12:26
Aparentemente. E as caçambas de lixo. Minha irmã é bem detalhista. Imagino que ela venha mais tarde buscar o lustre.

Becky   12:26
É bom ter algo agendado para animar a vida. Sua irmã sempre foi muito independente.

Reed   12:26
É um jeito de encarar.

Becky   12:27
Então, fiquei sabendo que tenho que te dar parabéns.

Reed   12:27
Ah, você ficou sabendo do patrocínio do Lyrexica?

Becky   12:27
Não sei o que é Lyrexica. Estava falando do Trapaça ter retirado as queixas contra seus pais.

Reed   12:27
Ah, é. Sim, muito bom. Acho que é tudo graças a sua mãe.

> **Becky** — 12:27
> Ah, não chega a tanto. Mas, sim, quando ela se empolga com uma causa, é sempre muito boa em conseguir a atenção dos outros e organizar uma solução.

Reed — 12:27
Tal mãe, tal filha.

> **Becky** — 12:27
> Pare, está me deixando encabulada. Achei que tínhamos combinado de ser profissionais.

Reed — 12:27
Desculpe. Mas é verdade.

> **Becky** — 12:28
> Minha mãe também saiu ganhando com o boicote. Ela vendeu um milhão de Paus de Bênção para os manifestantes.

Reed — 12:28
O que é um Pau de Bênção?

> **Becky** — 12:28
> É um... esquece.
>
> Você vai ao evento beneficente hoje à noite? Ela vai vender o pau lá também.

Reed — 12:28
Como eu poderia faltar o evento beneficente em prol de meus pais?

Marshall disse que a gente tem que ir, ou nossa imagem ficará queimada para sempre nessa cidade.

> **Becky** — 12:28
> Noto que está sorrindo, e seus pais também acham engraçado... mas como você está se sentindo de verdade?
>
> Conheço você. Deve estar morto de vergonha.

> **Reed** — 12:28
> Vai ser ainda mais vergonhoso quando a imprensa souber da história e ela for debatida no *DI*.

> **Becky** — 12:28
> O que é *DI*?

> **Reed** — 12:29
> "Desculpe Interromper". É um programa esportivo... agora sou EU que digo esquece.
>
> Quer saber? Tudo bem. O pessoal da cidade está sendo gentil com meus pais. Não me lembro de serem assim quando eu morava aqui.

> **Becky** — 12:29
> Bem, Bloomville pode ser uma cidade minúscula no meio do nada, mas tem seus pontos positivos. Um deles é o pessoal que mora aqui.

> **Reed** — 12:29
> Concordo completamente.

> **Becky** — 12:29
> Se um dia precisar, pode contar com eles.

> **Reed** — 12:29
> Isso é bem verdade. Me faz questionar por que fui embora.

> **Becky** — 12:29
> Ignorando o fato de que seu pai o expulsou?

> **Reed** — 12:29
> Sim. Mas estou começando a questionar se eu não devia ter sido mais forte e lutado para ficar. Eu devia ter lutado por muito mais coisas.

> **Becky** — 12:30
> Não tenho certeza. Se você não tivesse ido embora, não seria quem é hoje.

Reed — 12:30
Não tenho certeza se isso seria algo ruim.

Becky — 12:30
Está tentando ouvir elogios?

Reed — 12:30
Pego no flagra.
OK, vou reformular: se eu não tivesse ido embora, talvez VOCÊ não tivesse se tornado quem é hoje — e você é bem maravilhosa!

Becky — 12:30
Agora sim. Por falar nisso, achei que hoje eu podia usar minha maravilhosidade para arrumar o quarto principal. Lá, com certeza, há coisas que acho melhor você não ver. Então sugiro que fique com o escritório.

Reed — 12:30
Que tipo de coisas?

Becky — 12:30
Que tipo de coisas VOCÊ guarda em SEU quarto?

Reed — 12:30
Meus pais NÃO guardam vídeos pornô no quarto. E nem eu. Só está insinuando isso para me manter afastado; está louquinha por mim e sabe que não consegue resistir a minha forma máscula.

Becky — 12:30
Na verdade, consigo resistir facilmente a sua forma máscula, e não estava falando de pornô de jeito algum. Estava falando de coisas tipo fraldas geriátricas. Muitos idosos usam. Não é motivo para vergonha, mas muitas vezes os filhos ficam constrangidos quando descobrem...

Reed — 12:31
Jesus! Vou ficar no escritório de meu pai.

> **Becky**   12:31
> Ohn, você escreveu pai.

> **Reed**   12:31
> O quê?

> **Becky**   12:31
> É a primeira vez que você o chama de pai, e não de Richard ou juiz. Quem sabe esteja começando a se apegar novamente.

> **Reed**   12:31
> Estou me apegando a alguém, mas não a meu pai.

> **Becky**   12:31
> Inadequado. Você está banido. Boa sorte com toda aquela papelada. Parece que o Furacão Trimble também atacou o escritório.

> **Reed**   12:32
> Você não merece mais ver isso, porque está sendo muito indelicada, mas aí vai, minha sobrinha Courtney fez isso para você.

> **Becky**   12:32
> Do que você está falando?

> **Reed**   12:32
> Vou mandar anexado. Courtney ficou muito impressionada quando a conheceu ontem, na hora que Carly levou as meninas para buscar a vovó e o vovô ao jantar — sem saber, claro, que fazia parte de um plano elaborado a fim de privar o vovô de uma de suas grandes alegrias na vida, sua coleção de jornal.
> Enfim, quando Courtney chegou em casa, parece que se sentiu inspirada a incluí-la no trabalho que ela precisava fazer sobre a família. Carly achou tão divertido que escaneou, para que você tivesse uma cópia. Acho que merece um 10, mas decida sozinha. Aproveite.

 Arquivo

Minha família
por
Courtney Stewart

Minha família é composta por minha mãe, meu pai, minha irmã Bailey, minha irmã mais nova Taylor e nosso cachorro, Blinky.

Nós moramos em Bloomville, Indiana, EUA, planeta Terra, em uma casa na Rua Precipício de Pedra, só que não tem nenhum precipício.

Minha irmã Bailey tem 7 anos e gosta de se vestir de Homem-formiga ou de chefe de tribo indígena. Minha mãe diz que Bailey está numa fase e que devo ignorar.

Minha irmã Taylor tem 4 anos e gosta de princesas. Minha mãe diz que ela também está numa fase.

Minha tia Trimble e o tio Tony moram na mesma cidade em uma rua diferente com meus dois primos, Tony Jr. e Ty. Tony Jr. e Ty são adolescentes e estudam numa escola diferente. Eles não têm animais de estimação. Minha mãe diz que a tia Trimble diz que animais são sujos e têm germes.

Mamãe diz que nosso cachorro Blinky não é sujo, e eu sei que é verdade porque a gente dá banho nele uma vez por mês.

O vovô e a vovó também moram na cidade, mas estão de mudança para a Flórida porque o vovô não para de escorregar na neve. Minha mãe diz que um dia desses ele vai quebrar o quadril.

Meu tio Reed está de visita da Califórnia para ajudar na mudança da vovó e do vovô. Ele está dormindo na minha cama. Ele canta músicas engraçadas para a gente sobre um sapo falante e outra sobre um caubói chamado Joe. Ele mostrou um filme de alienígena para a gente, até a hora que mamãe chegou em casa e disse que era assustador demais e mandou desligar.

O tio Reed contratou uma moça chamada Senhorita Flowers para ajudar na mudança da vovó e do vovô. Ela trouxe um monte de coisas grandes de depósito para a casa deles. E também lixeiras. Mamãe disse "não entrem nas lixeiras", mas o tio Reed falou que tudo bem, então Bailey entrou numa e encontrou um sapato, e o tio Reed falou que ela podia ficar com ele, então ela ficou.

O tio Reed fala que a Senhorita Flowers ajuda as pessoas quando elas têm coisas demais. Meus avós têm tantas coisas que não dá nem para andar pela casa, e isso deixa meu pai triste e às vezes irritado, então ele grita. Mamãe diz que é só uma fase.

Fico feliz que a Senhorita Flowers tenha entrado para a família. O tio Reed disse que quando ela terminar o trabalho, vou poder visitar a vovó e o vovô na Flórida, e nadar e visitar a DISNEY. Mal posso ESPERAR!

Observação do tio Reed: o tio Reed fala muito sobre a Senhorita Flowers.
É porque isso não é só uma fase.

CHAT APP!
MENSAGENS PESSOAIS EM TEMPO REAL

CONVERSAS (1) BECKY FLOWERS 17 DE MARÇO

online

Becky Flowers criou a conversa "Reed Stewart"

Leeanne Matsumori 12:44
(offline)

Leeanne Matsumori 12:44
(offline)

Leeanne Matsumori 12:44
(offline)

Becky Flowers 12:45
Saco. Você não está aqui! Sei que é porque está em algum lugar no Pacífico, voltando para casa, e só vai receber isso daqui a muitas horas, se é que vai.
Mas preciso dizer isso a alguém:

Eu amo Reed.

Eu ainda o amo, mais que nunca.

E está me matando!

Ele está me matando. Toda vez que diz meu nome, ou olha para mim, toda vez que ele ri, mesmo que esteja contando uma piada idiota sobre as canecas idiotas de Melhores Avós do Mundo que os pais acumulam, está roubando meu coração, arrancando do meu peito, esmagando em uma bolinha e guardando no bolso, de forma tão casual, como se fosse um guardanapo usado.

E está me matando! Ele nem faz ideia.

Mas é verdade.

E não há nada que eu possa fazer.

E quando ele for embora — porque é claro que ele vai embora; por que ele ficaria logo aqui?, ainda mais *agora* que eu disse a ele que nada pode acontecer entre nós —, ele vai levar meu coração, igualzinho como fez da outra vez.

E, como da outra vez, vou ficar sem nada, *nada*, sem coração, sem vontade de viver, nada. Vou ficar igual ao Homem-de-lata do *Mágico de Oz*, com uma casca de metal vazia no lugar do coração, que ecoa quando alguém bate.

E não estou nem aí. Não há nada que eu possa fazer. Não posso impedir, ou largar esse trabalho e fugir para me proteger, como eu deveria, porque não quero. Isso me deixaria longe dele, e não aguento ficar longe. Esse é meu nível de fraqueza.

Quando ele chega, perco o ar. Quando ele pergunta, "O que a gente vai almoçar?", só consigo pensar "Você, você, *você*".

Eu tentei. De verdade. Passei uma hora longe hoje de manhã — fingi que fui à Home Depot comprar mais fita, mas fiquei dirigindo, pensando, *O que estou fazendo? Não volte.*

Mas voltei e fiquei no carro cinco minutos, ouvindo Beyoncé para me dar forças, até que ele saiu da casa para me perguntar algo, e nem lembro o que era. Quando vi seu cabelo preto brilhando na luz do sol — por que seu cabelo tem que ser tão cheio e escuro e bagunçado? —, só consegui pensar, *Estou perdida. Estou perdida para sempre.*

Qual é meu problema? Eu não me sentia tão mal assim antes, e estava no colégio. A gente nem transou ainda, só nos beijamos, e, quando a mão dele tocou sem querer a minha ao empacotarmos alguns papéis, uns minutos atrás, achei que todas as terminações nervosas de meu corpo fossem explodir.

E EU TENHO UM NAMORADO. E NÃO É ELE.

Entreguei minha alma a Reed Stewart, depois de ter jurado que não faria isso.

Não de novo.

O que vou fazer?

Até o deixei comprar Blarney Burguer do Trapaça para o almoço dos pais. Para todos nós. Era o que o juiz e Connie queriam, e, embora eu tenha certeza de que essa seja a pior comida para um homem cardíaco, um único olhar daqueles olhos azul-claros suplicantes, como se dissessem, "Ah, fazer o quê? São meus pais e são velhos, o que podemos fazer?", e cedi.

Cheguei a esse nível. Estou permitindo que ele mate os próprios pais com sódio e gordura saturada.

Estou condenada, Leeanne. Por favor, volte logo para casa e me salve.

> # TELA DO TELEFONE DE REED STEWART

REED STEWART	14:20	72%
HOJE	TODAS	PERDIDAS

De: LyleStewart@FountainHill.org
Data: 17 de março 13:08:22
Para: ReedStewart@reedstewart.com
Assunto: RES: Ela

Meu caro garoto, serei breve, pois minha *Phalaenopsis amabilis* está sendo julgada (e se me permite a ousadia, deve ganhar prêmios em diversas categorias. Não estou sendo exibido, é apenas a verdade. Não sei qual é o problema dos jardineiros de hoje em dia. Parecem que perderam o bom-senso).

Mas achei seu último e-mail muito divertido. Não que eu não sinta empatia por sua cruzada — nunca se prova agradável ter a intenção romântica rejeitada.

No entanto, a resposta para seu problema é óbvia. E, ainda assim, você não consegue enxergar... ou ainda não está pronto.

Releia seus antigos e-mails para mim. Você mesmo escreveu a resposta.

Talvez, quando jovens, sejamos cegos demais para ver o desejo de nossos corações, mesmo quando bem diante de nós. Às vezes me pergunto o porquê disso. Seria orgulho mal direcionado, ou um desejo de levar uma vida mais emocionante que a de nossos antecessores?

Nesse caso, acredito que parte de você tenha medo de seguir a estrada traçada pelo destino, talvez porque ache que será levado para um lugar triste e pesado — um lugar onde já esteve muitas vezes antes, e de que desgosta desde criança.

No entanto, você não parece perceber que a estrada é diferente para cada um, com suas próprias curvas e imprevistos, e leva cada um a um destino único. Sua estrada não irá levá-lo necessariamente para o mesmo lugar triste e pesado, mesmo que, de longe, pareça que sim. Sua estrada pode levá-lo a um lugar completamente distinto... algum lugar muito melhor do que você já imaginou.

Até que perceba isso, Reed, será sempre infeliz e jamais alcançará seu objetivo final.

É tudo que posso dizer.

Estão chamando para a entrega dos prêmios. Tenho fé de que tomará a decisão certa. Eventualmente, sempre parece fazer isso, embora eu deva dizer que você faz tudo no próprio passo. Boa sorte.

Com afeto,
Tio Lyle

De: ReedStewart@reedstewart.com
Data: 17 de março 13:25:15
Para: LyleStewart@FountainHill.org
Assunto: RES: Ela

Querido tio Lyle,

Obrigado pelo e-mail. De verdade.

Mas o que você achou que seria útil, ou achou que faria sentido para mim, bem, não foi e não fez. Não faço ideia do que você está falando. Que estrada? Que lugar triste?

Era para ser algum tipo de referência jedi estranha? Ou budista, ou algo do tipo?

Mas, de novo, obrigado por tentar ajudar.

Espero mesmo que sua flor ganhe.

Beijos,

Seu Sobrinho Favorito
Reed

> # TELA DO TELEFONE DE BECKY FLOWERS

BECKY FLOWERS	14:45	94%
HOJE	TODAS	PERDIDAS

De: GrahamTucker@AutenticoBoutiquedeQueijoseVinhos.com
Data: 17 de março 02:24:11
Para: Becky@MovingUp.com
Assunto: Você

Querida Becky,

Oi, estou mandando uma mensagem para saber se você está bem! Não tive notícias suas nos últimos dias. Sei que está com um cliente novo (sua irmã me disse), então anda ocupada.

Mas estava querendo saber se vou vê-la hoje à noite? Vamos ter uma degustação bem legal lá na boutique. Temos um cheddar irlandês que você vai amar. Sei o quanto minha garota ama queijo.

Estou só me perguntando se ela ainda me ama?

Bjs,
Graham

Conheça o Autêntico para conhecer os sabores mais AUTÊNTICOS de sua vida!
Autêntico — Praça do Fórum de Bloomville — Bloomville, Indiana

---

De: Becky@MovingUp.com
Data: 17 de março 02:35:19
Para: GrahamTucker@AutenticoBoutiquedeQueijoseVinhos.com
Assunto: RES: Você

Oi, Graham. Desculpe o sumiço dos últimos dias. Como Nicole disse, esse cliente novo anda tirando todas as minhas forças.

Não acho que vou conseguir aparecer no Autêntico hoje à noite. Acho que preciso ir ao evento beneficente dos Stewart no colégio.

Eu convidaria você para me acompanhar, mas sei que tem sua festa.

E, sendo sincera, Graham, andei pensando muito ultimamente, e não tenho certeza de que estou no melhor momento para me envolver com alguém. Acho que estou tendo uma crise de um quarto de século. Acho que preciso passar um tempo sozinha antes de me comprometer emocionalmente.

Peço desculpas por dizer isso através de um e-mail, mas achei que seria melhor que soubesse disso agora que esperar para me ouvir pessoalmente, porque sei que vai pensar que foi culpa sua, e com certeza não foi.

Todo mundo brinca com a frase "não é você, sou eu", mas nesse caso não teve *absolutamente* nada a ver com você. Realmente preciso de um tempo para me conhecer melhor, e não ousaria pedir que você esperasse, porque sei que quer ter uma família, e esse tipo de coisa não deveria ser deixada de lado.

Espero que entenda e que a gente possa continuar sendo amigos. Desejo o melhor a você.

Becky,

BECKY FLOWERS, CMPTI

Moving Up! Consultoria Ltda., presidente

Enviado do meu celular, perdoe qualquer erro de digitação

De: GrahamTucker@AutenticoBoutiquedeQueijoseVinhos.com
Data: 17 de março 02:45:23
Para: Becky@MovingUp.com
Assunto: Você

Querida Becky,

Claro que entendo. Fico triste, porque achei que a gente se dava bem e formava uma boa dupla.

Mas com toda a certeza, também desejo o melhor a você e fico feliz que tenha sido tão sincera comigo (eu não esperaria nada diferente de você, porque sua integridade foi uma das primeiras coisas que me atraiu).

Na verdade, estou aliviado com sua mensagem porque andei ouvindo coisas (a cidade é pequena, como você sabe) de que um ex-namorado seu estava de volta, e que você estava trabalhando para os pais dele, e comecei a ficar preocupado de que esse era o motivo de seu sumiço — que vocês dois estavam juntos de novo, ou algo assim.

Eu devia ter adivinhado que não era verdade. Você não é desse tipo!

Fico feliz que a gente continue amigo, pelo menos. Sempre haverá um banco ergonômico para você no Autêntico ;-)

Graham

Conheça o Autêntico para conhecer os sabores mais AUTÊNTICOS de sua vida!
Autêntico — Praça do Fórum de Bloomville — Bloomville, Indiana

CHAT APP!
MENSAGENS PESSOAIS EM TEMPO REAL

| CONVERSAS (1) | BECKY FLOWERS | 17 DE MARÇO |

online

Becky Flowers criou a conversa "Reed Stewart"

Leeanne Matsumori — 15:04
(offline)

Leeanne Matsumori — 15:04
(offline)

Leeanne Matsumori — 15:05
(offline)

Leeanne Matsumori — 15:06
(offline)

Becky Flowers — 15:06
Me mate. Por favor. Estou implorando.

Becky Flowers — 15:07
OK, nem tanto.

Mas, se acontecesse um pequeno terremoto nesse instante e arrancasse o cata-vento do alto do fórum e ele caísse sobre a minha cabeça e me apagasse pelas próximas 24 horas, eu não reclamaria; contanto que não houvesse sequelas permanentes.
Na cabeça, não no cata-vento.

TELA DO TELEFONE DE REED STEWART

REED STEWART	15:45	63%
HOJE	TODAS	PERDIDAS

Enrique Alvarez — 15:12
Só para saber se você recebeu as fotos que mandei. O que achou?

Reed Stewart — 15:12
É perfeito. Richard e Connie amaram.

Enrique Alvarez — 15:12
Quem seriam Richard e Connie?

Reed Stewart — 15:12
Meus pais, gênio.

Enrique Alvarez — 15:12
Você chama seus pais pelo nome? Que falta de respeito é essa?

Reed Stewart — 15:12
Meu pai merece. Aliás, você é péssimo de conselho sobre mulheres. ELA usou o Big Bertha EM MIM.

Enrique Alvarez — 15:12
Por quê? O que você fez para ela?

Reed Stewart — 15:12
Nada. Tivemos uma noite incrivelmente romântica, e depois lhe dei um beijo de despedida sob o luar.

Enrique Alvarez — 15:13
Qual é seu problema, cara? Isso é o total oposto do que falei para você fazer.

Reed Stewart — 15:13
Como pode ser o contrário do que você me disse? Você me disse para usar o Big Bertha e resolver o problema.

Enrique Alvarez — 15:13
Quando falei isso, quis dizer para você mostrar o homem em que se transformou, e não o garoto que era da última vez que ela o viu, bróder.

Um homem que se importa com as coisas que ela se importa.

Um homem sofisticado e charmoso.

Não disse para ser um homem que se aproveita de uma vulnerável mulher de negócios interiorana, atacando a coitada como um macaco a um monte de banana.

Reed Stewart — 15:13
Valeu, Alvarez. Você realmente sabe como melhorar meu dia.

O que posso fazer para tê-la de volta se ela não quer sair comigo?

Enrique Alvarez — 15:13
Como assim de volta? Achei que você quisesse transar com ela.

Reed Stewart — 15:13
Aham, claro, isso mesmo.

Enrique Alvarez — 15:13
Que bom, porque, por um segundo, achei que você estava falando sobre se relacionar com uma mulher por mais que 3 meses.

Reed Stewart — 15:13
Bem, quero dizer, acho que com Becky pode ser diferente. Não sei.

> **Enrique Alvarez** 15:13
> Você não sabe.
>
> E uma dessas coisas que você não sabe tem a ver com ter um relacionamento com alguém que mora em Indiana, enquanto você mora em Los Angeles?

> **Reed Stewart** 15:14
> Não sei. Talvez.

> **Enrique Alvarez** 15:14
> Talvez ela também não saiba. E talvez seja o motivo de ela ter Big Berthado você.

> **Reed Stewart** 15:14
> É, mas a gente poderia fazer um relacionamento a distância funcionar.

> **Enrique Alvarez** 15:14
> Como? Com a empresa dela e seus torneios?

> **Reed Stewart** 15:14
> As pessoas fazem isso.

> **Enrique Alvarez** 15:15
> Que pessoas? Está falando de Cutler? Já viu as últimas notícias sobre Cutler?

> **Reed Stewart** 15:15
> É, bem, eu não sou Cutler.

> **Enrique Alvarez** 15:15
> Sim, sei disso. Se fosse, eu estaria ganhando dinheiro.

> **Reed Stewart** 15:15
> Ui. Sério, Alvarez? Vai chutar um cachorro morto?

Enrique Alvarez — 15:15
Acho que agora já sei por que a jovem tem resistência a você.

Reed Stewart — 15:15
Por quê? Do que você está falando?

Enrique Alvarez — 15:16
O que sempre digo que precisa fazer para voltar a jogar bem e ser um campeão de novo?

Reed Stewart — 15:16
Coisas que literalmente não fazem sentido algum.

Enrique Alvarez — 15:16
Tipo?

Reed Stewart — 15:16
Lembre seu amor pelo jogo.

Enrique Alvarez — 15:16
E que mais?

Reed Stewart — 15:16
Seja criança de novo.

Enrique Alvarez — 15:16
Isso.

Reed Stewart — 15:16
São dois conselhos terríveis que, até agora, foram completamente inúteis.

Enrique Alvarez — 15:16
Porque não parou para pensar neles.

> **Reed Stewart** — 15:16
> Como amar o jogo e ser uma criança de novo vai ajudar minha vida amorosa?

Enrique Alvarez — 15:16
Você vai descobrir. Ou não. E vai continuar perdendo no esporte e no amor.

> **Reed Stewart** — 15:16
> Alvarez, você está bêbado? Ai, você está bêbado. Está bebendo com o caddie de Cutler, não é?

Enrique Alvarez — 15:16
Erin go Bragh.

> **Reed Stewart** — 15:16
> Eu esqueci. É dia de São Patrício. Vocês estão no pavilhão do Reino Unido no Epcot, bebendo cerveja verde. Hilário, Alvarez. Simplesmente hilário.

> **Reed Stewart** — 15:16
> Alvarez?

> **Reed Stewart** — 15:17
> Espero que não esteja usando o cartão corporativo.

TELA DO TELEFONE DE BECKY FLOWERS

BECKY FLOWERS	15:45	98%
HOJE	TODAS	PERDIDAS

> **Nicole F** — 15:28
> Jesus Cristinho, você terminou com o lenhador hipster?

> **Becky F** — 15:28
> Como...??????

> **Nicole F** — 15:28
> Henry acabou de esbarrar com o lenhador hipster no Kroger, e ele contou.

> **Becky F** — 15:28
> O que Henry está fazendo no Kroger no meio do expediente?

> **Nicole F** — 15:28
> Ele recebeu um chamado. É São Patrício. Dois bêbados idiotas estão brigando por um pedaço de bacon.
> Me conte o que aconteceu com você e o lenhador hipster?

> **Becky F** — 15:28
> Não aconteceu nada. Só não estou pronta para entrar em um relacionamento sério.

> **Nicole F** — 15:29
> Meu Deus. Então é verdade? Vocês realmente terminaram?
>
> E você disse que é porque VOCÊ não está pronta para ter um relacionamento sério?
>
> Sabe que isso é o mesmo que o Papa pedir demissão porque decidiu que é ateu?

> **Becky F** 15:29
> Nicole, dá para parar? Como anda a loja da Sra. Stewart no Etsy?

Nicole F 15:29
Ótima. Marquei com um leiloeiro semana que vem para ele ver os malhetes do juiz. Rá, escrevi "os malhetes do juiz". Mas enfim.

Você terminou com o lenhador hipster por causa de Reed? Fale a verdade.

> **Becky F** 15:29
> Não tenho tempo para isso, Nicole. O serviço de proteção animal vai chegar em alguns minutos para capturar o guaxinim, e preciso preparar o emocional da Sra. Stewart. Ela se apegou muito a Ricky.

Nicole F 15:29
Ela não é a única pessoa apegada a alguém naquela casa. Você e Reed foram vistos juntos ontem à noite, sabe?

> **Becky F** 15:29
> E daí? Não vou negar que a gente se encontrou ontem. Jantamos no Matsumori. Passamos a noite inteira falando dos pais dele. Usei o AmEx Gold porque vou botar como despesa de negócios.

Nicole F 15:29
Não, não usou, porque olhei a planilha assim que fiquei sabendo, e não tinha nenhum recibo ali. Ele pagou, não foi? Então vocês NÃO falaram apenas de negócios, e por isso você se sentiu culpada ao usar o AmEx de negócios. E deixou que ele pagasse. Eu conheço você.
E depois você permitiu que ele a beijasse.

> **Becky F** 15:30
> Não deixei.

> **Nicole F** — 15:30
> Deixou, sim, porque o primo do namorado da irmã de Henry joga sinuca no Stick & Stein toda noite com um dos garçons do Matsumori, e ele disse que o garçom falou que viu você beijando Reed Stewart no estacionamento no fim do turno dele ontem à noite.

> **Becky F** — 15:30
> Jesus, essa cidade é pequena DEMAIS.
>
> Enfim, tanto faz. Foi um beijo de despedida antes de cada um entrar no próprio carro.

> **Nicole F** — 15:30
> Claro. Porque todo mundo dá um beijo de despedida no cliente bonitão e jogador profissional de golfe. E, no dia seguinte, termina com o namorado.

> **Becky F** — 15:31
> Não vou ficar falando sobre isso via mensagem. Falo com você mais tarde, quando a gente chegar em casa. Talvez.

> **Nicole F** — 15:31
> Pode apostar. Quero detalhes. Tipo, onde vai ser o casamento. E se vou ser a madrinha ou se vai ser Leeanne? Acho que deveria ser eu, porque Leeanne nem mora mais aqui.

> **Becky F** — 15:32
> Não é nada disso, Nic. Eu e Reed Stewart não estamos juntos. E, por favor, não diga às pessoas que estamos.

> **Nicole F** — 15:32
> Com certeza, não vou. Fico com seu apartamento no porão quando você se mudar.

> **Becky F** — 15:32
> Não vou a lugar algum, Nicole. Pode acreditar.

> **Nicole F** 15:32
> Acho que você vai gostar de Los Angeles. Quero dizer, ouvi dizer que tem neblina de poluição, mas provavelmente também precisam de consultores de mudança para idosos por lá. Realmente acho que eles obrigam as pessoas a se mudar quando fazem 50 anos.
> Talvez até mesmo quando fazem 30.

>> **Becky F** 15:33
>> Você não é engraçada. Nem está certa em relação a nada disso. Aliás, é triste o quanto você está errada.

> **Nicole F** 15:33
> Eu estava certa sobre o lenhador hipster não ter nada a ver com você. Tenho razão agora também.
> Ah, mamãe quer saber: a que horas você vai encontrar com ela para irem ao evento dos Stewart?

>> **Becky F** 15:34
>> Encontro com ela aí às 17h15. E diga que não, não vou levar nenhum Pau de Bênção no meu carro.

> **Nicole F** 15:34
> Boa sorte.
>
> Adeus, Sra. Reed Stewart.

>> **Becky F** 15:34
>> Você não é engraçada.

TELA DO TELEFONE DE REED STEWART

REED STEWART	17:25	25%
HOJE	TODAS	PERDIDAS

> **Reed** — 17:15
> Oi, sou eu. Cheguei. Cadê vocês? Não estou encontrando vocês.

> **Marshall** — 17:15
> Estamos no castelo pula-pula, Reed. Onde mais? Tenho filhas pequenas. Minha vida inteira se resume a castelos pula-pula, e assim será pela próxima década.

> **Reed** — 17:15
> Ui, desculpe. Você podia estar facilmente na pintura facial ou no sorvete.

> **Marshall** — 17:15
> No castelo pula-pula, Reed. Vejo castelos pula-pula quando fecho os olhos à noite.

> **Reed** — 17:15
> Me juntarei a vocês em breve. Avistei uma distração.

> **Marshall** — 17:15
> Você passou O DIA TODO COM ELA. Dê um tempo para a garota sentir sua falta.

> **Reed** — 17:15
> Estava falando do frango assado de Rhonda. Ah, e de Rhonda. Vou até lá dar um oi.
>
> Vou perguntar como ela descobriu que Richard e Connie perderam toda a grana.

Marshall   17:15
Para de falar deles como se fossem personagens do filme *Barfly — condenados pelo vício*.
E Carly faz questão que a gente seja visto comendo junto, como uma família. Não se encha de frango sem nós.

Reed   17:15
Você não se lembra de quantos frangos de Rhonda consigo comer?

Marshall   17:15
Ah, é. Por favor, deixe um pouco para o resto da galera.
E não me deixe sozinho no castelo!

TELA DO TELEFONE DE BECKY FLOWERS

BECKY FLOWERS	17:45	85%
HOJE	TODAS	PERDIDAS

> **Becky F** — 17:28
> Cadê você?

> **Nicole F** — 17:28
> Estou pintando meu rosto. Qual eu escolho, Fada Princesa Ninja ou Dama do Dragão Unicórnio?

> **Becky F** — 17:28
> Nenhum dos dois. Você tem que vir me ajudar com a barraca de Pau de Bênção da mamãe. Estamos sitiadas.

> **Nicole F** — 17:28
> Achei que você tinha dito que não ia deixar ela botar isso em seu carro.

> **Becky F** — 17:28
> Não deixei. Cheguei aqui e a barraca fica bem na entrada, e estava lotada de clientes. Como você não viu isso?

> **Nicole F** — 17:28
> Talvez eu tenha visto e saí correndo para a barraca de pintura facial a fim de adquirir um disfarce.

> **Becky F** — 17:28
> Não é tão ruim assim. O dinheiro vai para os Stewart.

> **Nicole F** — 17:29
> Continua sendo bem vergonhoso.

> **Becky F** — 17:29
> Que sua mãe, uma viúva, esteja ganhando uma fortuna com algo que ela inventou, construiu e vendeu sozinha? Como isso poderia ser vergonhoso?
>
> Deixe de ser criança e venha para cá. Não como desde o almoço.

> **Nicole F** — 17:29
> Tá bom, você tem razão. Estou indo.
>
> Mas siga meu conselho e não chegue perto do frango assado.

> **Becky F** — 17:30
> Por que, está ruim?

> **Nicole F** — 17:30
> Não, está incrível.
>
> Eu só não chegaria perto da mesa onde o frango está sendo servido para ficar longe de um certo ex-namorado.

> **Becky** — 17:30
> Graham está aqui? Que estranho, achei que ele passaria a noite na loja.

> **Nicole F** — 17:31
> Não, seu OUTRO ex-namorado.
>
> Nossa, sua vida ficou complicada ultimamente.
>
> Mas engraçado que você tenha pensado no lenhador hipster quando escrevi "ficar longe".
>
> Acho que acabei de descobrir por que você terminou com ele. Aquele beijo de ontem no estacionamento foi mais que um beijo amigável de despedida, não foi????

> **Becky F** — 17:31
> Você deveria pintar o rosto de babaca porque é isso que você é.

> **Nicole F** — 17:31
> Haha boa. Caguei.
>
> Pelo menos meu ex-namorado do colégio não está vindo em minha direção AGORA, com um prato de torta de cereja.
>
> Sabe, vocês dois ficam bem juntos.
>
> Então, por que você está tão vermelha?

> **Reed** — 17:33
> Oi.

> **Becky** — 17:33
> Oi.

> **Reed** — 17:33
> Está muito barulho.

> **Becky** — 17:33
> Sim. Os Harrison and the Fords compensam a falta de talento com entusiasmo.

> **Reed** — 17:33
> Acho que meu pai não está gostando.

> **Becky** — 17:33
> Não. Ele está de cara fechada. Mas sua mãe parece feliz.

> **Reed** — 17:33
> Parece que ela está esperando meu pai chamá-la para dançar.
>
> Deve ser verdade. Acho que eles se conheceram nesse ginásio há uns quarenta anos. É o que dizem.

> **Becky** — 17:33
> Acho fofo.

> **Reed** — 17:33
> Acho que sim. Estamos parecendo dois idiotas, trocando mensagens de texto um do lado do outro. Bem, você não. Você está incrível, como sempre.

> **Becky F** — 17:34
> Obrigada. Na verdade, vim atrás do frango.

> **Reed** — 17:34
> Eu também. E para falar com Rhonda. Descobrir como ela sabe que meus pais estão falidos. Mas ela parece atolada. Só consegui pegar torta. Quer um pouco?

> **Becky F** — 17:34
> Está me convidando para dividir uma torta com você, Reed Stewart?

> **Reed** — 17:34
> Você está dando em cima de mim, Becky Flowers?

> **Becky** — 17:34
> Claro que não.

> **Reed** — 17:34
> Você está vermelha. Desculpe. Olhe, sei que é estranho, mas você quer sair e...

Transcrição da entrevista com REED STEWART por Christina Martinez, *Gazeta de Bloomville*

CHRISTINA:
Oi, desculpe interromper vocês dois, mas sou Christina Martinez da *Gazeta de Bloomville*, e estamos muito ansiosos para conseguir uma entrevista com o jogador de golfe Reed Stewart, orgulho de Bloomville.
Reed, essa entrevista está sendo gravada com um aparelho WriteOn, que transcreve automaticamente as vozes em texto para que as transcrições sejam mais fáceis. Tudo bem por você?

REED:
Hum, na verdade, não. Não tenho tempo para uma entrevista agora. Estou aqui para curtir...

CHRISTINA:
Ótimo!
Então, o que traz você a Bloomville uma semana antes do que muitos dizem ser o campeonato mais importante de sua vida, depois de dois anos sem uma vitória e das derrotas sinceramente vergonhosas em Augusta e Doral? Você não deveria estar na academia... ou no campo em Orlando, se preparando para o Golden Palm na semana que vem?

REED:
Desculpe, tem muito barulho aqui. Não consigo ouvir você.

CHRISTINA:
Perdão, vou falar mais alto.
Foi o amor por seus pais, Reed? Muitas pessoas andam dizendo que foi o amor por seus pais que o trouxe a Bloomville nesse momento tão crucial da carreira.

REED:
Acredito que sim.
Olhe, embora minha família seja muito grata a todas as pessoas de Bloomville que vieram hoje prestar solidariedade, a verdade é que meus pais não precisam de ajuda financeira, então...

CHRISTINA:
Certo, porque as queixas do Trapaça Internacional Inc. foram retiradas, o que deve ter sido um alívio para você, certo, Reed? Isso tudo causou uma distração muito grande para o Golden Palm, Reed? Que muitos dizem ser o torneio mais importante da sua carreira?

REED:
Hum, não foi uma distração, e sim um mal-entendido.
 Estou muito feliz que tudo tenha dado certo, e que meus pais estejam bem, e na semana que vem vou entrar no campo e jogar como sempre. Tenho treinado muito minha tacada e recuperação de bola...

CHRISTINA:
E que tipo de vantagem, se é que teve alguma, foi dada a você ao crescer em uma cidade como Bloomville diante dos outros atletas profissionais de sua área?

REED:
Ah, bem, acho que... as pessoas. As pessoas de Bloomville são diferentes de todas as outras no mundo. São tão carinhosas e generosas e boas e...

CHRISTINA:
Vejo que você está direcionando sua opinião para uma cidadã em especial. Posso saber seu nome, senhorita?

BECKY:
Ah, não, ele estava brincando.

REED:
Rebecca Flowers. E não estou brincando. Devo tudo a ela. Estudamos juntos no colégio. Nessa escola. A gente se formou aqui há dez anos.

BECKY:
Ele está brincando. Quero dizer, a gente estudou aqui, mas ele está brincando quando diz que deve tudo a mim. Ele treinou muito para chegar onde chegou.

REED:
Bem, ela dirigiu o carrinho de golfe.

BECKY:
Reed.
 Ele continua brincando. Não dirigi. Quero dizer, de vez em quando, mas o sucesso dele não tem nada a ver com...

CHISTINA:
Você é Becky Flowers, não é? Presidente da Moving Up! Consultoria de Mudança para a Terceira Idade? Fizemos uma matéria sobre você no verão passado.

BECKY:
Sim, mas por favor não cite meu nome no...

REED:
Cite, sim. Ela *merece* ser citada. Não a parte sobre o carrinho. Aquilo foi uma brincadeira.

CHRISTINA:
Vocês namoravam no colégio. Várias pessoas me disseram isso hoje.

BECKY:
Ai, droga. Quero dizer, desculpe. Por favor, não bote isso... pode apagar isso?

CHRISTINA:
Não. Acho que não. O aparelho é novo, acabamos de comprar, na verdade nem sei como funciona. Então, vocês dois estão juntos outra vez?

BECKY:
Perdão?

CHRISTINA:
Vão reacender a chama do romance da época do colégio?

BECKY:
O quê? Não!

REED:
Sim. Ai. Você viu isso, Christina? Ela me bateu. Seu aparelhinho de voz consegue transcrever isso?

CHRISTINA:
Ok. Vou deixar de fora as questões pessoais. Mas em *off*, sério, como isso funcionaria? Becky, você pensa em se mudar de Bloomville? Porque uma cidade pequena como essa não pode se dar o luxo de perder mais nenhum negócio local, ainda mais um negócio que oferece um serviço tão vital quanto o seu. Mas eu entenderia. Administrar um negócio nessa economia não é fácil, e, sinceramente, essa cidade...
    (SEM ÁUDIO)
    Oops. Eu não deveria ter dito isso. Como que volta essa droga?

BECKY:
Hum, não, Christina, a Moving Up! não vai a lugar algum no momento, e nem eu. Estou concentrada em criar uma base de

clientes maior, e tenho família na cidade. Moro aqui desde criança, e é meu lugar favorito no mundo todo.

CHRISTINA:
Sério?

REED:
É, sério? Como você sabe? Você não foi a lugar algum para falar a verdade.

BECKY:
É, sei que quero passar o resto da vida perto de minha família.

REED:
Mas você toparia viajar para outros lugares, não?

BECKY:
Acho que sim. A curto prazo.

REED:
Quão curto? Porque, a fim de se qualificar para isenção de impostos no estado da Flórida, é preciso morar lá seis meses e um dia do ano.

BECKY:
Do que você está falando?

CHRISTINA:
Isso é sério? Porque me ofereceram um emprego na Flórida e eu devo aceitar para me livrar...
    Ah, espere um segundo, Reed. Parece que o juiz Stewart está subindo ao palco para um discurso de agradecimento aos que vieram apoiá-lo. Rob, pode tirar uma foto? Rob? Rob, sei que é impossível para você se concentrar um minuto que seja no trabalho, mas pode...
    (SEM ÁUDIO)

REED:
Sério? Então você nunca vai sair de Bloomville?

BECKY:
Eu não disse isso. Falei que não tinha planos de deixar a cidade *no momento*. Por que você está falando da Flórida?

REED:
Meu conselheiro financeiro me disse que pode ser mais vantajoso morar lá que na Califórnia ou, por exemplo, em Indiana, por causa dos impostos.

E, assim como você disse para meus pais, só porque alguém mora em outro estado, não quer dizer que não possa visitar a família.

BECKY:
Ah, que revelação. Você também podia, mas é a primeira vez que aparece em uma década.

REED:
Nem todo mundo é como eu.

BECKY:
Graças a Deus.

REED:
O que foi isso?

BECKY:
Nada.

CHRISTINA:
Vocês sabem que esse aparelho está captando tudo que vocês estão dizendo, não é?

BECKY:
Ah, desculpe.

CHRISTINA:
Não me importo. Achei que deveriam saber. Ah, olhe, o juiz vai falar.
(Aplausos)

JUIZ STEWART:
Obrigado, obrigado. Eu e a Sra. Stewart queremos dizer o quanto somos gratos por tudo que todos vocês têm feito por nós na última semana. Afinal, se não fosse por vocês, estaríamos sentados no xilindró, como dois passarinhos.
(Risos)

JUIZ STEWART:
Em especial, gostaria de agradecer à Sra. Beverly Flowers por todo o trabalho que teve para conseguir que o restaurante retirasse as queixas.
(Aplausos)

JUIZ STEWART:
Acho que eu e Connie vamos ficar em casa e pedir pizza por um tempo para deixar a gente fora de perigo.
(Risos)

JUIZ STEWART:
Agora, gostaria de falar do motivo pelo qual estamos aqui hoje. Foi muito gentil — muito gentil — da parte de Rhonda Jenkins ter organizado tudo isso para nós. Ela é uma boa mulher, e uma amiga ainda melhor. Acho que não poderia pedir uma amiga melhor.

(Aplausos, conversas inaudíveis)

JUIZ STEWART:
Mas o fato é que eu e a Sra. Stewart estamos bem financeiramente. É verdade que tivemos alguns desentendimentos com o governo por causa dos impostos, mas quem não tem hoje em dia?
(Risos)

JUIZ STEWART:
E é verdade que a nossa velha casa não anda tão bonita quanto já foi um dia. Mas eu e a Sra. Stewart também não.
(Risos)

JUIZ STEWART:
Minha nossa, eu me lembro de que um dos melhores dias de minha vida aconteceu bem aqui neste ginásio — quarenta e oito anos atrás, isso mesmo, e o lugar era novinho. Foi a primeira vez que avistei uma garota chamada Connie Duncan, e ela estava vestindo algo considerado bastante ousado para a época: uma minissaia.
(Risos)

JUIZ STEWART:
Eu sabia que estava perdido... mesmo tendo sido recém-eleito, como alguns de vocês lembram, o Vira-Copos do Clube da Fanfarra.

REED:
Do que ele está falando?

BECKY:
Você não sabe?

REED:
Não. Você sabe?

BECKY:
Não. Mas estou amando.

CHRISTINA:
Shhh, vocês dois!

JUIZ STEWART:

Deixarei vocês adivinharem o que eu tive que fazer para ter recebido tal honra, mas basta dizer que eu já estava caminhando um pouco torto. Eu fora coroado mais cedo no mesmo dia, no almoço de piquenique no lago Bloomville.

E, de repente, avistei a criatura com as pernas mais longas e a saia mais curta... que eu já tinha visto.

Bem, não foi só meu coração que perdi naquele dia. Perdi a cabeça também. Para falar a verdade, botei as tripas para fora bem ali naquele chão novinho... BUM!

(Sons de aplausos. Risos)

Quando acordei, quem estava acariciando minha cabeça, senão o mesmo anjo que havia me apagado com sua beleza, a senhorita Connie Duncan.

E soube bem ali que eu abriria mão do posto no Clube da Fanfarra e seguiria o caminho correto dali em diante, com Connie Duncan a meu lado... se ela me quisesse, e para minha sorte ela me quis — depois que eu me ergui, literalmente, do chão.

REED:

Não estou acreditando.

BECKY:

Você nunca ouviu essa história antes?

REED:

Não. Você já?

BECKY:

Ah, muitas vezes. Ele me mostrou a medalha de Vira-Copos.

REED:

Mostrou?

BECKY:

Não! Claro que não.

CHRISTINA:

Vocês se importam de parar de falar? Tem gente querendo ouvir.

JUIZ STEWART:

Então, a pedido da senhorita Connie Duncan, que — além de ter sido suspensa da escola naquele dia por ter vestido uma saia ousadamente curta— deu uma chance para um garoto que também foi suspenso naquele dia, por ter aparecido ao evento do colégio um pouco embriagado... de amor, claro...

(Risos)

Jovens! Viram? Até mesmo os idosos mais estimados cometem erros.

Mas a senhorita Duncan apostou em um jovem que não merecia, e ficou a seu lado nos momentos difíceis e proporcionou outros momentos muito, muito bons, incluindo três filhos de quem tenho muito orgulho, e que me deram cinco netos, de quem também tenho muito orgulho.

(Aplausos)

Então gostaria de pedir, em nome dela, que todo o dinheiro arrecadado hoje à noite não seja doado para nós, e sim para uma organização que merece bem mais: a Sociedade de Prevenção Contra a Crueldade Animal de Bloomville.

(Aplausos, gritos)

BECKY:
Meu Deus, Reed. Que coisa incrível! Seus pais são as pessoas mais...

REED:
Sim. Sim, eles são, não é mesmo?

BECKY:
E você não sabia de nada disso?

REED:
Não fazia ideia. Ele nunca contou essa história.

BECKY:
Seu pai é o campeão Vira-Copos do Clube da Fanfarra. E sua mãe foi suspensa por se vestir de forma ousada!

REED:
Faz a gente pensar, né?

BECKY:
Bem, acho que sim... não sei. Sobre?

REED:
Caminhos.

BECKY:
Caminhos. Que caminhos?

REED:
Os caminhos que não nos levam aos mesmos lugares.

BECKY:
Não tenho ideia do que você está falando. Está falando da estrada menos percorrida, do poema de Frost?

REED:
Do oposto.

CHRISTINA:
Reed, você tem algum comentário sobre o discurso de seu pai? Como pôde ver pela reação do público, eles amaram. É realmente um homem extraordinário. Você sabia que ele tinha sido o campeão Vira-Copos do Clube da Fanfarra?

REED:
Não.

CHRISTINA:
Como você se sentiu ao ouvir isso?

REED:
Nunca senti tanto orgulho dele como agora.

CHRISTINA:
Sério? Está sentindo mais orgulho agora que quando ele libertou o Assassino dos Halteres?

REED:
Sim. Meu pai sempre foi um cara de classe, mas nunca pensei nele como... bem, hoje ele me pareceu verdadeiramente *humano*.

CHRISTINA:
Não tenho certeza se entendi.

REED:
Ah, olhe, Rhonda está acenando. Vou até lá dizer oi. Olhe, eu já volto. Não saia daqui, ok?

CHRISTINA:
Claro. Tenho muitas perguntas...

REED:
Desculpe, eu não estava falando com você, e sim com Becky. Você pode me esperar aqui? Preciso te falar uma coisa. Acho que eu e você... acho que a gente não está sendo honesto um com o outro.

BECKY:
Não acho que seja o caso. Mas tudo bem, eu espero.

REED:
Que bom. Vou demorar um minuto. Christina, fim da entrevista, ok? Quem sabe uma outra hora.

CHRISTINA:
Vou cobrar.

BECKY:
Desculpe. Ele não vê a senhora Jenkins há muito tempo.

CHRISTINA:
Eu entendo. Deixe só eu terminar. Bem, estes foram Reed Stewart e Becky Flowers, que com certeza não estão juntos de novo.

Então, Becky, uma pergunta para você. Se eu fosse fazer uma mudança de um apartamento pequeno — digamos de um quarto — daqui para Miami, quanto você me cobraria?

BECKY:
Sinto muito, não somos esse tipo de empresa de mudança. Posso indicar...

CHRISTINA:
Sabe, recebi uma proposta de trabalho em Miami e não sei se deveria aceitar.

BECKY:
Entendi. Mas é que nós somos especializados em administrar mudanças de idosos, e você não é da terceira idade, então...

CHRISTINA:
Não tenho certeza se eu deveria aceitar a oferta. É freelancer, então não teria nenhum benefício. Você não faz ideia de como é difícil encontrar um trabalho decente como jornalista hoje em dia.

Por outro lado, é em Miami, sabe? Então, eu me livraria desse *buraco*. Está entendendo?

BECKY:
Hum, acho que sim. Mas como eu disse, eu não...

CHRISTINA:
Mas, também, e se eu ficasse doente? É uma droga pagar o próprio plano de saúde. Muito caro. Assim como o aluguel em Miami.

BECKY:
Com certeza. Mas...

CHRISTINA:
Mas tem muita história boa que eu podia escrever, em vez dessas bostas que eles pautam aqui. Quero dizer, olhe para mim, estou aqui cobrindo essa idiotice, quando eu poderia estar em

Miami apurando, sei lá, uma matéria sobre o derretimento das geleiras e como tudo estará imerso em dez anos. Sabe?

BECKY:
Bem, eu concordo, matérias sobre meio ambiente são importantes.

CHRISTINA:
Foi mal. Quero dizer, matérias sobre jogadores de golfe são interessantes também, para algumas pessoas. Mas a maldita *Gazeta* só quer fazer matérias sobre a cidade, coisas que mostram que Bloomville é um bom lugar para criar os filhos. Como o evento de hoje. Amanhã eu tenho que cobrir um lançamento na Livraria Bloomville. Um autor local, claro. Se eu não me matar antes.

BECKY:
Bem, acho que as coisas locais também são importantes. Para as pessoas que moram aqui.

CHRISTINA:
É, talvez. Rob. Você tirou uma foto do juiz? Rob? Tirou? Ou passou o tempo todo tirando foto de Tiffany Gosling? Para que a gente precisa de mais fotos da Tiffany, Rob? A matéria do Trapaça já foi concluída. Quantas fotos da maldita Tiffany são necessárias?

ROB:
Meu Deus, dá para me deixar em paz, Christina? Isso aconteceu uma vez!

REED:
Nossa. O que foi aquilo?

BECKY:
Não faço ideia. Mas me pareceu muito dramático.

REED:
Bem, então. Foi mal pela demora. Você não vai acreditar nisso. Perguntei a Rhonda de quem ela tinha ouvido que meus pais estavam falidos, e ela disse que sempre soube e que achava que nós — eu e Marshall — sabíamos também.

Quando eu disse que não fazia ideia até essa semana, ela ficou chocada. De verdade. Deu para ver.

BECKY:
Talvez seja melhor a gente dar uma voltinha, Reed. Você não está com uma cara muito boa...

REED:

Tudo ficou tão absurdamente óbvio quando ela me disse isso, me senti um idiota por não ter feito a conexão sozinho.

Trimble. É Trimble.

BECKY:

O que tem sua irmã?

REED:

Foi ela. Trimble.

Rhonda disse que, quando ela ainda trabalhava para meus pais, Trimble sempre aparecia pedindo dinheiro. Rhonda achou que a gente sabia, porque era tudo muito normal.

E, tipo, acho que de certa forma a gente meio que sabia... eu sei que meu pai deu a firma para a Trimble.

BECKY:

Como assim, ele deu a firma a ela?

REED:

Quando ele se aposentou e abriu um escritório particular, ele comprou o prédio no nome de Trimble.

Mas isso era esperado porque ela era a única de nós que fez o que ele queria e seguiu a mesma carreira em direito.

Meus pais sempre ajudaram Trimble com dinheiro porque ela casou com um idiota, Tony; a gente o chama de Tony Coitado porque ele toma as piores decisões e não consegue trabalho e está sempre investindo em esquemas de pirâmide.

BECKY:

Reed, o que você está...

REED:

Sei que eles pagaram a entrada da casa de Trimble e também devem ter ajudado financeiramente de outros jeitos. Foi por isso que Carly e Marshall pediram ajuda com a entrada de sua casa para mim. Eles não tiveram coragem de pedir um empréstimo a meus pais quando sabiam o quanto eles tinham gastado com Trimble.

Mas nenhum de nós sabia.

BECKY:

Você está querendo dizer que...

REED:

Exatamente. Rhonda disse que, de vez em quando, Trimble aparecia para extorquir algo deles. Mensalidade para a escola particular dos filhos. Dinheiro para aparelho dentário. Rhonda disse que Trimble conseguiu que o juiz pagasse até as parcelas do Audi de Tony Coitado.

BECKY:
Espere aí, Reed.

REED:
Escute só. Foram meus pais que pagaram pelo restaurante. Eles compraram o restaurante para Tony, não os pais do sujeito, como ela sempre contou.
E acabaram de comprar um restaurante novo para ele, a filial de Dearborn.
Pelo visto, meus pais também pagaram pela viagem de esqui de minha irmã e família para Aspen!

BECKY:
Reed, você está tremendo.

REED:
Você não estaria? A poupança de meus pais foi usada com *isso*... quero dizer, com isso e com selos, gatos de cerâmica e martelos de juiz. Todo o dinheiro foi para minha *irmã*.

BECKY:
Reed. Ai, Reed. Sinto muito. Vamos. Vamos embora. As pessoas estão...

REED:
É, pode apostar que a gente vai embora. Vamos chamar a polícia para prender Trimble por aquele negócio de que você tinha falado: abuso de idosos.

BECKY:
Não, Reed. A gente não pode fazer isso.

REED:
Por que não? Eu sei que eles gastaram uma grana com coisas idiotas — e não pagaram imposto de renda nem a hipoteca da casa e outras coisas —, mas... o que ela fez, não é abuso de idosos? Não é fraude?

BECKY:
Bem, na verdade, não, Reed. Seria muito difícil provar isso.

REED:
Como assim? Por quê?

BECKY:
Porque parece que seus pais deram o dinheiro para sua irmã por livre e espontânea vontade. Existe uma testemunha — Rhonda — que pode atestar que ela não os obrigou nem os manteve pri-

sioneiros. Ela com certeza não roubou os cartões de crédito ou talões de cheque.

E, como eu disse, seus pais são excêntricos, mas não sofrem de demência. Eles têm o direito de fazer o que quiserem com o dinheiro — tipo, comprar centenas de gatos de cerâmica e martelos ou, infelizmente, dar todo o resto para sua irmã.

REED:
Está de brincadeira? Como isso não é ilegal?

BECKY:
Porque eles podem dar o dinheiro deles para quem quiserem, Reed. Seu pai ganhou o dinheiro. Trimble pediu, e ele deu.

Concordo com você que não foi a melhor das decisões, e que eles não deveriam ter feito isso, porque sua irmã e o marido são adultos capazes e, pelo que vejo, não existe motivo para que eles não consigam dinheiro por conta própria.

Mas alguns pais fazem isso pelos filhos. Eles sacrificam tudo — tudo que têm — pelos filhos. Às vezes, eles fazem isso por um filho, e não por todos. E, em minha opinião, quase sempre é o filho mais manipulador, como sua irmã.

Não é justo, mas já vi isso acontecer muitas, muitas vezes, e infelizmente não é ilegal.

O que esses pais fizeram, Reed, foi por amor.

REED:
Amor? O que você chama de amor, eu chamo de crime. Eles não têm mais nada!

BECKY:
Por isso foi bom você, Marshall e Carly terem me chamado. Vocês já estão fazendo o que precisam para tirar seus pais de uma situação claramente tóxica.

Vamos tirar seus pais de perto de sua irmã, instalá-los em algum lugar longe do alcance de Trimble e, assim que você e seu irmão conseguirem agendar uma reunião com um advogado para saber se podem congelar a conta deles, faremos o que conversamos: tentar conseguir uma procuração para impedir que seus pais deem mais dinheiro a sua irmã.

REED:
Sim. É, tá bom. Tá, a gente pode fazer isso.

BECKY:
Mas não se esqueça do que a gente conversou... a procuração só pode ser dada por seus pais. Você não vai ter controle sobre as finanças dos dois pais contra a vontade. Se você tentar fazer isso — pelo menos agora, enquanto eles ainda estão comple-

tamente capacitados mentalmente — só vai piorar sua relação com seu pai. O que ele e sua mãe fizeram, terem dado todo esse dinheiro, fizeram por causa do enorme afeto que sentem... e quem sabe, por um pouco de culpa também.

REED:

Culpa? Culpa de *quê*? Meus pais nos deram a infância dos sonhos de qualquer criança!

BECKY:

Reed, não sou psicóloga. Não faço ideia. Mas eu não meteria advogados no meio até saber da história toda.

Nesses casos, geralmente tem algo — sabe lá o quê — que o filho está usando como chantagem. A meu ver, quase sempre tem a ver com algo que aconteceu na infância e que a pessoa fica relembrando aos pais, fazendo com que se sintam culpados e, então, continuem a dar o que querem.

REED:

Meu Deus! Sempre soube que minha família era problemática, mas não achei que chegasse a esse *ponto*.

Então, o que *você* faria?

BECKY:

Reed... você está me perguntando profissionalmente, ou como amigo?

REED:

Estou perguntando como alguém com quem você supostamente se importou um dia.

BECKY:

Ainda me importo com você.

REED:

Sério?

BECKY:

Claro. Como sua amiga.

REED:

E se eu quiser ser mais que apenas um amigo?

BECKY:

Bem, quem sabe você não experimenta essa coisa nova de não sumir da vida de seus amigos, sem dizer uma palavra, e depois reaparecer dez anos mais tarde, com a esperança de achar tudo como estava, como se nada tivesse acontecido.

REED:
OK. Faz sentido. Eu talvez tenha que melhorar como amigo...
   (Música alta)

REED:
Jesus, não acredito que os Harrison and the Fords vão tocar de novo. Veja isso. O que farão com aquelas orelhas em vinte anos, quando estiverem treinando os times infantis dos filhos? Elas estarão arrastando pelo chão.

BECKY:
(Risos) Reed...

REED:
O que foi? Não é engraçado. Nada disso é engraçado.

BECKY:
Eu sei. É só que você está falando igualzinho a seu pai.

REED:
Ótimo. Tudo que alguém quer ouvir. Mas, sério, se você estivesse em meu lugar, o que faria?

BECKY:
Eu faria exatamente o que você está fazendo, levar seus pais para longe de sua irmã. E depois esqueceria o assunto.

REED:
Esquecer o assunto? Como, em nome de Deus, posso esquecer o assunto?

BECKY:
Porque não há nada que você possa fazer agora. E, se não deixar para lá, vai ser consumido pelo problema. É o que acontece, sabe, quando alguém não deixa para lá.

REED:
Bem, eu não concordo. Não concordo em esquecer nada. Não quando são coisas com as quais me importo. Não mais. Tem *muita* coisa que eu posso fazer para resolver o problema.

BECKY:
Não tem, Reed. A não ser que... o que... Reed, ai, você está apertando minha mão.

REED:
Foi mal. A gente vai até a casa de Trimble.

BECKY:

Como assim? Por quê?

REED:

Porque é lá que vamos encontrar todas as provas. Lembra, Trimble passou na casa de meus pais ontem à noite e revirou as coisas do juiz. Por isso que ele passou o dia tão irritado, dizendo que faltava alguma coisa.

BECKY:

E faltava. Eu joguei todos os jornais fora.

REED:

Não, outras coisas. Trimble tirou coisas das caixas que eu tinha preparado, mas também levou documentos que estavam no escritório de meu pai. Aposto que eram importantes... como a escritura do restaurante novo do marido, quem sabe, que deve ter a assinatura de meu pai.

BECKY:

Reed. Você está fazendo o contrário de deixar o assunto de lado.

REED:

Mesmo que a gente não consiga processá-la por abuso de idosos, a gente pode, pelo menos, tentar provar que ela mentiu esse tempo todo, dizendo que os pais de Tony pagaram por tudo que foi comprado por *nossos* pais.

BECKY:

Mas, Reed...

REED:

Vamos. Se a gente for agora, meus sobrinhos vão deixar a gente entrar. Trimble e Tony Coitado estão na premiação dos Kiwani, porque ele é um cidadão exemplar.

BECKY:

Bem, talvez ele seja. Talvez ele não saiba que seus pais estão falidos.

REED:

Becky Flowers, você já falou mal de *alguém*?

BECKY:

Além de você?

REED:
Engraçado. Vamos. Vamos embora antes que Marshall nos veja. Carly está obcecada com a ideia de que precisamos comer juntos, para passar a impressão de que somos uma família feliz.

BECKY:
Não faço parte da sua família, Reed.

REED:
Ainda não.

BECKY:
Olhe quem está fazendo piada agora.

REED:
Tá bom. Eu sei, sou seu cliente, não seu amigo. Bem, esqueci de dizer. Você está demitida.

BECKY:
Como assim? Você não pode me demitir. Tem ideia de quanto custam aquelas caçambas? Você me deve quin...

REED:
Ai, jura? Você vai receber o dinheiro. Vamos embora.
 (Música)

CHRISTINA:
Ai, droga. Por que isso está... Rob! Você não viu que eu deixei isso aqui? E que está ligado? Obrigada pela ajuda, Rob. Não, sério, você é maravilhoso. Conseguiu tirar bastantes fotos da Tiffany? Tirou pelo menos uma foto do...?
 (Fim.)
 (APAGAR TUDO)

TELA DO TELEFONE DE BECKY FLOWERS

BECKY FLOWERS	21:45	92%
HOJE	TODAS	PERDIDAS

> **Becky F** — 20:26
> Henry está trabalhando hoje à noite?

Nicole F — 20:26
Não. Eu te disse, ele trabalhou o dia todo para ter a noite livre. Ele está comigo. Estamos no Autêntico. Tem 10% de desconto para policiais!

Se você não tivesse terminado com o lenhador hipster, poderia estar aqui bebendo de graça.

Onde você está, afinal? Mamãe vendeu todos os Paus de Bênção. Fez tipo 300 dólares para os animais. Está muito animada. Ela veio comemorar com a gente no Autêntico.

> **Becky F** — 20:26
> Henry está sóbrio?

Nicole F — 20:28
Becky, claro que ele não está sóbrio. É dia de São Patrício. 10% de desconto. Você não entendeu o que eu disse?

> **Becky F** — 20:28
> Tem um problema na casa da irmã de Reed. Acho que a gente precisa de um policial.

Nicole F — 20:29
Que tipo de problema?

> **Becky F** — 20:30
> O sobrinho de Reed está dando uma festa sem os pais. Ele serviu um ponche com xarope. Só que é xarope para cavalos.
>
> Acho que a gente precisa de ajuda.

> **Nicole F**   20:32
> 😊😊😊😊😊

> **Becky F**   20:32
> Não é engraçado, Nicole. Não são as crianças que estão me preocupando. É Reed. Eu nunca o vi assim. Ele está com tanta raiva... Descobriu umas coisas mais cedo sobre...
>
> Olhe, Henry pode vir ou não?

> **Nicole F**   20:32
> 😊😊😊😊😊
>
> Henry mandou dizer AGUENTEM FIRME. Vamos chegar LOGO LOGO.

> **Becky F**   20:33
> Por favor, não venha se vocês estiverem bêbados. Já temos gente suficiente nesse estado por aqui. Além do xarope, a garotada revirou o bar da irmã de Reed.

> **Nicole F**   20:33
> Ah, não se preocupe, não estamos tão alterados. E não estamos dirigindo. Leeanne está ao volante.

> **Becky F**   20:33
> Como assim... Leeanne chegou?

> **Nicole F**   20:33
> É, ela acabou de chegar e foi direto à festa do Autêntico para ver você e o lenhador hipster, mas claro que você terminou com o hipster, e Leeanne não pode beber. Então, não se preocupe, ela está dirigindo.

> **Becky F**   20:34
> Ah, isso me deixa muito calma.

Ty Fofinha

Ranking de avaliação #1.162.355
Responde 13% das perguntas
Votos recebidos nas avaliações

Avaliação
Porta montada branca para áreas internas, com interior sólido e seis painéis lisos
76 x 203 cm.

Imagem do produto
17 de março

Então, essa é minha porta.

Ou pelo menos a porta que eu tinha, antes de minha mãe retirá-la de meu quarto, o que sinceramente não acho justo, porque nada disso foi culpa minha.

Ela tirou a porta de Tony Jr. também.

Ela também tirou o telefone, o computador, a televisão e as chaves do carro dele.

Eu diria "coitado do Tony Jr.", só que não sinto pena nenhuma. Ele mereceu. Teve sorte porque não foi preso pelo policial que veio aqui... Só que aquele xarope de cavalo não tem nada dentro para deixar ninguém doidão.

Afinal, quem iria querer um cavalo doidão?

Mas, também, Tony Jr. deixou os amigos beberem todas as bebidas do armário de mamãe e papai.

Ele nem pode dizer que não avisei, porque eu disse que era uma péssima ideia.

Ele me culpou por tudo — por ter sido pego, pelo menos.

Mas como eu ia saber que eram o tio Reed e a nova namorada quando a campainha tocou? Achei que era apenas mais um amigo idiota de Tony Jr.

Então, obviamente, abri a porta como fiz a noite toda, e me preparei para dizer as regras:

- tirar os sapatos (para os tapetes de mamãe não ficarem sujos/com lama/com germes)
- desligar os telefones (para não haver fotos comprometedoras)
- não vomitar
- não entrar em meu quarto

Só que não era um dos amigos idiotas de Tony Jr. Era meu tio Reed.

E agora, porque deixei o tio Reed entrar, nossas vidas serão 100% diferentes.

Fiquei tão feliz em vê-lo. Sério, depois de uma semana de castigo, eu estava feliz em ver *qualquer* pessoa que não fosse um dos amigos enxaropados de Tony Jr., ou qualquer um de *meus* conhecidos, que eu já não aguento mais. Eles só falam de qualfaculdadevocêvai ou de maquiagem.

Vou amar fazer novos amigos. PRECISO sair dessa cidade idiota e entediante.

E o tio Reed foi tãããão legal. Ele disse, "Ah, oi, Ty. Quase não a reconheci! Você cresceu tanto", o que seria legal se o tio Marshall ou a tia Carly dissessem de vez em quando.

Até sua namorada, Becky Flowers, disse, "Nossa, amei esses sapatos", o que demonstra que ela tem um bom olho para moda, porque é claro que eu estava com meus Louboutin novos, como pede o protocolo ao receber amigos.

Enfim, eu disse a eles que mamãe não estava em casa.

"Eu sei", disse tio Reed. "Sua mãe pegou emprestado uns documentos muito importantes da casa de seu avô ontem. Eu só queria dar uma olhada no escritório ou em qualquer outro lugar onde ela possa ter guardado algo do tipo, pode ser? Vovô precisa dos documentos. É meio que uma emergência."

Eu disse que sim, claro, porque eu sabia exatamente do que eles estavam falando. Vi mamãe carregando um monte de caixas da casa do vovô e da vovó ontem à noite. Eu perguntei o que eram, e ela respondeu que eram seus "por direito".

Perguntei o que isso queria dizer, e ela respondeu que eu devia estudar em vez de passar o dia trocando mensagens de texto com meus amigos. Então comprei na internet uma pulseira de prata da Tory Burch muito bonita com o cartão de crédito dela, que vai deixá-la ainda mais irritada um dia.

Mas, por enquanto, ela está bem ocupada. KKKKKKKKKKKK

E então o tio Reed e Becky foram ao escritório de mamãe e, depois de um tempo, saíram com umas duas caixas.

E foi quando eles ouviram a música vindo do porão.

O tio Reed perguntou, "Vocês não estão dando uma festa de São Patrício, né?"

Não sei como ele descobriu isso. Talvez tenham sido as balas verdes espalhadas pelo balcão da cozinha. Sério, se você parar para pensar, tudo que aconteceu ontem que não foi culpa de Tony Jr., foi culpa de minha mãe por ter feito questão de ter uma cozinha que abre para a sala e que também tem conexão com o escritório, para que ela pudesse "ficar de olho" na gente enquanto "trabalha" (o que significa pesquisar amigos antigos no Facebook e rir de suas fotos).

"Aham", respondi, porque não se deve mentir para um tio celebridade. "Tony Junior está recebendo uns amigos."

"Vou descer para dar oi. Não o vejo há muito tempo. Volto logo."

O tio Reed largou a caixa e desceu até o porão para dar oi a Tony Jr., e me deixou sozinha com a Becky. Ela sorriu para mim e disse, "Sua casa é muito bonita".

Sorri também porque era a única coisa civilizada que tinham me dito a noite inteira! Os amigos de Tony Jr. só olhavam para mim e diziam, "Peitão maneiro", ou algo do tipo.

Mais um motivo para eu ficar feliz em sair dessa cidade nojenta.

Eu falei, "Obrigada. Foi construída no ano de 2002, no final do período neoeclético de arquitetura para casas de interior, e, segundo a minha mãe, é uma combinação dos estilos Cape Cod, provençal, château e o segundo movimento georgiano. Gostamos bastante."

Becky arregalou bem os olhos e disse, "Nossa".

Eu sei que as pessoas acham que sou uma loira burra, mas, segundo a pedagoga do colégio, eu tenho 98% de memória auditiva, e é por isso que ela acha que eu devia cursar comunicação na faculdade.

Sei que a Universidade da Flórida tem um curso muito bom.

E foi aí que eu ouvi gritos, e, de repente, o tio Reed apareceu correndo pelas escadas segurando a gola da camisa polo de Tony Jr.

"Já chega", disse o tio Reed. "Vou ligar para sua mãe."

Nunca vi Tony Jr. tão assustado.

"Não, cara", pediu ele. "Não é o que você está pensando."

"É exatamente o que estou pensando", rebateu o tio Reed. "Você acha que eu não fui jovem um dia? Acha que não fiz esse tipo de babaquice? Seu avô foi o campeão Vira-Copos do Clube da Fanfarra! Esse tipo de coisa corre em nossas veias. Mas isso não quer dizer que não deva pagar por isso. Todo mundo é descoberto, todo mundo paga o preço e todo mundo precisa escolher qual caminho tomar... o caminho do sucesso, ou o caminho do porão."

"Mas você já me pegou no flagra", resmungou Tony Jr. "Por que ligar para mamãe?"

Mas era tarde demais. O tio Reed estava ligando para mamãe. Acho que ela foi meio mal-humorada com ele, porque o tio Reed respondeu meio mal-humorado.

"Ah, é?", disse ele a ela. "Bem, não importa quantos prêmios seu marido está recebendo. Tem 17 adolescentes bêbados no seu porão, e, se você não voltar para casa nesse instante e resolver o problema, vou ligar para os pais de cada um deles para buscá-los — e eu posso fazer isso, porque confisquei os telefones deles — e vou dizer que foi você quem deu álcool para eles porque, no fundo, você deu mesmo. Você acha que isso vai pegar bem na newsletter do colégio desse mês?"

E então ele desligou na cara dela.

A história fica bem mais legal escrita agora que vamos nos mudar. Na hora, não foi engraçado, porque fiquei muito preocupada com o que a mãe de Sundae ia falar sobre minha mãe na newsletter. O irmão de Sundae estava no porão, embora ele esteja no nono ano.

O tio Reed descobriu isso também. Ele descobriu tudo, até mesmo que Tony Jr. estava cobrando 4 dólares por copo de *lean*.

A única coisa que ele não descobriu foi que eu ainda estou com o cartão de crédito da mamãe.

"Mas eu sou um empreendedor", argumentou Tony Jr., tentando se defender antes que mamãe chegasse em casa e o mandasse para o quarto (ele ainda tinha uma porta quando isso aconteceu). "Como você, tio Reed."

"Seu tio não é um empreendedor", disse Becky, falando pela primeira vez. Senti que ela não queria se envolver até ali, mas foi uma boa decisão se envolver naquela hora, porque o tio Reed parecia tão irritado por Tony Jr. ter dito que queria ser um empreendedor como ele, que fiquei com medo de que fosse jogá-lo contra a parede. "Ele é um atleta. Você faz ideia de como seu tio treinava quando tinha sua idade? Quantas horas por dia? Ele levantava às 5 horas — antes do sol nascer, na maior parte dos dias — e treinava até a hora da escola, e depois treinava depois da escola até o pôr do sol e, às vezes, até mesmo no escuro, com bolas fluorescentes. Ele treinava no inverno, numa temperatura congelante, e treinava no verão, quando fazia tanto calor que o suor lhe escorria pelo rosto. Ele não ganhava nada com isso. Ele não jogava pelos troféus, ou para ser popular. Ele jogava por amor ao jogo. Ele jogava para se desafiar, e para ser o melhor possível. Com certeza, ele nunca jogou para ser um empreendedor, o que quer que isso queira dizer. E ele certamente nunca fez nada com a intenção de machucar ninguém, o que você poderia ter feito hoje à noite, servindo bebida alcoólica e remédio de animais a menores de idade."

O discurso calou Tony Jr., e meio que também calou o tio Reed, pelo menos por um tempo. Ele não parava de olhar para Becky como se ela fosse algo muito incrível, tipo uma bolsa Prada nova ou até mesmo um jipe 4x4, e fiquei impressionada porque Tony Jr. só cala a boca com coisas daquele tipo.

Mas, enfim, mamãe e papai chegaram nessa hora e a m*rda bateu no ventilador, se é que você me entende.

Porque mamãe estava MUITO irritada — e não só com Tony Jr. Ela só mandou que ele fosse para o quarto para se livrar dele, porque ele não parava de resmungar que não era culpa dele.

Não, mamãe estava irritada com o tio Reed. E nem era por causa da festa. Ela ficou irritada quando viu as caixas.

"O que você está fazendo com isso?", gritou ela. "Como pôde? Como pôde entrar em minha casa sem ser convidado e mexer em minhas coisas?"

"Em primeiro lugar", começou o tio Reed, "fomos convidados, por sua filha". Ele apontou para mim.

Esse foi o motivo, aliás, de tudo ter virado culpa minha, e por que levaram minha porta.

Mamãe olhou para mim como se eu fosse filha do demônio, e não dela. E eu fiquei tipo, "Oi, qual foi?"

Totalmente não entendi o que estava acontecendo... na hora.

E então o tio Reed falou, "E a gente só veio aqui buscar os documentos de papai, que você levou da casa sem permissão. Como essa escritura do restaurante novo de seu marido com a assinatura de papai, o que indica que ele pagou, e não os pais de seu marido".

Por algum motivo, o rosto de mamãe ficou vermelho-vivo. Ela estava usando um vestido novo — um Vera Wang azul-marinho de paetês — e, com o rosto vermelho, o vestido azul e o cabelo com luzes recém-pintadas, ela meio que parecia a bandeira dos Estados Unidos: vermelha, branca e azul. Muito patriota.

"Que alívio", falou meu pai de seu lugar atrás de minha mãe, em seu terno Calvin Klein. "Fico aliviado de que vocês finalmente saibam. Foi difícil guardar esse segredo. Quero dizer, eu entendo, seu pai é um homem modesto e não quer que as pessoas saibam que ele é cheio da grana, então insistiu para que a gente dissesse que meus pais compraram o restaurante. Mas, devo dizer, eu me senti meio culpado, ainda mais porque meus pais pararam de me dar dinheiro há anos. Então, quem quer uma bebida?" Ele foi até o bar. "Caramba. Eles beberam *tudo*?"

E foi então que o tio Reed e mamãe começaram a pior gritaria que eu já ouvi entre dois adultos. Sei que tenho 98% de memória auditiva, então, se eu quisesse, poderia escrever aqui o que eles disseram.

Mas não quero, porque não quero me lembrar das coisas que o tio Reed disse sobre minha mãe, e nem das coisas que minha mãe disse a ele. Foi muito horrível. Nenhuma criança deveria ser exposta a esse tipo de coisa.

E eu *sou* uma criança. A própria Becky falou, quando veio em minha direção e me segurou pelo braço, me levando calmamente até o porão e ligando a TV bem alto, e disse, "Sinto muito que isso esteja acontecendo. Vou chamar ajuda."

Só que, claro, quando a ajuda chegou, era um policial e a irmã de Becky e uma moça asiática, e tudo que fizeram foi impedir que minha mãe e o tio Reed se matassem (e se revezaram ligando para os pais dos amigos de Tony Jr. para que viessem buscar os filhos).

Por um tempo, achei que minha vida tinha acabado. Tipo, parece que minha mãe estava pegando dinheiro da vovó e do vovô, mesmo tendo uma carreira como advogada reconhecida.

E meu pai é uma bosta como dono de restaurante.

Mas, então, algo incrível aconteceu:

Depois que a gritaria acabou, e todos os amigos de Tony Jr. foram embora, e o tio Reed e Becky e seus amigos partiram, e mamãe tirou nossas portas, e ela e papai terminaram de brigar (Tony e eu ouvimos tudo porque não temos porta nem telefone para botar fone e ouvir música para abafar o som), papai veio e disse que ele e mamãe iam passar um tempo separados.

O que normalmente seria muito triste, só que papai disse que recebeu uma proposta de trabalho para abrir um restaurante de verdade — não uma pizzaria — com um amigo em Tampa, e que ele vai aceitar, e perguntou se a gente queria ir com ele, em vez de morar com mamãe.

Ele disse que a gente não vai ter muito dinheiro, então vamos ter que abrir mão de alguns confortos, tipo a banheira de hidromassagem, minha posição como chefe de torcida e esquiar em Aspen, mas ele acha que vai ser uma boa experiência porque nosso estilo de vida aqui se tornou muito tóxico e pouco saudável, e precisamos de um novo começo.

Hum, viver em Tampa, na Flórida, onde o sol brilha trezentos dias por ano e ninguém sofre de Transtorno Afetivo Sazonal ou deficiência de vitamina D?

Sim, por favor.

Sabe quem vai toda hora para a Flórida?

Harry Styles.

Sabe quem nunca vem para Bloomville, Indiana?

Harry Styles.

Além do mais, Tampa fica muito perto de Orlando, onde vovó e vovô vão morar. Então vou poder vê-los toda hora.

Eu e vovó temos muita coisa em comum, porque nós duas gostamos de fazer compras.

E também, agora que sei sobre a história do Clube da Fanfarra do vovô, me sinto muito próxima dele. Ficou claro que ele é um cara sinistro.

Tony Jr., claro, vai ficar aqui com mamãe, provavelmente para dar continuidade a seu empreendimento. Enfim.

Vou usar essa oportunidade para fazer o que o tio Reed disse: escolher o caminho que leva ao sucesso, não ao porão.

Juro que não vou mais usar o cartão de crédito de mamãe. Porque hoje eu vi que tipo de vida herdamos quando se escolhe esse caminho, e não quero mais fazer parte disso!

Vou ser uma pessoa boa.

Quando chegar em Tampa, talvez eu até comece a jogar golfe.

10 entre 10 pessoas acharam essa avaliação útil.

TELA DO TELEFONE DE REED STEWART

REED STEWART	00:45	15%
HOJE	TODAS	PERDIDAS

> Marshall   18:05
> Ei, amigão, cadê você? Carly quer que a gente coma agora.

> Marshall   18:10
> Nossa, dá para acreditar no discurso de papai? O velho gosta mesmo do microfone.

> Marshall   18:20
> Reed, estou vendo você falando com seu amorzinho. Mas você precisa se desgrudar para que a gente possa comer. As garotas estão inquietas. Sabe como Taylor fica quando está com fome. Tenha dó, amigão.

> Marshall   18:30
> Ei, cara, o que aconteceu? Acabei de ver você saindo correndo com Becky.
>
> Sei que está tentando se dar bem, mas Carly queria que comêssemos juntos, em família. Acho que papai também queria.
>
> Então, não foi legal, ainda mais porque ele está em um bom dia.

> Marshall   18:55
> Sério, Reed, Rhonda acabou de vir falar comigo e acha que disse algo a você que não devia, e agora está preocupada porque te achou muito chateado.
>
> Mas ela não quer me dizer o que aconteceu, porque não quer que eu fique chateado também.
>
> Então agora estou preocupado. Estou começando a ficar apavorado com seu silêncio. Cadê você?

> **Marshall**   19:45
> Sou eu, mandando um oi. É bom você estar se dando bem, senão não consigo pensar num motivo para você agir como um idiota.

> **Marshall**   20:56
> Tá, Trimble acabou de me ligar e me disse para não acreditar em nada do que você disse, e que você é um mentiroso cara de pau e sempre foi.
>
> Aparentemente, ela acha que eu e você conversamos bem mais que de costume.
>
> Não dei a entender que eu não tinha ideia do que ela estava falando, e fingi que sabia de tudo, e que eu acreditava em tudo que você não tinha, de fato, me contado.
>
> Isso deixou nossa querida irmã tão enfurecida que ela desligou antes mesmo que eu pudesse, de fato, saber o que você descobriu.
>
> Qualquer coisa que deixe Trimble irritada me alegra. Então, prossiga, meu caro. Usarei a fúria de Trimble para acalmar minha mulher raivosa, que te odeia por não ter jantado conosco, mas odeia ainda mais nossa irmã.

> **Marshall**   23:25
> Então, minha mulher — eu não — resolveu dar uma voltinha de carro ao luar agora há pouco, não para espionar você, tenho certeza, porque minha querida esposa jamais faria nada do tipo. Ela disse que era para "conferir as sarjetas e se certificar de que vocês não estavam jogados em uma".
>
> Enfim, ela acabou de voltar e me informou que seu carro alugado está estacionado na frente da casa de Beverly Flowers, e me disse estar convencida de que você se encontra no apartamento que fica no porão daquela casa, com uma tal de Rebecca Flowers.
>
> Ela gostaria de saber se você pretende passar a noite aí, e, em caso afirmativo, se voltará para o café da manhã, pois, como todos os sábados, ela fará panquecas de mirtilo.
>
> Ela também gostaria que você soubesse que será um prazer preparar uma quantidade maior para receber sua companheira, Rebecca Flowers.
>
> Agora vou me matar por ter sido forçado a escrever tudo isso.

> **Reed** — 00:01
> Diga a Carly que, sim, estou na casa de Becky.
> Sim, vou passar a noite aqui.
>
> Sim para as panquecas. Vou obrigar Becky a me acompanhar, apesar de ela me garantir que está envergonhada.
>
> Temos muito o que conversar amanhã.

> **Marshall** — 00:04
> Você acabou de fazer minha mulher dar um gritinho de felicidade. Faz meses — talvez anos — que não ouço minha mulher gritar de felicidade.
>
> Obrigado por ter vindo, amigão.

> **Reed** — 00:05
> Falei que viria.

A Gazeta de Bloomville

O único jornal diário do município
* Segunda-feira, 18 de março * Edição 145 *
Ainda por apenas 50 centavos!

DENÚNCIA DE CRIME
As informações na Denúncia de Crime são obtidas em ligações registradas pelo Departamento de Polícia de Bloomville.

Rua 11, esquina com Main, Bloomville — Moradora Summer Hayes reportou o latido de um cachorro. A policial Corrine Jeffries recebeu o chamado. O dono recebeu um aviso.

Kroger Preço Baixo, Bloomville — Uma briga entre dois homens envolvendo bacon no departamento de açougue. O policial Henry De Santos recebeu o chamado. Os dois homens foram presos e denunciados por má conduta, intoxicação pública e agressão.

Rua Country Club, Bloomville — Um policial fora de serviço respondeu a um chamado em uma residência onde menores de idade aparentavam consumir bebidas alcoólicas. Os pais dos menores foram notificados e receberam uma advertência.

CHAT APP!
MENSAGENS PESSOAIS EM TEMPO REAL

CONVERSAS (1)   LEEANNE MATSUMORI   18 DE MARÇO

online

Leeanne Matsumori criou a conversa "Reed Stewart"

Leeanne Matsumori — 09:07
Becky, você está acordada?

Becky Flowers — 09:07
Estou acordada.

Leeanne Matsumori — 09:07
O QUE ACONTECEU ONTEM DEPOIS QUE A GENTE FOI EMBORA?

Becky Flowers — 09:07
Não posso falar direito agora.

Leeanne Matsumori — 09:07
Por que, você está no trabalho? É sábado. Você trabalha demais.

Becky Flowers — 09:08
Não estou no trabalho. Estou em casa. Só não estou sozinha.

Leeanne Matsumori — 09:08
Por quê? Quem está aí?

Becky Flowers — 09:08
Adivinhe.

> **Leeanne Matsumori** — 09:08
> AIMEUDEUS ELE DORMIU AÍ?

>> **Becky Flowers** — 09:08
>> Ele dormiu aqui.

> **Leeanne Matsumori** — 09:09
> COMO FOI????

>> **Becky Flowers** — 09:09
>> O que você acha?

> **Leeanne Matsumori** — 09:09
> Incrível?

>> **Becky Flowers** — 09:09
>> Melhor que incrível. Ainda melhor que antigamente.
>>
>> Leeanne, estou tão feliz. Nunca estive tão feliz em toda a minha vida.
>>
>> Ele guardou todas as minhas cartas. E meus e-mails. E mensagens de texto.

> **Leeanne Matsumori** — 09:09
> Ele guardou?

>> **Becky Flowers** — 09:09
>> Sim.
>>
>> Em uma pasta.

> **Leeanne Matsumori** — 09:10
> Uma pasta?
>
> Só você para achar isso romântico.
>
> Por que ele não respondeu?

Becky Flowers — 09:10
Ele não sabia como. Não sabia o que dizer.

Ele sabia que a gente não podia ficar junto, porque ele não podia morar em Indiana. Mas ele não queria pedir que eu me mudasse para a Califórnia, porque sabia de minha empolgação com a faculdade.

E ele não achava justo pedir que eu esperasse por ele (e ele estava certo — não teria sido).

Então ele ficou com medo e não fez nada.

E quanto mais ele não fazia nada, menos ele tinha a dizer.

E então achou que eu tinha me esquecido dele.

Leeanne Matsumori — 09:10
Que coisa mais de homem.

Becky Flowers — 09:10
Né? Eu sei.

Mas ele andou me stalkeando no Facebook.

Leeanne Matsumori — 09:10
Ai, nossa, vocês são perfeitos um para o outro. Você faz a mesma coisa com ele e a família.

Becky Flowers — 09:10
Eu sei. Só que eu não contei para ele. Então, se puder não falar nada...

Mas, como eu disse, não posso falar direito agora. Estamos indo à casa do irmão dele comer panqueca.

Leeanne Matsumori — 09:10
Você vai à casa do irmão dele comer panqueca?

Becky Flowers — 09:10
Eu sei. Estou parecendo uma maluca. Estou parecendo maluca?

Leeanne Matsumori — 09:10
De leve. Por favor, só não me diz que eu voltei do Japão para você se mudar para a Califórnia.

Becky Flowers — 09:11
Como assim? NÃO!!! NÃO vou me mudar para a Califórnia.

Leeanne Matsumori — 09:11
Então como que isso vai funcionar? Ele vai abrir mão da carreira de golfista?

Becky Flowers — 09:11
Não. Te conto mais tarde. Vamos almoçar.

Leeanne Matsumori — 09:11
Almoçar? Você está indo comer panquecas.

Becky Flowers — 09:11
Eu sei. Por que a gente não se encontra no Matsumori?

Leeanne Matsumori — 09:12
Claro, por que não? Ainda estou no horário do Japão. Já é amanhã lá. Tanto faz.

Becky Flowers — 09:12
Obrigada. E muito obrigada por tudo que você fez ontem à noite.

Leeanne Matsumori — 09:12
Claro. Tudo por você. Mas preciso dizer que depois de tudo que vi ontem... tem certeza de que quer essas pessoas em sua família?

Becky Flowers — 09:12
100% de certeza.

Leeanne Matsumori 09:12
OK. Ele deve ser muito bom de cama.

Becky Flowers 09:12
☺ 🔥

TELA DO TELEFONE DE MARSHALL STEWART

MARSHALL STEWART	10:45	95%
HOJE	TODAS	PERDIDAS

> **Reed** — 9:42
> Marshall, quantos hectares tem a antiga escola primária de Bloomville?

> **Marshall** — 9:42
> Onde você se meteu? Achei que tinham dito que já estavam vindo. As meninas querem fazer um show depois do café, e depois tenho que levá-las ao futebol.
>
> Nem todo mundo tem o sábado livre, sabe? Alguns de nós temos responsabilidades.

> **Reed** — 9:42
> Estamos indo. Paramos no Kroger. Estamos comprando champanhe.

> **Marshall** — 9:43
> Para que a gente precisa de champanhe?

> **Reed** — 9:43
> Para fazer mimosas. Não se pode comer panqueca sem mimosas.
>
> Quem é você, um herege?

> **Marshall** — 9:43
> Às vezes eu me esqueço de que você é a pessoa mais irritante que já surgiu na face da Terra.

> **Reed** — 9:43
> A escola que você está vendendo tem quantos hectares?

> **Marshall** — 9:43
> Doze, com o estacionamento e o prédio. Por quê? O que diabos aconteceu ontem na casa de Trimble? Papai está furioso. Ele me ligou quatro vezes.
>
> Ele disse que Tony Coitado vai se mudar e levar Ty com ele para Tampa, quem diria. Isso não pode ser verdade, né? Como se Tony Coitado fosse largar Trimble Mamata.

> **Reed** — 9:44
> Não, é verdade. Ele é um cara bem legal, na verdade. Os fundos da escola não dão para o 16º hole do campo de golfe?

> **Marshall** — 9:44
> Sim, Reed. Muitas coisas mudaram desde que você foi embora, mas não mudaram o campo de lugar.

> **Reed** — 9:44
> Então, se eu comprar a escola e transformar em uma escola de golfe para crianças, você acha que o clube deixaria eu usar o campo? Quero dizer, as crianças?

> **Marshall** — 9:44
> Foi mal. Está meio cedo para piadas, até mesmo as suas.

> **Reed** — 9:44
> Não estou brincando. Quero comprar a antiga escola. Espero que a cidade baixe o preço por causa do asbesto. Retirar o mofo de um prédio daquele tamanho não deve ser barato.
>
> Além do mais, vou trazer muitos negócios. Quero que as aulas sejam de graça, porque mais pessoas deveriam jogar golfe. É acessível a todos, pois é um esporte para pessoas de qualquer tamanho, formato, idade e gênero.

> **Marshall** — 9:45
> Reed, você e Becky já estão bebendo champanhe?

Reed   9:45
Não. Estou falando muito sério. São argumentos que você pode usar quando apresentar nossa oferta.

Minha escola vai manter a juventude de Bloomville longe das ruas e fornecer um lugar seguro, saudável, onde poderão aprender um jogo que ensina disciplina, respeito, honestidade e espírito esportivo. E, ao mesmo tempo, também ensina habilidades sociais e a prática de exercícios físicos com mínimo risco de lesão em comparação a outros esportes.

Marshall   9:45
Você tomou alguma coisa?

Reed   9:45
Uma dose de amor, cara.

Marshall   9:45
Você tomou alguma coisa, certamente.

Isso quer dizer que vai voltar a morar em Bloomville?

Reed   9:45
Bem, não o ano todo. Isso seria ridículo. Aqui neva uns três meses do ano. Como eu treinaria?

Mas no resto do ano, sim. Minha namorada tem um negócio e uma família aqui. Ela não vai abandoná-los.

E eu também tenho família aqui. Não custa nada começar um negócio também.

Marshall   9:46
Ok. Tá. Entendi. Quando você chegar aqui a gente descobre se o clube pode conceder o campo ou não.

Não consigo imaginar por que não, porque você é Reed Stewart. Tenho certeza de que ficarão honrados.

E depois a gente pode fazer uma oferta pela escola.

Mas onde você vai morar? No apartamento de Becky, no porão da casa da mãe dela? (Brincadeira.)

Não, falando sério agora. Onde?

> **Reed** — 9:46
> Acho que Becky gosta da casa de nossos pais.

>> **Marshall** — 9:46
>> Você quer comprar a casa de nossos pais.
>> Para sua namorada.

> **Reed** — 9:46
> Para nós dois. Qual o problema?

>> **Marshall** — 9:46
>> Nenhum! Vou fazer o contrato para a casa também.

> **Reed** — 9:46
> Não esquece de incluir o lustre. Becky gosta muito do lustre.
> E especialmente porque não quero que fique para Trimble.

>> **Marshall** — 9:46
>> Pode deixar, irmão. Algo mais?

> **Reed** — 9:47
> Não, acho que é isso.
> Ah, Becky voltou. Estamos a caminho.

>> **Marshall** — 9:47
>> Ótimo. Até daqui a pouco.

>> **Marshall** — 9:47
>> CARLY VOCÊ NÃO VAI ACREDITAR NO QUE REED ACABOU DE ME DIZER.

> **Carly** — 9:47
> Marshall, já pedi mil vezes para você não me mandar mensagem do banheiro. É nojento e anti-higiênico.

>> **Marshall** — 9:47
>> ELE VAI COMPRAR A ESCOLA.

> **Carly**   9:47
> Primeiro você me diz que sua irmã e Tony Coitado estão se separando, depois, que seu irmão vai comprar a escola. Você realmente acha que vou acreditar nessas mentiras? Que bom que estou aqui para entretê-lo com minha ingenuidade.

> **Marshall!**   9:48
> NÃO ESTOU BRINCANDO. ELE TAMBÉM VAI COMPRAR A CASA DE MEUS PAIS.

> **Carly**   9:48
> Você não é tão engraçado quanto pensa, Marshall. Saia daí e venha me ajudar a encontrar as taças de champanhe. Se eles realmente estão trazendo ingredientes para mimosas, precisamos dos copos certos.
>
> Não quero que Becky Flowers ache que a gente não sabe ser civilizado, embora esteja claro que a gente não sabe, porque esse show das meninas envolve nada mais nada menos que uma dança de guerra de nosso personagem histórico favorito, o chefe Massasoit.

> **Marshall**   9:48
> Reed vai se mudar para a cidade. Pelo menos por parte do ano. Eles vão morar na casa de meus pais; Becky vai dirigir a empresa de mudança, e ele vai dirigir uma escola gratuita de golfe.
>
> Aposto que eles se casam até o final do ano. Ele não vai pisar na bola dessa vez. Vai querer fechar negócio.

> **Carly**   9:48
> SAIA DO BANHEIRO E VENHA ME AJUDAR.

> **Marshall**   9:48
> Ele conseguiu. Ele voltou, como disse que voltaria, e conseguiu. Meu irmãozinho.

> **Carly**   9:48
> E não esqueça de lavar as mãos!!!!!!
>
> COM SABÃO.

TELA DO TELEFONE DE BECKY FLOWERS

BECKY FLOWERS	11:45	92%
HOJE	TODAS	PERDIDAS

> **Nicole F** — 9:02
> Nem tente fingir que Reed não passou a noite aqui. Eu e mamãe vimos o carro dele.
>
> Aguardo relatório completo.

> **Nicole F** — 9:05
> Foi divertido na casa da irmã de Reed, mas que vaca! Alguém tinha que denunciá-la ao Serviço de Proteção aos Adultos. Ou quem sabe de Proteção a Menores.

> **Nicole F** — 9:10
> E se depois você ouvir dela (Trimble) que a estátua em tamanho natural de dálmata sumiu do jardim, com certeza não fui eu que peguei.

> **Nicole F** — 9:14
> OK, talvez eu tenha decidido libertá-lo. Alguém como ela não merece algo tão belo.
>
> POR FAVOR, não conte a seu novo namorado que eu roubei a estátua de dálmata dela.

> **Nicole F** — 9:17
> Rá, acho que ele não é seu namorado novo, né? Ele é seu novo namorado velho!
>
> Enfim, preciso ir. Ele é tãããããão melhor que o lenhador hipster queijeiro.
>
> Não está feliz que mandei você clicaaaaaar naquela matéria da *Gazeta*?????

> **Mãe**   9:35
> Querida, estou tão feliz por você e Reed. Você sabe que eu sempre gostei muito dele.
>
> Agora, sei que vocês querem passar um tempo sozinhos, mas caso ele esteja livre para o jantar, qual é a comida favorita de Reed? Porque vou cozinhar. Frango? Consegui arranjar a receita do frango assado de Rhonda Jenkins e pensei em testar hoje à noite.
>
> Me diz. Tchau, tchau.

> **Reed**   10:20
> E se eu não quiser ir almoçar com sua amiga Leeanne?
>
> E se eu quiser ficar na sua cama, devorando você?

> **Becky**   10:20
> Acho que a gente devorou bastante um ao outro por enquanto.

> **Reed**   10:20
> Não tem como eu ficar saciado quando o assunto é você.

> **Becky**   10:20
> Eu não a vejo há meses.

> **Reed**   10:20
> Eu não vejo você há dez anos.

> **Becky**   10:21
> Você me viu nua a noite toda.

> **Reed**   10:20
> Mil noites não serão suficientes.

> **Becky**   10:21
> Pare de flertar comigo na frente de sua sobrinha enquanto ela faz a dança indígena da guerra.

> **Reed** — 10:21
> Flerto com você na frente de quem eu quiser. Você é minha agora, e não vou deixá-la escapar de novo.

> **Becky** — 10:22
> Seria pouco sábio, uma vez que sei todos os segredos escusos de sua família.

> **Reed** — 10:21
> Você não sabe meu segredo mais profundo.

> **Becky** — 10:22
> Hum, acho que sei já faz um tempo. Envolve uma certa parte de seu corpo.

> **Reed** — 10:22
> Não esse. Outro.

> **Becky** — 10:22
> O que é?

> **Reed** — 10:22
> Eu te amo. Sempre te amei. Nunca vou deixar de amar.

> **Becky** — 10:22
> Ah, ISSO.
>
> Não, acho que você vai ter que dizer mais algumas vezes.

TELA DO TELEFONE DE REED STEWART

REED STEWART	16:52	13%
HOJE	TODAS	PERDIDAS

Enrique Alvarez   15:16
Ei, bróder. Recebi seu recado. Pode deixar, não tem problema. O prazer é meu. Estou feliz por você, cara!

Então, finalmente aceitou meus conselhos, hein? Viu. Falei. Você só precisava se lembrar do que te fazia gostar do jogo quando era criança. Nada de estresse, nada de jogar para ganhar, apenas o amor ao jogo.

É o que importa, bróder. Tem que ser sempre assim.

Boa viagem, meu irmão.

De: DollyVargas <D.Vargas@VAT.com>
Enviado em: 18 de março 14:42:40
Para: ReedStewart@reedstewart.com
Assunto: Oferta Lyrexica

Reed, você merece um beijo. Muito, muito, muito obrigada pelas rosas.

Mas obrigada de verdade por ter concordado — finalmente — com o contrato do Lyrexica. Você não vai se arrepender, prometo. Só os percentuais de transmissão já serão suficientes para sustentar anos de rosas. Toda vez que rodam seu comercialzinho, você recebe um cheque.

E eles vão passar o comercial MUITAS vezes, porque você sabe como são os homens com seus cabelos. Bem, talvez você não saiba, porque tem uma cabeça cheia deles. Mas os outros homens.

Finalmente vou poder comprar aquela casinha na Toscana que sempre quis! Depois que pagar aquele tosco do meu ex-marido, claro.

Vamos ficar ricos, querido, muito ricos!

Eu te amo, te idolatro, você é meu tudo, adeus e boa sorte no Golden Palms, você vai ganhar, consigo sentir.

BJO

Dolly
Dolly Vargas
Vargas Agência de Talento
Los Angeles, CA

De: TrimbleStewart-Antonelli@Stewart&Stewart.com
Data: 18 de março 16:10:25
Para: ReedStewart@reedstewart.com
Assunto: Você

Esta carta tem o intuito de informar que, se não parar de se meter em meus assuntos pessoais e de minha família, tomarei ações legais contra você.

Tais ações podem incluir:

- Contatar a polícia para obter uma penalidade criminal contra você

- Processo civil por danos causados a mim em consequência de suas ações

- Qualquer outra coisa que eu queira.

De novo, deve PARAR IMEDIATAMENTE. Corre risco de encarar um grave processo legal se não cumprir essa exigência.

Nada disso estaria acontecendo, Reed, se você não tivesse se metido. Meus assuntos financeiros com nossos pais são problema meu. Eles ficaram ARRASADOS quando você foi embora da cidade, e dar dinheiro a mim e a minha família fazia com que se sentissem melhor. Sua interferência os magoa, não a mim.

Esta carta serve como aviso final para que encerre essa conduta indesejada antes que eu dê início a uma ação legal.

Esta é sua ÚLTIMA CHANCE, Reed, antes que eu exerça meus direitos.

Atenciosamente,

Trimble Stewart-Antonelli
Advogada
Stewart & Stewart, Ltda.
Av. South Moore, 1911
Bloomville, IN 47401
(812) 555-9721
www.stewart&stewart.com

De: ReedStewart@reedstewart.com
Data: 18 de março 16:38:25
Para: TrimbleStewart-Antonelli@Stewart&Stewart.com
Assunto: Você

Obrigado pela carta, Trimble. Vou me certificar de que o novo advogado especialista em falência de Marshall, Carly, mamãe e papai vá receber uma cópia, uma vez que nela você basicamente admite que enganou nossos pais durante todos esses anos.

Não que precise de mais provas. Já tenho o bastante.

Mas pelo menos resolve um mistério que andava me incomodando:

Por que mamãe e papai se sentiram tão culpados que te cobriram de dinheiro?

Agora eu sei: minha partida.

Aposto que você usou bastante essa desculpa, não foi? Sempre foi muito boa em teatro. Deve ter dito que, se eles não ajudassem vocês financeiramente, iriam embora, assim como seu irmãozinho Reed. Depois que Tony Junior e Ty nasceram, a ameaça funcionou ainda melhor. Aposto que os deixou bastante apavorados. Você realmente se aproveitou da culpa, não foi?

Bem, não vai funcionar mais. Porque estou de volta.

E, infelizmente para você, ficarei aqui.

Mas não precisa se preocupar com nossos pais. Marshall e eu vamos cuidar dos dois. Sabia que a Receita Federal aceita planos de pagamento? É verdade! Parece que eles estão tão interessados quanto o Trapaça em botar idosos atrás das grades.

Por favor, tome as providências legais que quiser contra mim. Vou gostar. E processar você de volta.

Com nem um pouco de afeto,
Reed

De: LyleStewart@FountainHill.org
Data: 18 de março 17:48:22
Para: ReedStewart@reedstewart.com
Assunto: Parabéns

Querido Reed,

Fiquei sabendo por meu irmão, com quem falei depois de muito tempo, que preciso parabenizá-lo? Você e a Srta. Flowers são agora — como se diz hoje em dia — um affair?

Fico muito feliz pelos dois.

Seu pai também me disse que você residirá em Bloomville durante metade do ano, e a outra metade na Flórida. Acho um bom plano. Nunca achei que o estilo da Califórnia se adequava a você, e concordo com seu contador: para pessoas de alta renda, os impostos podem ser bem dolorosos.

E que bom que você ficará perto de seus pais na Flórida, e que o negócio da Srta. Flowers a leve para lá com frequência.

Sentirei sua falta, claro, mas quem sabe eu também me mude para a Flórida. O tempo lá é maravilhoso para a criação de orquídeas durante todo o ano.

(Minha *Phalaenopsis amabilis* ganhou o primeiro lugar, aliás, nas duas categorias e no ranking geral.)

Todavia, fico triste em saber que o casamento de sua irmã não anda tão bem. Mas, para ser sincero, fico surpreso que tenha durado tanto tempo.

Não tenho a mesma preocupação em relação a você e à Srta. Flowers. Você sempre foi alguém que amou de forma duradoura e intensa — quando escolhe amar.

Espero que tenha um grande casamento, e não uma daquelas cerimônias pequenas bobas... ou pior, um casamento escondido. Existem somente duas ocasiões para reuniões familiares hoje em dia, e somente uma delas é feliz, se é que me entende.

Obrigado por nos oferecer uma ocasião feliz e por nos poupar — ao ter ido ao resgate de meu irmão e da esposa dele — da outra.

Com muito carinho,
Tio Lyle

> **Reed** — 19:32
> Becky Flowers, a gente pode ir para casa?

> **Becky** — 19:32
> A gente está em casa.

> **Reed** — 19:32
> Estou falando do andar de baixo.

> **Becky** — 19:32
> Depois que minha mãe servir a sobremesa.

> **Reed** — 19:32
> Você é a sobremesa.

> **Becky** — 19:33
> É falta de educação trocar mensagens na frente de nossos pais.

> **Reed** — 19:33
> Meu pai nem sabe o que está acontecendo, ele bebeu muita cerveja.

> **Becky** — 19:33
> Ele sabe, sim, embora agora eu entenda por que ele recebeu o título de Vira-Copos do Clube da Fanfarra.
>
> E minha mãe sabe com certeza.

> **Reed** — 19:33
> Sua mãe faz um frango quase tão bom quanto o de Rhonda.

> **Becky** — 19:33
> Você pode pedir a receita.

> **Reed** — 19:34
> Para você fazer o frango de Rhonda!

> **Becky** — 19:34
> Quis dizer que pode pedir para VOCÊ fazer o frango de Rhonda.

> **Reed** — 19:34
> Ah, é ASSIM que vai ser, então.

> **Becky** — 19:34
> Sou uma mulher de negócios muito ocupada. Não tenho tempo para cozinhar.

> **Reed** — 19:35
> Mas você teve tempo de entrar escondida na casa de meus pais, encontrar meu anuário e escrever nele. Não tente negar: eu o encontrei na mesa de centro quando fui até lá mais cedo.

> **Becky** — 19:35
> Talvez sim, talvez não.
> Uuuuh, acabei de ter uma ideia: vamos contratar Rhonda para cozinhar para nós!

> **Reed** — 19:35
> Tá bom, a gente pode fazer isso.
>
> Assim que você confessar que escreveu "Transpassa-me minha alma. Declaro-me novamente a si com um coração que é ainda mais seu do que quando o despedaçou dez anos atrás" embaixo de minha foto de formatura.

> **Becky** — 19:35
> Claro que escrevi. Não acredito que você não reconheceu a citação. Ou minha letra.

> **Reed** — 19:35
> Eu reconheci, sim. Só que você roubou de mim.

> **Becky** — 19:35
> O que eu roubei? Jane Austen escreveu "*Persuasão*", não você.

> **Reed** — 19:35
> Eu sei, mas agora não posso usá-la. Então, vou ter que dizer: "Não amei ninguém senão a ti. Vim a Bloomville unicamente por sua causa."

> **Becky** — 19:35
> Pare de mandar mensagens e tire a cerveja de perto de seu pai antes que ele a derrube.

> **Nicole F** — 19:36
> Você e Reed estão trocando mensagens eróticas? MEU DEUS, isso é tão fofo. Ou nojento. Ainda não decidi.

> **Becky** — 19:36
> Não! A gente só está combinando algo para mais tarde.

> **Nicole F** — 19:36
> Ah, tá. Está falando de mais tarde quando ele 🔥 ☺ você?

> **Becky** — 19:36
> Não! Pare!

> **Becky** — 19:36
> Reed, você realmente precisa parar, Nicole sacou o que a gente está fazendo.

> **Reed** — 19:36
> Citando Jane Austen?

> **Becky** — 19:36
> Bem, ela acha que a gente está trocando mensagens eróticas.

> **Reed** — 19:36
> Ela tem razão. *"Sinto-me entre a agonia e a esperança."*

> **Becky** — 19:36
> Pare. Veja, minha mãe está servindo o café e o sorvete. A gente pode ir em dez minutos.

> **Reed** — 19:36
> *"Criatura demasiada boa, demasiada pura! Não amei ninguém senão você."*

> **Becky** — 19:36
> Idem. <3

Bem-vindos à minha nova loja online,

Não-tão-louca-dos-gatos

Todos os itens em display estão à venda e serão enviados de 3 a 5 dias úteis. Trocas e devoluções são bem-vindas. Tenho aprovação de 94% dos clientes.

O item do dia é:

Gatinho fofo tirando uma soneca

$29,00 + envio

Esse gatinho mimoso realmente parece estar se espreguiçando para uma soneca no meio da tarde... como meus gatinhos costumavam fazer, quando eu tinha gatinhos.

Ah, não se preocupe, nada de ruim aconteceu a meus gatinhos! Apenas não tenho mais permissão para alimentar os gatinhos de outras pessoas. Acho que fui *mesmo* um pouco levada ;-)

Mas quem consegue resistir àqueles olhos grandes, os corpinhos peludos e quentes, macios e ronronantes?

Mas minha nora nova, Becky, diz que vou poder ter um gatinho só meu quando eu me mudar para meu novo apartamento no The Town, que é o nome do condomínio de aposentados na Flórida para onde eu e meu marido vamos nos mudar semana que vem!

Mal posso acreditar que falta tão pouco tempo. As coisas mudaram bastante para mim. Tudo tem sido tão tumultuoso — mas, em grande parte, de um jeito positivo.

Meu filho mais novo já está lá — não no The Town, mas na Flórida, preparando-se para jogar seu primeiro grande torneio desde o último, em que perdeu muito feio... bem, os últimos três ou quatro.

Jackie Monroe, do Canal 4, diz que é muito importante que ele ganhe, mas ele diz, "Não, não é, mãe. Vocês que são importantes... e que eu me divirta jogando. E é o que vou fazer."

Ele levou Becky junto. Disse que é para ter sorte, mas ela disse que é porque o torneio fica muito próximo ao The Town, e ela quer que tudo esteja certo para quando eu e meu marido chegarmos.

Becky é o tipo de garota que gosta de tudo no lugar, o que faz bem a meu filho caçula, porque ele não se importa nem um pouco com essas coisas. ;-)

Deve ser por isso que minha filha e o marido estão se separando. Nenhum dos dois era muito bom em deixar tudo no lugar.

É muito triste, mas como minha neta mais velha disse: "Não se preocupe, vovó, logo estaremos na Flórida. Tudo será melhor lá."

Não tenho certeza de que isso é verdade, mas é verdade que ela também está de mudança para lá e prometeu visitar a mim e ao vovô "toda hora".

Ela é muito doce. Bem mais doce que meu neto que, como sua mãe, não veio me visitar nenhuma vez essa semana, embora ela saiba que estou passando por um momento difícil, com a mudança e a separação de meus gatinhos.

Que seja.

Pelo menos tenho todos vocês... as mensagens de apoio que recebi foram muito importantes para mim, assim como saber que meus gatinhos terão boas casas. Obrigada a todos vocês.

Não só publicarei fotos de meu novo apartamento, como de minha nova gatinha (quando ela chegar), *e* fotos do casamento de meu filho caçula (quando isso acontecer. Quem sabe quando será isso. Ele é muito lento para fazer as coisas. Mas devo dizer que ele as faz, alguma hora).

Até lá... sejam um pouco loucos!

Não-tão-louca-dos-gatos

Diário de agradecimentos
de
BECKY FLOWERS

Hoje quero agradecer porque:

_____

_____

_____

Eu sou uma pessoa terrível? Não escrevo no diário há uma semana, e é porque estou muito feliz.

É assim que acontece? Quando você tem tanto a agradecer, você para de contar tudo que tem de bom?

Não. Conheço uma pessoa assim, e nunca pretendo ser como ela, porque olha seu fim: completamente sozinha (bem, com exceção daquele filho, que talvez seja ainda pior que estar sozinha).

Então, vou usar esse tempo para expressar minha gratidão.

- Tenho uma irmã incrível que, mesmo que de vez em quando me deixe sem paciência, está sempre pronta a me ajudar.
- Amo o que faço. Quantas pessoas podem dizer isso?
- Tenho a melhor amiga no mundo inteiro.
- E tenho um namorado que me deixa sem ar — talvez não todos os segundos do dia, mas o suficiente para compensar todas as outras vezes em que quero matá-lo.

E jamais vou parar de agradecer a existência dos pais malucos de Reed por terem dado vida a ele, e por terem-no trazido de volta para mim.

De: ReedStewart@reedstewart.com
Data: 25 de março 16:52:43
Para: LyleStewart@FountainHill.org
Assunto: Parabéns

Querido tio Lyle,

Com certeza haverá um casamento. Eu me certificarei de que será grande. E claro que você será convidado. Mal posso esperar para você conhecê-la.

Obrigado por ter me encorajado a não tomar o mesmo caminho que meu pai. Sei que o meu não me levará a um porão escuro e triste, mas sim a um jardim cheio de luz e ensolarado como o seu, e florescido de Becky Flowers.

Com amor,

Seu Sobrinho Favorito,
Reed

A Gazeta de Bloomville

O único jornal diário do município
* Segunda-feira, 27 de março * Edição 154 *
Ainda por apenas 50 centavos!

VITÓRIA DE STEWART
Por CHRISTINA MARTINEZ — repórter

Orlando, FL — Reed Stewart conquistou, no último domingo, sua primeira vitória no PGA em dois anos, com a última rodada de 68 pontos e terminando a semana com -15.

A vitória garante a Stewart isenção de dois anos do torneio PGA, uma vaga no Masters, e um prêmio de $1.230.000 dólares.

Stewart se consagrou como um dos jogadores mais novos na história a vencer o US Open, mas a vitória dessa semana no Golden Palm é a primeira em uma série, do que foi chamada pelo amigo de longa data e caddy, Enrique Alvarez, de derrotas muito humilhantes.

Stewart, 28, é o filho caçula do juiz Richard P. Stewart e Constance D. Stewart. Aposentado, o juiz Stewart e sua esposa estão de mudança para a Flórida, e relataram à *Gazeta* que esperam "fazer muitos novos amigos, mas que também muitos de seus antigos amigos e parentes os visitem durante o inverno".

O filho mais velho dos Stewart, Marshall Stewart, 32, administra a empresa Stewart Imóveis com sua esposa, Carly.

Na semana passada, a Stewart Imóveis anunciou a venda da antiga escola fundamental de Bloomville para Reed Stewart, que — com a ajuda de Becky Flowers, 28, presidente da Moving Up! Consultoria em Mudanças para a Terceira Idade — renovará o prédio e o transformará em uma escola de golfe para crianças.

Flowers, que está em Orlando para auxiliar a mudança dos Stewart, disse que acredita que Reed Stewart espera, com sua escola, inspirar mais pessoas a encontrarem o amor que ele sente pelo jogo.

"Se Reed queria desistir?", perguntou Flowers. "Tenho certeza de que sim. Mas não desistiu. Uma lição valiosa para todos nós quando pensamos em desistir em algum momento."

Na semana que vem, Stewart jogará no torneio conhecido como "paletó verde", o "Torneio Masters" do PGA em Augusta National, pelo prêmio de $1.8 milhão de dólares.

Em entrevista pelo telefone — no mesmo quarto de hotel de Becky Flowers —, Stewart culpou as derrotas recentes "à falta de costume de seguir seu coração".

"Peço desculpas pelo choro", disse Stewart, desculpando-se pelo que parecia uma onda de emoção pós-vitória. "Não sabia que era possível ser feliz assim."

AGRADECIMENTOS

Este livro não existiria sem a ajuda de tanta gente talentosa e trabalhadora que seria impossível listar todo mundo aqui (sem ultrapassar o uso de dados de meu telefone). Mas eis algumas pessoas a quem sou imensamente grata:

- À equipe incansável na William Morrow, incluindo Lynn Grady, Brian Grogan, Nicole Fischer, Doug Jones, Jennifer Hart, Rachel Levenberg, Carla Parker, Liate Stehlik, Molly Waxman, à inabalável Pamela Spengler Jaffee e à minha editora extraordinária, Carrie Feron.
- Às amigas e consultoras de mídia Janey Lee, Ann Larson e Nancy Bender.
- Às escritoras Michele Jaffe e Rachel Vail.
- Beth Ader e Jennifer Brown.
- Minha agente sempre tão paciente, Laura Langlie.
- E, finalmente, ao meu marido, Benjamin Egnatz.

Este livro foi composto na tipologia Plantin Pro,
em corpo 10/14,5, e impresso em papel off-white,
no Sistema Cameron da Divisão Gráfica
da Distribuidora Record.